DIE UNERLÖSTEN VON PRAG

20 GESPENSTERGESCHICHTEN FÜR ERWACHSENE

VON
KURT HEISSIG

MIT 20 ILLUSTRATIONEN VON
ADELHEID BRANDHUBER

PFEIL

Bibliografische Information der Deutschen Nationalbibliothek

Die Deutsche Nationalbibliothek verzeichnet diese Publikation
in der Deutschen Nationalbibliografie;
detaillierte bibliografische Daten sind im Internet über
http://dnb.dnb.de abrufbar.

Copyright © 2012 by Verlag Dr. Friedrich Pfeil, München
Dr. Friedrich Pfeil, Wolfratshauser Str. 27, 81379 München
Alle Rechte vorbehalten
Gesamtherstellung: Verlag Dr. Friedrich Pfeil, München
Printed in the European Union
ISBN 978-3-89937-151-2

DIE UNERLÖSTEN VON PRAG

20 GESPENSTERGESCHICHTEN
FÜR ERWACHSENE

*Gewidmet meiner Frau Gudrun,
durch die ich Prag und seinen Geist kennen lernte,
und meinem Freund Oldřich Fejfar,
der mich in die Tiefen seiner Geschichte einführte.*

WAS SIND GESPENSTER?

Gespenster sind meistens Hirngespinste, davon leitet sich das Wort ab. In den Gehirnen kranker, ängstlicher oder übernervöser Menschen entwickeln sich Einbildungen, die ein unerwarteter Schatten, ein unbekanntes Geräusch zum Leben erwecken kann, ja, in denen plötzlich unbewusst Gehörtes oder Gefühltes sichtbar wird. Gespenster sind auch Realitäten in den gequälten Seelen der Menschen, die sich furchtbarer Dinge bewusst sind, die in der Vergangenheit geschehen sind, und mit denen sie in irgendeiner Verbindung stehen. Versteinertes Grauen hält sich an manchen Orten und teilt sich empfindsamen Menschen mit, denen in den Ruinen von Burgverliesen und Folterkammern Dimensionen der Vergangenheit bewusst werden, die in keinen Geschichtsbüchern stehen. Dieses Bewusstsein ist es, aus dem Gespenster erwachsen können, die als Reflex ungesühnter Verbrechen, trostloser Schicksale oder verruchter Frevels nach vielen Jahrhunderten noch Menschen heimsuchen können, deren geistige Wurzeln tief in die Vergangenheit reichen.

Wer als reiner Gegenwartsmensch in den Tag hineinlebt, ist vor ihnen nicht sicherer. Eingebildete Schrecknisse, die ihn heimsuchen, sind allerdings moderne Medienprodukte aus Action- oder Fantasy-Filmen oder aus den Horrorszenarien planetarischer oder ökologischer Katastrophenphantasien.

Gespenster erscheinen an Orten und in Momenten, die einer Tiefe Raum geben, aus der sie kommen. Ihre Zeit ist die Nacht, in der die Hektik des Tages vorbei ist und die überwältigenden Sinneswahrnehmungen der Augenwelt erlöschen. Die Seele weitet ihren Aktionsradius; sie entwickelt eigene Bilder, als Träume, Wachträume,

Wunschträume, aber auch als Albträume. Wer schlecht schläft, pendelt oft zwischen Wachen und Träumen und verwebt das Bewusstsein des qualvollen Wachens, durchsetzt mit realen Sorgen, die ihn nicht schlafen lassen, mit den Bildern, die aus längst vergessenen Problemen und Erinnerungen aufsteigen. So gewinnen reale Schrecknisse eine mythische Dimension oder erleben wundersame Lösungen durch Geschöpfe einer imaginären Welt.

Die Orte, an denen man Gespenster sieht oder vermutet, haben alle mit Vergangenheit zu tun. Friedhöfe, auf denen die Menschen vergangener Jahrzehnte und Jahrhunderte mitsamt ihren ungelösten Problemen zur Ruhe gebettet sind, alte Ruinen, die vom gewaltsam vernichteten Glanz früherer Jahrhunderte zeugen, winkelige, alte Gewölbe aus Zeiten, denen die rationale, rasterartige Bauweise unserer Zeit noch fremd war.

Ein solcher Ort ist Prag, eine Stadt, deren Gebäude, so oft sie auch umgebaut wurden, noch auf Fundamenten stehen, die aus den mythischen Anfängen böhmischer Geschichte stammen. Hier konzentrierte sich exemplarisch die Gewalt, die in der böhmischen Geschichte die großen und kleinen Epochenwechsel ebenso kennzeichnet wie in der Geschichte anderer Länder. Hier birgt der Boden die Opfer von Schlachten, Seuchen und Bränden, aber auch die Toten aufgelassener Friedhöfe. Hier überlebte in Relikten der Bürgerschaft noch das Gefühl für die Größe der alten Zeiten und für die tief reichenden Wurzeln der Familien. In den erhaltenen Bildnissen der Ahnen zeigt sich nicht nur die angemaßte Würde einer höfischen Perücke, sondern auch die kaum von der Zivilisation gebändigte Gewaltbereitschaft des Raubritters.

Aus jeder Gewalttat können Gespenster hervorgehen. Meist aber sind es außergewöhnliche Verbrechen, die im Gedächtnis des Volkes haften blieben, die sich mit konkreten Figuren verbanden: des gottlosen Räubers, der durch den Strang starb, des Königsmörders, der sich selbst auf den Thron setzen wollte, aber auch der Opfer ungesühnter Taten, deren Mörder noch heute auf dem hohen Sockel eines Denkmals über sie triumphiert, obwohl den Wissenden seine Taten bekannt sind.

Ausgenommen sind nur die wirklichen Märtyrer und Heiligen. Die Erinnerung an sie ist verklärt und ihre Opfertat ging ein in die Herrlichkeit Gottes. Sie haben ihren Mördern vergeben und bedürfen keiner Sühne. Die Erinnerung an sie ist frei von quälendem Mitleid, denn sie verloren ihr Leben ruhig und getröstet von der Gewissheit ihres Glaubens. Ihr Opfergang hinterlässt keine gestörte Weltordnung, denn er hat einen höheren Sinn gehabt. Aber die Geister derer, die ihren gewaltsamen Tod verschuldeten, irren noch immer ruhelos umher.

Die Begegnung mit einem Gespenst findet meist in einem besonderen Augenblick statt, einem Moment, in dem die Seele offen ist für neue, unerwartete Eindrücke, aber auch für tiefe Verletzungen. Es können Momente großer Freude, die Beschwingtheit eines weinseligen Abends oder die Bewältigung einer schwierigen Aufgabe sein, die jählings eine andere Wendung erhalten. Beklemmung, Neugierde, Überdruss oder Neuorientierung, aber auch tiefer Schlaf, jede besondere Situation, jedes ungewohnte Erlebnis kann den Einbruch des Unheimlichen in die Alltagswelt vorbereiten.

Gespenster ziehen die Menschen hinein in die Situationen der Vergangenheit. Oft ist es eine Sache auf Leben und Tod. Sie kann mit der Erlösung eines Gespenstes enden, wenn beide in Kenntnis der Vergangenheit ihre Aufgabe bestehen, oder wenn ein ungesühntes Verbrechen seine Sühne findet. Ein Misserfolg kann das Leben kosten oder aber dazu führen, dass der Spuk weitergeht. Wer nach einem solchen Erlebnis wieder ins Alltagsleben eintritt, ist ein Anderer.

Anders ist es mit den Gespenstern, die sich nicht konkretisieren. Der Mensch erlebt nicht mehr als rätselhaftes Klopfen, Stöhnen, Heulen oder eine Berührung aus dem Dunkel, ohne dass ihm mehr bewusst wird als die Unheimlichkeit eines »verwunschenen« Ortes. Viele bekannte Sagen und Geschichten ranken sich um solche Orte, oft verbunden mit den historischen Ursachen. Oft weiß das Volk sehr genau, wer dort spukt. Oft kennt man abenteuerliche Rezepte für die Erlösung, auf die sich aber niemand einlassen will. Vielfach weiß man auch von rätselhaften Todesfällen, die die Bösartigkeit des betreffenden Spuks belegen sollen.

Die Geschichten von einer Erlösung werden immer mit konkreten, ansprechbaren Erscheinungen verknüpft, jedoch meist so lange von Mund zu Mund weitergegeben, dass die wuchernde Phantasie längst die Oberhand über den fast vergessenen Bericht gewonnen hat.

Unter den Techniken, die der Mensch entwickelte, um seine Furcht zu überwinden, gibt es neben dem Pfeifen im dunklen Keller auch die der Karikatur. Gerade in unserer Zeit gedeihen Masken des Grauens zur Mode, feiert die Spaßgesellschaft Halloween in einer teils kindgerechten, teils grotesken Weise jenes alte Fest Samhain, an dem für die Kelten der Gott des Winters und des Todes die Herrschaft übernahm. Filme wie »Tanz der Vampire« oder esoterische Gruselkabinette bewegen sich im Grenzgebiet humoristischer Unterhaltung und menschlicher Perversion. Es ist so, als müsse das Geschrei moderner Hexen den Flüsterton der Erinnerung übertönen, dass er nicht in der inneren Leere der glaubens- und gewissenlosen Oberflächlichkeit zum betäubenden Hall wird.

So, wie es sehr verschiedenartige Gespenster gibt, gibt es auch sehr verschiedene Geschichten. Die hier vorgestellten Erzählungen handeln zumeist von konkreten Gespenstern, die mit bekannten geschichtlichen Ereignissen in Beziehung stehen, aber auch von bekannten Sagengestalten der böhmischen Mythologie. Jeder mag sie auffassen, wie er mag. Sie gehören zu ihrer Stadt, wie ihre Geschichte, und sie sind ebenso vielfältig, grausam oder bedauernswert, gemütvoll oder sehnsüchtig, traurig oder abenteuerlich, so wie die Menschen, die heute dort leben. Wer Prag liebt, wird sie verstehen.

1. DER TANZ AUF DER BRÜCKE

Niemand wusste mehr, wann das alte Haus in der Prager Neustadt gebaut worden war. Es hatte keinen erkennbaren Stil und war immer schon grau und bescheiden zwischen den geschmückten Fassaden der Gotik und des Barock eingekeilt gewesen. Niemand kannte seinen Namen, denn kein Medaillon mit einem Tier oder einem anderen Hauszeichen war erhalten geblieben, wie es viele alte Gebäude in Prag tragen. Es war auch vom Denkmalschutz vergessen worden und so waren seine Tage nun, nach der Wende, gezählt. Das Dach war schon abgeräumt und man begann, die Holzkonstruktion freizulegen, um die wertvollen, jahrhundertealten Balken zu bergen. Nur die Fassade sollte stehen bleiben und einem Electronic-Laden als altertümliche Staffage dienen.

Hana hatte ihre billige Studentenbude räumen müssen. Sie hatte noch nicht einmal alles in ihr Notquartier geschafft, da waren die Arbeiter schon im Haus. Ein letztes Mal kehrte sie zurück, um den Rest ihres Hausrats zu holen. Balken starrten ihr entgegen, Bodendielen fehlten, dazwischen blinkte ein billiges Kreuzchen, wohl von einem früheren Mieter. Auch sonst lag im Fehlboden so manches herum. Bleistifte, Geldstücke der verschiedensten Zeiten und andere kleine Dinge hatten im Lauf der Jahrhunderte ihren Weg durch die breiten Ritzen des Bodens gefunden. Ja, sogar einige Blätter von vergilbtem Papier waren unter einem gesplitterten Holzstück zu erkennen. Hana zog sie vorsichtig heraus, aber anstatt dabei zu reißen oder zu zerfallen, erwiesen sie sich als recht widerstandsfähig. Es war kein Papier, es war Pergament. Und die verblichenen Zeichen waren keine normale Schrift, sondern sorgsam auf Zeilen aufgereihte kürzere und längere Vierecke, alte

Notenzeichen, deren Lesart oft rätselhaft war. Hana war fasziniert. Waren die Blätter dort versteckt worden oder waren auch sie nur zwischen den Bodendielen durchgerutscht? Hana vergaß beinahe, ihre letzten Schüsseln einzupacken, so aufgeregt brach sie zu ihren Freunden auf, um ihnen den Fund zu zeigen. Sie alle waren Musikstudenten und vor allem Milan, der Älteste, kannte sich mit so etwas aus.

Fast atemlos kam sie bei Zdeněk an. »Kannst du mitkommen zu Milan?«, fragte sie. »Ich habe etwas gefunden und das will ich euch zeigen, und Milan hat meistens einen freien Tisch« meinte sie mit einem Seitenblick auf die Papierhäufen, die sich bei Zdeněk stapelten.

»Und warum so eilig«, fragte Zdeněk, der sich beim Blättern in seinen Noten gestört sah.

»Du wirst schon sehen, es lohnt sich.«

»Na dann, weil du's bist!« Zdeněk schlüpfte in seine Sandalen und begleitete sie einige Häuser weiter. Milan räumte rasch einige Tassen beiseite. »Was gibt es denn so wichtiges? Wir wollten doch erst übermorgen proben.«

»Wart' nur«, sagte Hana, zog vorsichtig einen Umschlag aus ihrer Tasche und legte die Blätter fast feierlich auf den Tisch, eines nach dem anderen. Zdeněk sagte eine ganze Weile gar nichts. Milan aber meinte »na, abstauben hättest du die Fetzen aber schon können, da hängt ja direkt noch Mäusedreck dran!«

»Bitte nicht!«, meinte Zdeněk, »da kann jede Verfärbung wichtig sein. Die Seiten sind so alt, dass sie wohl schon zu Zeiten von Comenius [14] so dreckig waren.«

»Was wollen wir denn damit machen?«, fragte Milan, »bei aller Ehrfurcht vor alten Dingen: können wir sie brauchen oder ab ins Museum?«

»Denk doch an unsere Sommernachtsmusik! Vielleicht passt das irgendwie dazu«, meinte Hana etwas verärgert.

»Irgendwie natürlich«, war Zdeněks Kommentar, »aber ob sich daraus etwas Hörbares rekonstruieren lässt, sehen wir später.«

»So, weiter kommen wir heute sowieso nicht mehr«, beendete Milan die kurze Unterhaltung, »eigentlich hatte jeder von uns diesen Tag was anderes vor.«

»Eigentlich nicht wirklich«, brummelte Zdeněk.

»Natürlich«, sagte Hana, »aber übermorgen muss dafür ein Teil unserer Probe abgezweigt werden.« Damit packte sie die Tasche mit ihren Töpfen und zog Zdeněk, der noch etwas unentschlossen herumstand, zur Tür hinaus.

Die Probestunde war erfolgreich verlaufen. Alle waren der Meinung, beim nächsten Mal säßen alle Stücke perfekt. Nun ging es daran, die alten Noten zu entziffern. Das konnten nur Milan und Zdeněk. Ein Zeichen, das gleichmäßig immer wiederkehrte, blieb zunächst rätselhaft. Milan meinte: »Könnten das nicht Pausen sein?«

»Oder die fehlenden Taktstriche«, schlug Hana vor. Zdeněk blätterte schweigend in einem Musiklexikon.

»Jetzt hab' ich's, es sind Trommelschläge«, sagte er unvermittelt. Ratlos schauten sich Milan und Hana an.

»Und wer soll dann trommeln statt zu spielen?«, fragte Milan schließlich. »Geige, Laute oder Bass, auf was können wir verzichten?«

»Auf den gestrichenen Bass«, schlug Zdeněk vor. »Schon mal was von Schlagbass gehört?«

»Wenn du meinst, du schaffst das …«, meinte Hana etwas unsicher.

Das nächste Problem war die Reihenfolge der Blätter. Der Melodie nach konnte jedes Blatt der Anfang sein aber auch das Ende. Hana meinte ganz praktisch. »Dann ist eben jedes Blatt ein eigenes Stück.«

»Dann tun wir einfach mal so«, antwortete Zdeněk. »Es könnte immerhin sein.«

Die abgeschabten Stellen ließen sich durch den Vergleich mit ähnlichen Passagen ergänzen. Relativ zwanglos ergaben sich die meisten Akkorde der Begleitstimme aus der Melodie. Andere erforderten längere Diskussionen, zwei sogar eine Abstimmung mit einfacher Mehrheit. Milan, den ordentlichsten, traf die Aufgabe der Reinschrift in moderner Notenschrift – bis zum nächsten Mal.

In der Woche darauf machten sie sich mit den Stücken vertraut. Sie nahmen die Instrumente zur Hand und versuchten es mit verschiedenen Geschwindigkeiten für die längeren und kürzeren Töne. Zdeněk trieb das Tempo immer mehr an: »Meine Trommel-Imitation muss schneller laufen«, meinte er, »für einen Trauermarsch passt die Melodie nicht.« Und tatsächlich, bei recht flottem Spiel ergaben sich einfache Tanzstückchen, allerdings mit einer sehr eigenartigen Melodienfolge. Zdeněk triumphierte: »Seht ihr, so schnell müssen wir mindestens spielen.«

Und dann klangen die alten Melodien durch den Raum, zunächst noch etwas unsicher, dann immer zupackender mit sicherem Rhythmus. Schroff wechselten einschmeichelnde, gefällige Passagen mit harten, geradezu derben Einsätzen grober, teilweise sogar vulgärer Melodien ab. Fünf Stücke waren komplett, beim sechsten war der Schluss abgerissen.

»So, das war die Entdeckung auf Raten«, konstatierte Zdeněk, »aber erstens ist das wohl nicht das Richtige für das übliche Publikum, und zweitens möchte ich gern wissen, ob das, was wir daraus gemacht haben, einer aus jener vergangenen Zeit überhaupt wiedererkennen würde.«

»Aber wir üben die Stücke doch weiter«, erwiderte Hana, die sich in ihren Fund richtig verliebt hatte.

»Natürlich«, meinte Milan, einmal, weil er Hana nicht verärgern wollte, und andererseits, weil er nicht ganz so pessimistisch war wie Zdeněk.

»Wir können ja hin und wieder so ein Stück spielen, wenn wir die letzten Touristen von der Brücke verscheuchen wollen«, meinte Zdeněk. Und so wurden die Stücke ins diesjährige Sommerprogramm aufgenommen.

Es war warm geworden. Jeden Freitag, Samstag und Sonntag trafen sich Hana, Milan und Zdeněk auf der Karlsbrücke, um zur besten Abendzeit die ihnen zugemessenen zwei Stunden dort zu musizieren. So versuchten sie schon das dritte Jahr ihr mageres Stipendium etwas aufzubessern. Alte Weisen, vor allem aus der Barockzeit, spielten sie sowieso, Milan mit der Geige, Hana mit der Laute und Zdeněk eben mit dem Bass. Und so hatten sie sich auch dezent zurechtgemacht, Hana mit einem bunten Rock und einer weiten, weißen Bluse mit Spitzenkragen, darüber ein Bolerojäckchen, Milan und Zdeněk mit Kniehosen, weißen Hemden unter einer kurzen Samtjacke und dazu eine Art Barett mit Feder. Immer wieder spulten sie ihr Programm ab: Frühbarock, altenglisch und altfranzösisch, nach dem Geschmack der Leute, die nach Prag kommen, um alte Steine zu sehen [36], Mittelalter zu schnuppern und die ganze, so komplizierte Gegenwart zu vergessen. Milan nannte es Heimwehtourismus ins verlorene Paradies der Kaiser und Könige. Und Zdeněk hatte gemeint: »Aber ohne die Ratten und die verwanzten Hospize.« Kaum ein Passant blieb länger stehen als eine Viertelstunde, und so spielten sie ihr Repertoire sechs oder sieben Mal an einem Abend.

Der Sommer neigte sich dem Ende zu. Es hatte viel geregnet, vor allem an den Wochenenden, und so waren die Einkünfte spärlich geblieben, spärlicher als sonst. Muffig schleppte Zdeněk seinen Bass wieder einmal über die Karlsbrücke. Er war viel zu spät dran. Im Stillen verfluchte Zdeněk seinen Professor am Konservatorium, der ins Plaudern geraten war und einfach kein Ende finden konnte.

Zdeněk hatte seine Mitspieler beim Heiligen Nepomuk treffen wollen, aber dort hatte sich bereits eine Jazzband etabliert und die Traube von Touristen, die sich davor drängte, machte das Durchkommen schwierig. Hana sagte nur: »Wo bleibst du denn so lange?«, erwartete aber keine Antwort. Milan dagegen schlug vor, sie sollten sich doch etwas weiter in Richtung auf die Altstadt verziehen.

»Sonst hört man uns überhaupt nicht«, brummte Zdeněk.

Aber so einfach war auch das nicht. Bei der übernächsten Figur, dem Heiligen Johannes dem Täufer, fiedelten zwei Zigeuner mit Akkordeonbegleitung und noch weiter drüben heulten zwei nachempfundene Tramps mit Mikrofon und elektrischer Gitarre. Überhaupt war es schwierig, zwischen den Tischchen mit Andenken oder Postkarten, den am Boden ausgebreiteten Decken mit allerlei kunstvollem Kleinkram und den Schnellmalern mit ihren Galerien von Porträts und Stadtansichten noch einen Platz zu finden. Alle guten Plätze waren besetzt und das bedeutete massiven Verdienstausfall.

Sie hatten dann doch noch Glück, wenn man es so nennen kann. Gerade unter Cyrill und Method packte der alte Briefmarkenhändler seine Sachen zusammen. War seine Zeit um, oder hatte er nur kalte Finger bekommen. Wenigstens ein Plätzchen, aber die Jazzband war auch hier, hundert Meter entfernt, noch allzu gut zu hören. Trotzdem, aufgeben gilt nicht, schließlich war es Ende August und sie mussten noch genügend Geld hereinspielen für den langen Winter.

»Hoffentlich kommt der Nebel später als gestern«, meinte Zdeněk mehr zu sich als zu den anderen, während er den Bass aus der zerschlissenen Leinenhülle schälte.

»Wenn es warm bleibt, laufen auch um Mitternacht noch genug Touristen über die Brücke«, versuchte ihn Hana etwas aufzumuntern.

So perfekt sie ihr Repertoire auch spielten, war der Erfolg an diesem Abend doch, wie erwartet, gering. Dabei war die Brücke voll, der Abend war mild, aber trotz der Distanz war das Saxophon doch zu übermächtig. Immer wieder blieben ein paar Leute stehen und spendeten, aber so ein richtiger Halbkreis von begeisterten Zuhörern kam nicht zusammen. Es wurde später. »Versuchen wir es doch mit deinem Fund«, meinte Zdeněk zu Hana. Die beiden anderen stimmten zu und zogen die von Milan sorgsam geschriebenen Notenblätter hervor.

Anfangs erregten sie einige Aufmerksamkeit mit den fremdartigen Tönen, aber nach und nach begannen sich die Touristen zu verlaufen. Nur ein Kind, ein Mädchen in einem langen, fast festlichen Kleidchen blieb stehen und starrte sie unverwandt und fasziniert an. Es war vielleicht acht Jahre alt und auch dafür noch klein und zart.

»Musst du nicht schon lange heim zu deiner Mama?«, meinte Milan zwischen zwei Stücken.

»Meine Mama weiß, dass ich da bin«, sagte die Kleine und hörte weiter gespannt zu.

Endlich packten auch die Jazzmusiker ihre Sachen zusammen. Die Geiger und das Akkordeon hatten schon Schluss gemacht und bei den Tramps weiter drüben waren die Akkus schon länger zu Ende. Es war Mitternacht geworden. »Ein Stück noch«, meinte Hana, »jetzt kommt sowieso keiner mehr zum Kontrollieren«.

»Und die wenigen Touristen, die noch vorbeikommen, hören uns jetzt wenigstens«, ergänzte Milan. Aber die letzten Nachtschwärmer hatten kein Ohr für Musik. Sie schritten zügig ihrer Heimstatt zu oder trugen mit unsicheren Schritten ihre schweren Köpfe über die Brücke nach Hause. Das Kind, das nun allein dastand, fing auf einmal an, seine Füßchen zu regen. Es begann mit einem Hofknicks und dann einigen Tanzschritten, drehte sich

hin und her, verbeugte sich, hob sein Kleidchen anmutig am Rockzipfel hoch und trat einen Schritt zurück. Nun staunten unsere drei Musiker. Die Noten kannten sie. So spielten sie weiter, ohne die Augen von dem kleinen, zerbrechlichen Wesen zu wenden, das da vor ihnen zu tanzen begann. Nach dem letzten Stück spielten sie nun auch das unvollständige sechste Stück an, und als sie dort aufhörten, wo der Schluss fehlte, begann das Kind mit einer glockenklaren Stimme die Melodie weiterzusingen und führte sie zu einem wohlklingenden, etwas elegischen Schluss. Die Drei erwachten wie aus einem Traum.

»So!«, sagte Hana, »nun musst du aber heim, wir gehen jetzt auch.«

»Ja«, sagte das Kind, »ich kann jetzt heimgehen, und ich muss nicht mehr wiederkommen.« »Hier«, sagte es und wies auf den Fluss, »hier bin ich zu Hause. Gerade hier ist meine Mama mit mir in den Fluss gesprungen. Sie war sehr schön. Alle die großen Herren mit den bunten Kleidern waren sehr lieb zu ihr. Droben auf der Burg[7] hat sie immer mit ihnen getanzt und mit den Edelknaben. Dort haben sie diese Lieder gespielt. Ich habe auch danach getanzt, spät in der Nacht, wie heute, zwischen den leeren Krügen und vollen Gläsern auf dem großen Tisch. Aber an einem Abend, mitten in einem großen Fest, hat mich die Mama an der Hand genommen und ist mit mir hinausgegangen. Sie hat auf dem ganzen Weg hier herunter sehr geweint und hier hat sie mich fest in den Arm genommen und ist hinunter in den Fluss gesprungen. Heute habt ihr meine Lieblingslieder gespielt, die ich damals so oft gehört habe. Ich sage euch viele Male ›Danke‹, aber ich kann euch dafür nur diesen Pfennig geben.«

Aus dem zugebundenen Ärmelchen zog es eine dünne, glänzende Münze und während es diese in den Hut warf, hob ein Windhauch sein Röckchen, ja das ganze Kind, ein Nebelstreifen schob sich von der Moldau auf die Brücke. Das Kind war fort. Kälte kroch ihnen an den Armen und Beinen hinauf. »Es ist gleich eins«, sagte Zdeněk heiser. Sie erhoben sich und packten zusammen. Hana griff in die spärliche Füllung des Hutes. Zwischen einigen Kronen und auch deutschen Mark- und Zehnpfennigstücken lag ein alter Silberheller.

2. DER HERR IM SCHWARZEN MANTEL

Sorgfältig trug Karel den schwarzen Schlamm ab und ließ ihn, Löffel für Löffel, in ein Sieb tropfen, wie es ihm der Grabungsleiter beigebracht hatte. Nach jedem Löffel sah er genauer, wie die brandgeschwärzten Quader lagen, zwischen die ein menschlicher Schädel verkeilt war. Drüben in der Baracke lag schon der größte Teil des dazu gehörenden Skeletts säuberlich gewaschen und getrocknet in einem Karton mit der Fundnummer, dazu eine Reihe von schwarz verkrusteten Silberknöpfen, ein goldenes Kreuz, eine kunstvolle Gürtelschließe, Stiefelschnallen und zahlreiche Reste von Leder und Tuch. Mit einem der letzten Fingerknochen war auch ein Siegelring zu Tage gekommen. Der Degen des Toten war offenbar zerbrochen, denn der Griff und die Spitze der Klinge ragten an verschiedenen Stellen aus dem Schutt.

Karel blickte auf. Der hölzerne Zuschauersteg über ihm hatte nicht geknarrt, dennoch spürte er, dass dort oben jemand stand. Seine Spachtel, mit der er versuchte, den Spalt zwischen zwei Steinen behutsam zu erweitern, glitt aus und sein rechter Daumen fuhr gegen die scharfe Spitze des Degens. Droben auf dem Steg stand in einem langen, schwarzen Mantel ein Herr, zu dem er unwillkürlich aufgeblickt hatte. Der sah ihn durchdringend an und nickte ihm zu. Seinen unterdrückten Fluch quittierte der Fremde mit einem breiten Grinsen, so schien es ihm. Er sagte nichts, zog sich den Mantel fester um die Schultern und schritt weiter über den Steg. Dessen Holzplanken zeigten keine Bewegung.

Es war die dritte Woche einer Grabung im Ungelt, jenem mittelalterlichen Handelshof, dessen Umfriedung, dem Thein, die Theinkirche den Namen verdankt. Bei

Kanalarbeiten war man auf die Reste einiger mittelalterlicher Keller gestoßen, die mit dem Schutt abgebrannter Gebäude gefüllt waren. Die Stadtarchäologen hatten sich dafür interessiert und trotz der geringen Bezahlung hatten sie für den Sommer eine Reihe von Studenten als Grabungshelfer einstellen können. Karel hatte diesen Job angenommen, nachdem die alte Würstchenbude, in der er sonst die Semesterferien über arbeitete, von einem teuren Restaurant mit professionellen Kellnern verdrängt worden war.

Karel wusste, dass seine mütterlichen Vorfahren, Prager Patrizier, hier in diesem Viertel gewohnt hatten, bevor sie sich nach einem ausgedehnten Brand [18] als Höflinge auf der Kleinseite unter der Burg ansiedelten. Auch darum interessierte er sich für diese Ausgrabungen. Die Arbeit zwischen den schlammigen Steinen war ermüdend, doch es gab immer wieder auch erfreuliche Ergebnisse. Zuerst war man auf Reste von Fensterumrandungen aus Sandstein gestoßen, Bruchstücke von kunstvollem Maßwerk und kleinen Figürchen. Später, in den tieferen Lagen des Schutts, stieß man auf gut erhaltene Gerätschaften, die vor dem Brand im Keller gelagert waren. Die gute Erhaltung, fast ohne Rost, verdankten sie dem hohen Grundwasserstand. Die schwarze, nach Schwefel stinkende Brühe, die überall in wenigen Metern Tiefe zwischen den Fundamenten stand, hatte alles hervorragend konserviert.

Beim Stochern in diesem stinkenden Schlamm hatte sich nun Karel den Daumen verletzt. Verärgert ließ er sein Fundstück im Stich, richtete sich aus seiner zusammengekauerten Haltung auf und ging zur Baubaracke, um sich den Daumen und überhaupt die Hände zu waschen.

»Du brauchst unbedingt eine Tetanusspritze« meinte der Grabungsleiter nach einem kurzen Blick auf die winzige Schramme. »In einer Stunde macht Dr. Zapletal wieder auf. Mit dem Zeug ist nicht zu spaßen. Und nimm jetzt wenigstens zwei Tage lang Gummihandschuhe.«

Müde und mit schmerzendem Rücken wie jeden Tag kam Karel nach Hause. Seine Freundin meinte nur: »So verschlafen wie du aussiehst, muss ich wohl auch heute allein ins Kino gehen«, und verabschiedete sich. Karel duschte sich ausgiebig, aß nur ein paar Bissen, spülte mit zwei Bieren nach und sank dann zufrieden ins Bett. Sein Chemiebuch, das wie ein mahnendes Gewissen auf dem Nachtkasten lag, klappte er nach einer Seite zu.

Jarmila erwachte von einem durchdringenden Wimmern und Stöhnen. Es war Karel, der sich zunehmend unruhig hin und her warf, aber seinen schweren Schlaf nicht abstreifen konnte. Sie langte zu ihm hinüber. Seine Stirne war heiß, zweifellos hatte er Fieber. Was konnte das sein? Auf jeden Fall musste er Aspirin nehmen, das half eigentlich immer. Entschlossen machte sie Licht, ging hinüber zum Waschbecken und füllte ein Glas mit Wasser. Dann fischte sie in der Schublade nach den Tabletten. Karel aber mochte von seinem schmerzvollen Schlaf nicht lassen. Jarmila packte ihn am Arm, rüttelte ihn, sprach aber zugleich beruhigend auf ihn ein. Karel aber versuchte seinen Arm loszureißen und schrie voll Entsetzen: »nein, nicht ins Feuer!« Dann erwachte er schweißgebadet.

Nein, es war keine Grippe. Der Daumen war es, dick angeschwollen und blaurot verfärbt. Der ganze Arm schmerzte und in der Achsel trat der Lymphknoten mit einer fingerdicken Schwellung hervor. »Blutvergiftung«, sagte Jarmila, »klarer Fall, also ab in die Klinik!«

»Dass das so schnell geht«, stöhnte Karel, als sie sich schon startklar machte. Karel quälte sich in einige anständige Kleidungsstücke. Dann wankte er mit etwas weichen Knien hinunter, wo Jarmila mit ihrem klapprigen Skoda schon vorgefahren war. Bis zur Universitätsklinik am Karlsplatz war es ziemlich weit und jeder Stoß des holperigen Pflasters ging ihm schmerzhaft durch die Knochen.

In der Notaufnahme war es voll. Offenbar der einzige Ort in Prag, wo sich um halb fünf Uhr morgens Menschen versammelten. Alles, von den Opfern nächtlicher Schlägereien bis zu abgestürzten Schlafwandlern, war hier versammelt. Karel hockte zusammengesunken da und versuchte, sich von den Erinnerungen an seinen Albtraum freizumachen. Aber immer wieder schob sich der Herr im schwarzen Mantel in sein Bewusstsein. Ja, er war es, der in seinem Traum die Folterknechte dirigiert hatte, die ihn über den Bock spannten und ihm Nägel durch die Hände stachen. Einen Mord sollte er gestehen? Oder sollte er den Mörder verraten? Oder wie war das überhaupt?

Die forsche Stimme eines jungen Arztes weckte ihn aus seinem Brüten. Die Untersuchung war kurz. »Da helfen nur Antibiotika, nein, kein Penicillin, wenn das versagt, verlieren wir zu viel Zeit, nein, sofort ein Kombinationspräparat, möglichst massiv, und erst morgen, wenn wir die Bakterien näher bestimmt haben, können wir dann gezielter vorgehen. Lassen sie ihren Mann nur hier, junge Frau, sie haben ihn gerade noch rechtzeitig gebracht, sonst hätten wir ihm vielleicht den Arm abnehmen müssen. Aber sie werden sehen, morgen geht es dann schon wieder viel besser. Und wenn sie ihn besuchen wollen, kommen sie am besten am Nachmittag, bis dahin wird er sowieso schlafen...«

Während ein Helfer eine Liege hereinrollte, zog der Arzt bereits die Spritze auf und sagte zu Karel: »So, da legen sie sich jetzt schön hin, sie kriegen jetzt Ihre Spritze und danach noch ein Schmerz- und Beruhigungsmittel, mit dem sie ruhig weiterschlafen können.« Nach der zweiten Spritze war Karel schon wieder weit weg, in einer alten Stadt. Einige Häuser kannte er irgendwie. Ja es war Prag, aber ein engeres, verwinkeltes, stinkendes Prag. Überall blickte er in kleine ungepflasterte Gassen, wo der Unrat herumlag und in der Abenddämmerung die Ratten hin und her huschten. Vor ihm, die Straße herauf, erklangen dumpfe Trommelschläge in einem schweren, eintönigen Rhythmus, der schmerzend in seinem Kopf dröhnte.

Voran schritt der Herr im schwarzen Mantel, mit hoher, spitzer Kapuze, die sein knochiges, ausgemergeltes Gesicht in tiefem Schatten versinken ließ. In seinen Händen trug er ein schwarzes Holzkreuz. Hinter ihm schritten zwei Trommler, die in vollkommenem Gleichtakt monoton mit jedem schweren Schritt ihre Schlägel aufs Trommelfell fallen ließen. Danach folgte ein Zug von Wagen und Karren, zum Teil gezogen von dürren, knochigen Pferden. Auf den Karren lagen hoch aufgetürmt roh zusammengenagelte Särge und vernähte Leinensäcke, in denen sich die Umrisse schlaffer menschlicher Körper abzeichneten. Dazwischen gingen zerlumpte Gestalten, die die Pferde führten oder die Karren zogen. Und von dem ganzen Zug erhob sich ein Gestank, der alle die üblen Gerüche aus den Unrathaufen und den verstopften Rinnsteinen übertraf.

Der Zug schritt geradewegs auf ihn zu. Die Straßen waren menschenleer. Alle Häuser hatten Türen und Läden geschlossen, zum Teil sogar vernagelt. Aber zur Flucht vermochte er sich nicht zu wenden. Irgendwie zog ihn dieser schaurige Zug an wie ein Magnet, als hätten die Augen jenes schwarzen Mannes, die in unergründlichem Schatten lagen, ihn gebannt, ohne dass er sie wirklich erblicken konnte. Wie er schließlich doch zur Mariensäule [16] auf dem Altstädter Ring gelangt war, wusste er nicht. Hatte ihm vielleicht ein kurzes Stoßgebet geholfen. Nun stand er dort, eng an ihren Sockel gepresst, Schutz suchend vor dem Leichenzug, der wieder auf ihn zukam.

Inzwischen hatten sich den Trommeln gellende Flöten zugesellt, deren Schall sich vielfach an den Hauswänden brach und die leeren Straßen erfüllte. Aber der Zug hielt vor der Säule an, die einst nach dem Ende der schwedischen Belagerung [15] errichtet worden war, der schwarze Herr verneigte sich ehrfürchtig und der Zug bog zur Seite und marschierte weiter und weiter, scheinbar endlos an ihm vorbei. Auf einmal standen die Särge offen und die drinnen lagen, blickten ihn an. Er erkannte den Korporal Hörmann, von dem seine Mutter noch ein Bild hatte, von dem es hieß, er sei einst der Pest [17] erlegen, den Ratsherren Záleský, der als Stifter noch immer am Unterrand eines Bildes an einem Seitenaltar der Theinkirche zu sehen war, auch er ein Opfer der Pest. Und die schöne, bleiche Frau mit ihren drei kleinen Kindern im Sarg, das musste Adelinde von Eggenberg sein, ebenfalls eine seiner Ahnen, die zusammen mit ihren jüngsten Kindern damals dahingerafft worden war. Und diese Frau rief ihn beim Namen. Wieder spürte er, wie es ihn hinzog zu dieser Prozession des Elends. Fest klammerte er sich an die Säule, während ihm die Sinne schwanden.

Dann war lange Zeit Stille, aus der Karel nur allmählich heraufdämmerte. Weiße Gestalten schwebten durch einen unwirklich halbhellen Raum. Um ihn duftete es rein und frisch und aus der Ferne klang sanfte Musik. Alles in seiner Umgebung war weiß und weich. »Wo bin ich«, dachte er, während er das Gefühl hatte zu fallen oder zu schweben. Eine Gestalt in einem langen, weißen Gewand neigte sich zu ihm und erhob sich wieder. Und wieder war lange nichts als die ferne Musik und das gedämpfte Licht. Nun knarrte vernehmlich eine Tür, Schritte näherten sich und vor ihm stand eine Frau in weißem, langem Gewand. Unter ihrem Häubchen blickte er in das Antlitz der Adelinde von Eggenberg. Neben ihr aber stand ein Herr im schwarzen Anzug mit einem Kreuz in der Hand. Sein rundliches Gesicht mit leicht geröteten Wangen hatte jedoch nichts Furchterregendes.

Ein Pfarrer an meinem Bett! Karel war plötzlich hellwach. Will er mir die letzte Ölung geben? Er richtete sich auf. »Gott sei Lob und Dank!«, sagte eine sanfte Stimme, »wir dachten wirklich, es geht zu Ende.« Es war eine

Krankenschwester. Der Arzt erhob sich und wischte sich mit dem Ärmel den Schweiß von der Stirn. »Die Krise ist vorüber«, sagte er, während sich der Geistliche verabschiedete. Karel blieb noch einige Tage in der Klinik und kam rasch zu Kräften.

Kaum eine Woche später konnte er entlassen werden. Jarmila war mit einem Koffer gekommen. Nur noch ein kurzer Besuch beim Chefarzt und alles war erledigt. Auf Karels Klopfen öffnete sich die Tür. Aus dem Zwischenraum der Doppeltür trat ein großer Herr mit schwarzem Mantel. Seine tiefliegenden, stechenden Augen waren auf Karel gerichtet, als er ihn anherrschte: »Meinen Kopf hast du nicht gekriegt!«, und zu Jarmila gewandt, »Sie können ihn wieder mitnehmen.«

Während der Herr sich dem Ausgang zuwandte, ertönte es von drinnen »Herein!« Der Chefarzt meinte mit etwas nachdenklichem Gesicht: »Es ist jetzt alles in Ordnung, aber ihre Bakterien haben sehr eigenartig ausgesehen. Wir müssen da noch etwas überprüfen. Sie werden noch von uns hören.« Karel war entlassen. Das neue Semester stand vor der Tür.

Eine Woche später fand sich eine kleine Notiz in den Nachrichtenblättern. Die Grabungen im Ungelt seien abgebrochen worden, da man im Faulschlamm noch lebende Pestbakterien entdeckt habe.

3. DER OBER FRANTIŠEK

In der neu eröffneten Weinstube »Zum alten Fass« herrschte Hochbetrieb. Rechtzeitig zu Beginn der Saison prangte ihr Schild in etwas zu grellen Farben an einer Ecke des Obstmarktes und lockte Touristen an, die auf den Spuren der Prager Flamänder [6] oder des Braven Soldaten Schwejk die weinselige Seite des Prager Nachtlebens suchten. Wie fast überall, wo man die Lagerkeller der jahrhundertealten Handelshäuser zu stimmungsvoll verwinkelten Kneipen umgebaut hatte, ging es ein paar Stufen hinunter und dann folgte ein Gewirr von engen Durchgängen, gewölbten Räumen mit ein oder zwei Tischen, und Mauernischen, denen man noch ein Katzentischchen für Verliebte abgerungen hatte.

So hatte der Wirt, ein rotgesichtiger, behäbiger Herr, seine liebe Not mit seinem Ober und den zwei neu eingestellten Hilfskellnern, deren jeweiliger Aufenthaltsort nie so recht feststellbar war. Kaum war einer nach links verschwunden, kam er auch schon wieder von rechts heran und brachte eine neue Bestellung. Aber manchmal waren alle drei wie vom Kellerboden verschluckt, gerade wenn die dampfenden Topinky (Knoblauchbrötchen) aus der Küche kamen und nun langsam lauwarm wurden.

Der Keller war nie zuvor eine Weinstube gewesen; so weit die Erinnerung zurückreicht, hatte sich hier die Weinhandlung Scheller befunden, bis ihr letzter Besitzer am Ende des Zweiten Weltkriegs in den Wirren des Prager Aufstandes [25] umkam. Als sie unter die so genannte Nationalverwaltung gestellt wurde, waren die Bestände ausgeraubt und selbst einen Teil der Regale hatte irgendwer abtransportiert. Die Weinhandlung wurde nicht weitergeführt. Die früher dafür genutzten Kellerräume der

Nachbarhäuser wurden abgetrennt und zugemauert. Nach langen Jahrzehnten mangelnder Pflege hatte sich für das nun völlig heruntergekommene Gebäude bald nach der samtenen Revolution [31] ein Käufer gefunden.

Zwei Jahre hatte es schließlich gedauert, bis mit viel Geld und westlichem Baumaterial ein Zustand erreicht war, der den Ansprüchen neureicher Altstadtbewohner und westlicher Touristen gerecht wurde. An der Trockenlegung des Kellers wurde bis zuletzt gearbeitet. Nur die wenigen Räume, die noch als Lagerräume gebraucht wurden, hatte man weniger gründlich trockengelegt, vor allem auch deshalb, weil die Feuchtigkeit hier unaufhaltsam vom Nachbarhaus herüberdrang, das noch immer in notdürftig gesichertem Zustand auf seine Renovierung wartete.

Nun war alles für in- und ausländische Touristen hergerichtet, einschließlich der dreisprachigen Speisekarte. Die krummen, weiß gekalkten Wände waren mit Attributen ländlicher Gemütlichkeit behängt, alten Weinbütten, alt gemachten Fassböden, Weinranken aus PVC, Strohbüscheln, schlechten Kopien bekannter Stillleben, einem ausgestopften Fasan und den krumm gewachsenen Gehörnen zweier schwacher Sechsender. Über der Theke aber prangte ein stilisiertes Bild rotwangiger Maiden bei der Weinlese. Es war gerade so gemütlich, wie in den entsprechenden Lokalen anderer europäischer und wohl auch einiger amerikanischer Großstädte. Und das Geschäft ließ sich gut an.

Die Probleme, die der Wirt hatte, waren anderer Art. Er konnte sich einfach nicht erklären, wie sich seine Kellner in den Gewölben bewegten, denn sie kamen immer wieder aus völlig unvermuteten Richtungen. Wo alle Gänge vor der Theke zusammentrafen, erschienen sie oft nicht aus dem Gang, in dem sie bedienen sollten. Aber es ging nicht allein ihm so. Alle drei Kellner wunderten sich immer wieder, aus welcher Richtung ihre Kollegen gerade auftauchten, ja es kam noch schlimmer. Es passierte dem noch etwas unerfahrenen Jan, dass er bei einem älteren japanischen Ehepaar kassieren wollte, das steif und fest behauptete, es habe vor wenigen Minuten bei ihm bezahlt. Der Disput begann zu eskalieren, als der Japaner eine Lösung fand. Er sagte Jan in seinem betont einwandfreien Englisch, er habe ihm doch vorhin eine Yen-Münze gegeben, die er ja nur in seiner Börse suchen müsse. Jan ließ sich gegen seine Überzeugung dazu bewegen, und tatsächlich, da lag sie, fast ganz obenauf. Jan zweifelte an seinem Verstand, entschuldigte sich vielfach und stürzte davon. Beinahe wäre er mit dem quelläugigen, dicklichen Vanja zusammengerannt, an dem man in den engen Gängen immer so schwer vorbeikam. Schon glaubte er, Vanja müsse den Stuhl mit der alten Italienerin unsanft gegen den Tisch stoßen, da war er an ihm vorbei, ohne ihn angerempelt zu haben und ohne dass die alte Dame etwas gemerkt hätte. Vanja verschwand schon in die hinteren Gemächer. An der Theke angekommen fand er dort Vanja und den hageren Ober František, die gerade einige Bemerkungen über ihre Tische austauschten. Jan zweifelte an seinem Verstand, er starrte Vanja an, fasste sich aber dann und versuchte, sich weiter auf seine Arbeit zu konzentrieren.

An einem anderen Abend war František das Opfer. Mehrere Gäste hatten Wurstsalat bestellt, und als er zwei fertige Portionen von der Theke holte und bedienen wollte, hatten diejenigen, die zuerst ihre Bestellungen aufgegeben hatten, bereits ihre Teller vor sich und langten kräftig zu, ohne dass er sich erinnerte, schon einmal die Portionen ausgetragen zu haben. Am nächsten Tisch lag bereits das Besteck, das er ebenfalls gerade bringen wollte, und als er an der Theke zwei Gläser Grünen Veltliner abholen wollte, erklärte ihm der Wirt, er, František selbst, habe sie doch gerade geholt.

So ging es weiter, und es dauerte nicht lange, da platzte Vanja als erster heraus. »Jan!«, sagte er, »wieso kommst du jetzt von der Theke, wo du doch gerade hinter zum Klo unterwegs warst?«

»War ich nicht«, sagte Jan, »aber ich weiß schon, irgendwas stimmt da nicht.«

»Ja, aber was?« meinte Vanja.

»Ganz einfach«, sagte Jan, »du bist nicht da, wo du gerade hingegangen bist, und der František auch nicht. Das ist alles.«

»Ihr seid nicht da, um euch zu unterhalten!«, fuhr František dazwischen, und die zwei eilten zu ihren Gästen um Bestellungen entgegenzunehmen, wobei Jan im Gang schon wieder an František vorbei musste, der doch eigentlich gerade zur Theke gegangen war.

Solche Vorkommnisse wiederholten sich jeden Abend, aber sowohl für die Küche als auch für die Kellner stimmte die Abrechnung, gleichgültig, ob schon einmal kassiert oder bedient worden war. Und das war ja am wichtigsten. So gewöhnte man sich allmählich an die rätselhaften Doppelgänger, und der Wirt wunderte sich nur immer wieder, wie zerstreut er selbst, aber auch seine Kellner sein konnten.

Eines Abends im Mai kam hier eine Gruppe von drei wohlbeleibten Herren mit schütterem, grauem Haar zusammen, alte Prager Parteifunktionäre, die hier unten ganz privat den fünfzigsten Jahrestag des Prager Aufstandes [25] feierten. Sie waren immer dabei gewesen bei den staatlichen Feierlichkeiten zum fünfjährigen, zehnjährigen, zwanzigjährigen, ja bis zum vierzigjährigen Jubiläum. Sie waren im Schmuck ihrer Orden auf der Ehrentribüne gestanden und hatten sich vom Volk bejubeln lassen, das den Festplatz füllte, füllen musste, mit den vielen kleinen und größeren von der Kommunistischen Partei gesteuerten

Organisationen. Sie waren die »Freiheitskämpfer« gewesen, die geholfen hatten, die Stadt von den Deutschen zu befreien, von den Okkupanten und den Einheimischen. Neben ihnen standen dort auch so manche »Freiheitskämpfer«, die erst später dazugekommen waren. Aber wenn man auf der Seite des »Fortschritts« stand und in der Partei seinen Dienst tat, gehörte man mit zu den Feiernden. Nun gab es keine Aufmärsche mehr und die bescheidenen Demokraten in dunklen Anzügen und ohne Orden hatten anderes zu tun.

Aber ihren Stolz hatten unsere drei noch immer. Und so feierten sie hier, in dem Haus, in dem sie damals im Mai nach Kriegsende zusammengetroffen waren, in dem Weinkeller, den sie damals geplündert hatten und in dem sie ihre Waffenbrüderschaft begossen hatten, bevor sie im Übermut die Fässer zerschossen.

Der Wirt war an diesem Abend froh, dass sein Ober František, obwohl er am Vormittag mit Schmerzen ins Krankenhaus gebracht worden war, nun doch bediente, wenn auch bleich, ja geradezu durchsichtig. Denn immer mehr Gäste drängten herein, eine internationale Gesellschaft, diesmal vor allem Polen und Ungarn, ja sogar einige Russen. So konnte der Betrieb doch noch einigermaßen bewältigt werden.

Um Mitternacht näherte sich František mit schleppendem Schritt wieder einmal dem Tisch der drei Funktionäre. Diese hatten der roten St.-Laurentius-Traube kräftig zugesprochen. Einer erhob seinen Stock und rief rau: »He! wo bleibt unser Wein, beweg dich mal ein bisschen.«

František richtete sich auf. Mit einem durchdringenden Blick fixierte er den ungehörigen Gast und mit den Worten »da hast du deinen Wein« nahm er ein volles Weinglas vom Tablett und goss es zielsicher über dessen Gesicht, Anzug und Hemd. Der Gast sprang auf, wie blutüberströmt stand er da, verfärbte sich auch im Gesicht tiefrot, griff sich an die Brust und kippte, ohne ein Wort zu sagen, zur Seite. Auch die beiden anderen waren aufgesprungen. Der eine stürzte sich auf František, glitt auf dem nassen Steinboden aus und schlug mit dem Kinn auf die Tischkante. Das Rumpeln des Stuhles, der in den Gang polterte, übertönte das Krachen seiner Halswirbel. Dem dritten gelang es, František an der Kehle zu packen. Der aber stieß den alten Mann mit unvermuteter Kraft von sich, so dass er der Länge nach auf die Steinfliesen hinschlug und liegen blieb.

Der Wirt, der die Szene mit einem Schlag erfasste, brach hinter der Theke hervor, Jan kam von der Seite gelaufen, František aber schoss den Gang entlang nach hinten. Ein Offizier aus dem Sicherheitsdienst der ukrainischen Botschaft, der sich ihm in den Weg stellte, fühlte sich wie von einer eisigen Hand an einen Pfeiler gedrückt, dann war František vorbei. Er rumpelte durch die Tür ins Weinlager, hinter ihm stürzten rechts und links die Weinregale zusammen. Fassungslos sahen seine Verfolger, wie er ganz hinten durch eine leicht aufgemauerte Wand brach, die einen alten Durchgang verschloss. Mit einiger Mühe folgten sie ihm über Regalbretter, Flaschenscherben und Ziegelsteine in den dunklen Raum, der sich dahinter befand. Eine Lampe flammte auf. Sie fiel auf kahle Wände. Es gab keine Türen. Am Boden moderten die Reste einiger Fassdauben und in einer Ecke lag zusammengesunken ein Skelett mit zertrümmertem Schädel und den Resten einer ledernen Schürze. Der Ober František aber war verschwunden.

Der Notarzt konnte nur noch den Tod aller drei Gäste feststellen. Es folgten hektische Telefongespräche. Zeugenvernehmungen und polizeiliche Protokolle hielten so manchen Gast fest, der eigentlich schon längst hätte gehen

wollen. Erst als das Lokal lange nach ein Uhr geschlossen wurde, wurden die Toten fortgetragen.

In der darauf folgenden Woche erschien der Ober František wieder zur Arbeit, als sei nichts geschehen. Noch war er sichtbar gezeichnet von seiner Krankheit, bleich, ja fast durchsichtig. Er wurde sofort verhaftet, konnte aber ein einwandfreies Alibi vorweisen. Er hatte in der Klinik an jenem Abend nach seiner Blinddarmoperation mehrfach über unerträgliche Schmerzen geklagt und war daher der Nachtschwester gut in Erinnerung. Weitere ungeklärte Zwischenfälle sind seither im »Alten Fass« nicht mehr vorgekommen.

4. WO SIND MEINE BÜCHER?

Vlastimil Horák, Polizeioffizier im Ruhestand, saß in seiner Gefängniszelle und brütete vor sich hin. Schlafen konnte er nicht, denn ein geschwollenes Fußgelenk und ein blau geschlagener Ellbogen erinnerten ihn zu deutlich an eine kleine Auseinandersetzung, die er am Vortag mit einigen kräftigen jungen Beamten gehabt hatte. Er wollte endlich raus hier, denn er war schließlich unschuldig. Aber wie er das dem Gericht klarmachen sollte, davon hatte er noch keine Ahnung.

So holte er zum wievielten Mal die Vorgeschichte seines Missgeschicks aus der Erinnerung hervor, Station für Station: Vor zwei Wochen hatte ihn seine Frau nach einem heftigen Streit vor die Tür gesetzt. Zufällig wusste er von einer Eigentumswohnung in der Anenská, die überraschend billig zu haben war, obwohl die Preise für Altstadtimmobilien gerade sprunghaft in die Höhe gingen. Angeblich sollte es dort spuken. Das, hatte er sich gedacht, sollte doch kein Problem sein. Und so zog er das Angebot einem komplizierten Rechtsstreit vor und bezog mit seinen wenigen Habseligkeiten die neue Wohnung.

Dort sah es nicht gerade heimelig aus. Einige Einbaumöbel waren in der Küche belassen worden. Ansonsten standen nur ein paar verstaubte und ziemlich baufällige Regale herum, sowie ein alter wurmstichiger Bücherschrank, dessen Türen sich nicht mehr verschließen ließen und immer wieder knarrend aufschwangen. Auf seinen Brettern standen noch einige einsame Bände von Meyers Konversationslexikon aus dem neunzehnten Jahrhundert. Eine Liege und zwei Stühle hatte er mitgebracht. Einen Tisch brauchte er zunächst nicht, denn er besaß auch keine Teller. Er hatte die Bretter aus dem Bücherschrank genommen und einige Haken in die Rückwand geschraubt um Kleider aufzuhängen. Der Rest seiner Habe kam zunächst in die Regale.

So verbrachte er seine erste Nacht in einer leeren Wohnung und seine Gedanken kreisten um die Einrichtung, bis sie allmählich in wohlige Träume von einem gemütlichen Heim hinüberglitten. Er erwachte unvermittelt, als ein heller Mondstrahl einen Weg zwischen den gegenüberliegenden Dächern hindurch in sein Fenster gefunden hatte. Außerdem hörte er ein seltsam schlurfendes Geräusch, das von den nackten Wänden der leeren Räume verstärkt wurde. Vorsichtig, ohne Bewegung, versuchte er mit halbgeöffneten Lidern etwas zu entdecken. Was er sah, war für ihn rätselhaft. Quer durch die Stube schlurfte ein alter, gebückter Mann mit einer weißen Armbinde und einem auf seinen Kittel gehefteten gelben Stern [26]. Er ging schwerfällig, aber zielsicher gerade auf den Bücherschrank zu.

Horák kannte diese Kennzeichnung. Als junger Mann hatte er vor Jahrzehnten hier in diesem Stadtviertel mitgeholfen, die wenigen deutschen Juden, die die Konzentrationslager überlebt hatten, und die nun wieder in ihre Wohnungen zurückkamen, aufzuspüren und für den Abtransport in eine der Besatzungszonen Deutschlands in Haft zu nehmen. Sie bekamen zu ihrem Stern, den ihnen die Nazis verpasst hatten, zusätzlich die weiße Armbinde, die sie als Deutsche kennzeichnete, und damit dem öffentlichen Hass preisgab. Aber was wollte dieser Mann in diesem Aufzug hier?

Beim Bücherschrank angelangt schrak er zurück, verbarg sein Gesicht in den Händen und jammerte immer wieder »wo sind meine Bücher, wo sind meine Bücher?« Dann schlurfte er ziellos in der Wohnung herum, von Regal zu Regal, stöberte in Horáks Vorräten herum, schwer atmend und mit zitternden Händen. Schließlich fand er die in einer Ecke aufgestapelten Lexika. Er kniete hastig nieder, stellte die Bände einen neben den anderen in eine Reihe, kontrollierte sie, stellte einen um, schüttelte den Kopf und suchte weiter. Schließlich verschwand er durch die Tür in den nächsten Raum und Horák hörte auch dort sein Schlurfen und Stöbern und mehrmals den jammervollen Ausruf »wo sind meine Bücher?« Dann, nach einigem weiteren Rumoren hörte er das Rumpeln eines Stuhles, ein halbersticktes Gurgeln, dann war es still.

Der Mond hatte sich verzogen und Horák war alsbald wieder eingeschlafen, auch wenn seine Träume nun weniger harmonisch waren. Bilder stiegen in ihm auf, Bilder aus seiner Jugendzeit, die nun schon ein halbes Jahrhundert zurücklag. Hier, im ehemaligen Ghetto hatten sich nach der Verschleppung der jüdischen Einwohner ein paar Reichsdeutsche und Kollaboranten in die gut eingerichteten Wohnungen gesetzt. Sie wurden dann natürlich bei Kriegsende hinausgejagt. Die »Befreier« nahmen sich von der Einrichtung so viel mit, wie sie brauchen konnten. Das meiste landete schließlich irgendwo in den Hinterhöfen oder beim Altwarenhändler. Im besten Fall standen einzelne Teile noch lange als fremdartiges Prunkstück in der Wohnung einer einfachen Arbeiterfamilie. Die Bücher aber, sofern sie nicht hinausgeworfen und verbrannt wurden, landeten beim Altpapierhändler, der vielleicht das eine oder andere noch für ein paar Heller im Antiquariat los wurde.

Horák hatte noch allerlei Erinnerungen an jene aufregende Zeit. Seine Mutter hatte zwar immer versucht, ihn davon abzuhalten, bei den Plünderungen und den Menschenjagden [25] mitzumachen, die seine Altersgenossen unternahmen. Aber da er gerade achtzehn Jahre alt geworden war, konnte er sich als Hilfskraft bei einer Polizeistation melden und machte sich noch bei den letzten

Aufräumarbeiten nützlich. Nach dem Aufspüren der letzten Deutschen, wozu auch die meisten Juden gerechnet wurden, ging es dann weiter mit den Klassenfeinden. Es hatte immer genug zu tun gegeben.

Am Morgen inspizierte er seine Wohnung. Es fehlte nichts, es war auch nichts in Unordnung. Lediglich die Lexikonbände in der Ecke standen wie eine Reihe Soldaten säuberlich geordnet, streng in der Reihenfolge des Alphabets, nur dass vorn und hinten und auch zwischendrin einzelne Buchstaben fehlten. Der Stuhl im Nebenraum lag umgefallen vor dem Fenster. Ein Traum war das Erlebnis der letzten Nacht also nicht. Aber nachdem das Gespenst, er war sicher, dass es sich um den Spuk handeln müsse, wegen dem die Wohnung so billig war, ihn nicht einmal beachtet hatte, machte er sich darüber weiter keine Gedanken.

So begann er energisch, die Einrichtung in Angriff zu nehmen. »Die Tapeten der Küche«, dachte er sich, »wären ja noch einigermaßen in Ordnung«. So könnte er sich zunächst hier einrichten und dann die übrigen Räume nach und nach renovieren und mit Möbeln ausstatten. Also machte er sich zuerst auf die Suche nach einem gebrauchten Kleiderschrank. Dazu besorgte er sich eine Zeitung, deren Kleinanzeigen er während des Morgenkaffees in seiner Stammkneipe durchblätterte. Es gab ein paar alte Schränke, doch waren die Anbieter zumeist der Meinung, wertvolle Stilmöbel zu besitzen, und die Preise waren danach. Trotzdem notierte sich Horák einige Adressen. Die mit Telefon waren zuerst dran. Sie waren bald erledigt, ohne dass Horák etwas Brauchbares gefunden hatte. Zwei weitere musste er zu Fuß aufsuchen und so machte er sich auf den Weg durch die Stadt.

Die erste Adresse auf der Kampa erwies sich als Fehlschlag, der Schrank war schwarz von Schimmel. Die zweite war wieder in der Altstadt, nicht weit vom Wenzelsplatz. Unten im Haus befand sich ein Antiquariat. Nachdem Horák geläutet hatte, stand er für einige Augenblicke vor der Auslage, in der dickleibige Folianten, meist aus der Zeit vor der Gründung der Republik[21], auf Käufer warteten. Kurz dachte er an seinen nächtlichen Besucher. Da wurde ihm geöffnet und er stieg die knarrenden Stufen hinauf in den zweiten Stock. Der Schrank, den er sehen wollte, lehnte schon zerlegt an der Wand. Es war einer von der glatten, modernen Sorte, aus billigen Pressspanplatten und daher auch nicht teuer. Aber, was wollte er mehr? Schnell war man sich einig und das anspruchslose Möbel wechselte für den Preis eines mittleren Abendessens den Besitzer.

Für den Transport besorgte er sich den Leiterwagen seines Neffen František, der nur einige Straßen weiter wohnte. Von dort kam er eine Viertelstunde später wieder vor dem Antiquariat an, neugierig von den Bewohnern der oberen Stockwerke beäugt. So nach und nach brachte er, mit Hilfe des ehemaligen Besitzers, die langen, sperrigen Teile nach unten und band sie auf dem Leiterwagen fest. Unterwegs in sein neues Zuhause erstand er noch einen Schraubenzieher.

Dort angekommen hatte er erheblich mehr Mühe, die einzelnen Teile in seine Wohnung zu befördern, so dass er sich schließlich ziemlich außer Atem an den Rücktransport des Leiterwagens machte. Nach getaner Tat und nach einem guten Schluck Slivovitz bei seinem Neffen ging es noch zu einem kurzen Imbiss in die Stammkneipe. Jetzt erst merkte Horák, was er für einen Durst hatte. Ausgepumpt wie er war, gab ihm jedoch schon das zweite Bier den Rest. So zahlte er bald und warf sich, kaum dass er noch die Energie hatte sich auszukleiden, ins Bett.

Auch in dieser Nacht kam der Spuk wieder. So, als hätte das Gespenst bemerkt, dass er besonders tief schlief, war heute sein Wehklagen und Schlurfen lauter als in der Nacht zuvor, so dass Horák schließlich doch erwachte, gerade als der alte Mann nach der Kontrolle der Lexikon-Bände im Nebenzimmer verschwand. Nachdem es dort wieder nach einem erstickten Schrei still geworden war, ging Horák, um nachzusehen, was sich dort abgespielt hatte. Ein Blick durch die Tür genügte: Leblos hing der Alte am Fensterkreuz; unter ihm lag der weggestoßene Stuhl. Auch solche Bilder hatte er noch in Erinnerung. Nicht nur einmal hatte sein Trupp die Menschen, die sie abholen sollten, leblos in ihrer Wohnung gefunden, erhängt, vergiftet oder mit geöffneten Pulsadern. Horák schloss die Tür, stieg in sein Bett und war in wenigen Minuten eingeschlafen.

Die nächsten Tage waren weiterhin angefüllt mit Besorgungen, mit Einkäufen für die Wohnung, mit Arbeiten an den Wänden, Ausbesserungen am beschädigten Parkettboden, dem Aufstellen gebraucht gekaufter Möbel, die er nach und nach zusammentrug. Jede Nacht aber kam der Geist. Wenn Horák bewusst beide Augen geschlossen hielt, wurde der Geist immer lauter, so lange, bis Horák irgendwie zu erkennen gab, dass er wach war. So wurde ihm klar, dass er mit dieser Belästigung eines Tages fertig werden musste. Entweder musste er das Gespenst für immer vertreiben oder erlösen. Aber wie?

Wieder einmal hatte Horák in seiner Stammkneipe einige Biere zuviel getrunken. Da kam ihm die rettende Idee, die noch dazu die angenehme Nebenwirkung hatte, dass er einen Grund hatte, sich ohne Umstände mit seiner Tagesbekleidung ins Bett zu legen.

Als der alte Mann mit seiner Klagelitanei begonnen hatte: »Wo sind meine Bücher, wo sind meine Bücher?«, sprach ihn Horák unvermittelt an: »Alterchen«, sagte er, »ich glaube, ich weiß, wo deine Bücher sind. Ich will sie dir zeigen.«

Der Alte war herumgefahren. Dann sank er auf die Knie. »Pane, zeigen Sie mir meine Bücher«, flehte er Horák an, »ich suche sie seit einem halben Jahrhundert.«

Horák war selbst überrascht über seinen Mut. »Ja«, sagte er, stieg aus dem Bett, griff nach seinem Mantel und öffnete die Tür. Vorsichtig, mit zitternden Knien, folgte ihm der alte, gebeugte Mann die Treppe hinunter, über den Innenhof auf die Straße. Dort gingen sie weiter hinein in die Altstadt.

»Wissen sie«, sagte der alte Mann in einem etwas umständlichen Tschechisch mit erkennbar deutschem Akzent, »ich habe immer gehofft, dass ich jemanden finde, der weiß, wo meine Bücher hingeraten sind. Sie waren mein Ein und Alles, schon bevor meine Frau und mein Sohn von den Nazis ermordet wurden. Wie ich aber nach Prag heimgekommen bin, war meine Wohnung verwüstet, die Bilder und Teppiche waren fort, und von meinen Büchern war nichts übrig als die paar Bände von Meyers Konversationslexikon. Und es waren so schöne Bücher gewesen, Goethe, Schiller und viele andere Dichter. Aber auch Kant, Marx, Masaryk und große Geschichtswerke, ach es ist alles fort gewesen.«

Horák hörte nur halb hin. Wohl kannte er den einen oder anderen Namen, aber sie bedeuteten ihm nichts, jedenfalls nicht als Autoren. Er hatte sich an das Antiquariat erinnert, vor dem er beim Kauf seines ersten Schrankes gestanden hatte. Nach einer Viertelstunde hatten sie es erreicht. Eine freundliche Laterne leuchtete hinein in die Auslage und der alte Mann lebte richtig auf beim Anblick der kunstvoll verzierten Buchrücken. Plötzlich rief er aus: »das dort, das ist von mir«! Und bevor Horák irgendwie reagieren konnte, hatte sich der alte Mann mit aller Gewalt gegen die Glasscheibe geworfen. Die gab nach und der Geist verschwand durch einen Regen von Glasscherben nach drinnen. Horák aber stand allein vor der aufgebrochenen Auslage. Oben öffnete sich ein Fenster. Eine schrille Frauenstimme schrie nach der Polizei. Horák machte, dass er davonkam.

Zuhause kleidete er sich ordentlich um, ging ins Bett und erwachte erst, als unsanft an seine Tür geklopft wurde. Draußen standen drei junge Polizisten. Nicht nur, dass die Frau aus dem ersten Stock ihn als den Käufer des Schrankes identifiziert hatte und dass sich in seinen Hosenaufschlägen noch einige Glassplitter fanden. Nein, die Durchsuchung der Wohnung ergab auch, dass der alte Bücherschrank voll mit alten Gesamtausgaben von Goethe, Schiller, Herder und Lessing war, die in der soeben vergangenen Nacht aus dem aufgebrochenen Antiquariat verschwunden waren.

Horák überdachte seine Lage. Es war ihm klar geworden, dass er nur dann eine Chance hatte, für seine Schilderung dieser Nacht Glauben zu finden, wenn er wenigstens einen Zeugen für den Spuk in seiner Wohnung finden konnte. Damit beauftragte er schließlich seinen Verteidiger. Der konnte zwar vom Verkäufer der Wohnung erfahren, dass sich einige Vormieter über den Spuk beklagt hätten, doch von denen sei keiner mehr am Leben. Er selbst habe nie dort gewohnt und habe also nur von dem Spuk gehört. Er sei es allerdings leid gewesen, nach dem plötzlichen Tod jedes Mieters wieder einen neuen suchen zu müssen und habe die Wohnung daher verkauft.

Mit dieser Aussage und der Schilderung Horáks gelang es dem Anwalt immerhin, auf den jungen Untersuchungsrichter soviel Eindruck zu machen, dass dieser, mit einem Hang zur Esoterik begabt, beschloss, selbst der Sache auf den Grund zu gehen. Er verbrachte also eine Nacht in Horáks Wohnung. Vergebens. Weder ein Gespenst noch sonst irgend etwas Auffälliges war zu bemerken.

Horák nahm diese Nachricht mit steinerner Miene zur Kenntnis. Die zwei Polizisten, die ihn am folgenden Tag zum Gerichtsgebäude bringen sollten, fanden seine Leiche erhängt am Fensterkreuz.

5. HEIMWEH NACH PRAG

Es war Mitternacht. Sacht schlüpfte Slávek aus dem Bett, blickte zurück auf den ruhig dort Schlafenden und zwängte sich durch das halbgeöffnete Fenster im dritten Stock des Hotels Bohemia. Dann sprang er und schwebte hinein in die Gassen der Prager Altstadt. Am Altstädter Ring glitt er zu Boden und schlenderte vorbei am Rathaus. Tief sog er die Luft seiner Heimatstadt ein, den muffigen Dunst aus offenen Kellerfenstern und Wein- und Zigarettengeruch aus den Lokalen. Liebevoll glitten seine Augen entlang an den gotischen und barocken Fassaden. Dann bog er hinüber zum Kreuzherrenplatz, wo er von jenseits des Altstädter Brückenturmes Musik und lautes Johlen und Schreien hörte.

Nach langen, schmerzlichen Jahren des Exils war er zum ersten Mal wieder nach Prag gekommen und konnte sich diesen mitternächtlichen Aufruhr nicht erklären. Neugierig schritt er in Richtung der Klänge, die offensichtlich von der Karlsbrücke kamen. Dort herrschte ein munteres Treiben. Schon von fern sah er, wie immer wieder Gestalten über die steinerne Brüstung hinunter in die Moldau sprangen oder von dort heraufkamen. Schließlich auf der Brücke angekommen erblickte er auch die Ursache der Fröhlichkeit. Drunten auf der Moldau lag ein Floß, auf dem ein Fass Wein aufgebockt war. Dort wurde gezecht und gelacht, ständig kamen neue Gäste aus allen Richtungen dazu, von der Brücke, aber auch direkt über die Moldau von der Kleinseite oder von der Altstadt her. Ebenso viele schwangen sich nach einem frischen Trunk wieder zur Brücke hinauf. Dort lagerten sie in Gruppen auf der Steinbrüstung, auf den Figuren, wo immer es ihnen gefiel.

Slávek war freudig überrascht. Das hatte er nicht erwartet. Auf den ersten Blick sah er, dass dies keine angeheiterten Touristen waren. Es waren alte Prager, Geister wie er, die sich hier in großer Menge mit der ihnen eigenen Leichtigkeit bewegten. Nein, er war nicht allein, er musste sich nicht nachts verstohlen durch seine Stadt schleichen, es gab seinesgleichen im Überfluss.

So rasch er konnte stürzte er auf die erste Gruppe zu, um zu erfahren, was hier für ein Fest gefeiert würde. Allein die erste Antwort war wenig aufschlussreich: »Das siehst du doch, das ist immer so!«, und husch war sein Gesprächspartner wieder hinunter zur Moldau gerauscht. Irgendwie war er ihm bekannt vorgekommen. So sprang er ebenfalls hinunter zum Weinfass. Dort schenkte ein wohlbeleibter, grünlicher Herr mit hervorquellenden Augen die Gläser voll. Er traute seinen Augen nicht, es war der altbekannte Wassermann, wie er ihn aus vielen Illustrationen kannte – der und Wein? Vom ersten Glas mutiger geworden fragte er ihn: »Wie kommst du zu Wein?«

»Glaubst du nicht, 23 Stunden Wasser pro Tag sind genug?«, antwortete der und prostete ihm freundlich zu: »Du bist wohl neu hier, willkommen in Prag! Schau dich erst einmal um, wer alles da ist. Bisher hat noch jeder eine Menge Bekannte getroffen.«

Beschwingt hob sich Slávek wieder zur Brücke hinauf. Dort marschierte er aufmerksam von Gruppe zu Gruppe und musterte die Anwesenden. Plötzlich blieb ihm das Herz stehen: Da war ja Eliška, die es bis Sidney verschlagen hatte. Wie kam sie nur hier her, und mit wem unterhielt sie sich gerade so heftig, dass ihre Hände nach allen Richtungen flogen? Slávek trat in den Kreis und begrüßte sie. Im Nu verstummte die Diskussion. Alle Augen hefteten sich auf Slávek. Eliška aber sprang auf: »Ahoj Slávek«, sagte sie, »woher kommst du?«

»Direkt aus Frankfurt«, war seine Antwort, »ich habe einfach keine Ruhe finden können, ohne Prag wiederzusehen.«

»Da geht es dir so wie uns allen«, sagte Eliška, »schau her, das ist Milan aus New York, das Hana aus München, dort Evička aus Oklahoma City und dort Oldřich aus Los Angeles. Wir alle sind dort im Ausland gestorben und vermutlich genau auf die gleiche Art hierhergekommen wie du. Ich bin schon das dritte Mal hier und ich komme immer wieder. Man trifft immer wieder andere gute Bekannte.«

»Wann bist du eigentlich abgehauen?«, fragte Slávek, »wie ich '68 [29)] im Westen blieb, warst du noch da.«

»Ja«, sagte Eliška, »ich habe es noch bis '70 ausgehalten. Du weißt, ich hatte gerade Jan geheiratet, als sich herausstellte, dass er unheilbar krank war. Und er wollte nicht im Exil sterben. Ich bin bis zuletzt bei ihm geblieben. Ich habe ihn gestern in Smíchov im Friedhof besucht. Er ist ja kein Unerlöster und darf nur raus, wenn ich da bin und ihn rufe.«

»Und wer ist noch da von unserer alten Clique?« fragte Slávek.

»Im Moment niemand«, war die Antwort. »Aber unser alter Lehrer Horáček sitzt dort drüben beim Nepomuk, und direkt über dem Floß sitzen immer ein paar Leute von der Universität, die saufen am meisten.«

»Bist du noch länger da?«

»Ja, noch vier Tage« antwortete sie.

»Dann sehen wir uns bestimmt morgen wieder«, sagte er, »ich muss mich hier erst einmal orientieren. Tschüs!«

Slávek verabschiedete sich und beschloss, erst einmal beim Universitäts-Treffpunkt nachzusehen. Dort saßen zunächst zwei eng umschlungene Paare, deren Gesichter unerkennbar aufeinander ruhten. Dann fand er den alten

Pedell der Wirtschaftsfakultät in vollkommenem Delirium. Er war ebenfalls nach Frankfurt geflohen, hatte sich aber innerhalb von drei Jahren zu Tode getrunken. Schließlich fand er Vladimír Koza, den Assistenten bei den Lateinern, mit dem er als Hilfskraft bei den Griechen oft in der Bibliothek zusammengetroffen war, in tiefem Gespräch mit einem uralten, weißhaarigen Herrn. Slávek erblasste vor Ehrfurcht. Er hatte niemanden anderen vor sich als Zdeněk Janoš, den hochgeachteten Extraordinarius für internationalen Philosophie-Vergleich, der noch im Alter von über 70 Jahren seinem Vaterland Lebewohl gesagt hatte, um nach London zu gehen. Zunächst begrüßte er Vladimír, in der Hoffnung, Prof. Janoš vorgestellt zu werden.

Vladimír war hoch erfreut. »Slávek« sagte er, »dass du auch einmal hier erscheinst. Wir kommen jedes Jahr einige Male hierher und treffen uns fast immer hier auf der Brücke. Nur wenn die oben bei den Zellstoffwerken bei Krummau, der ehemaligen Papierfabrik Spiro, wieder einmal zuviel Säure oder Lauge in die Moldau kippen, dass unser Wassermann vor lauter Ekzemen nicht mehr auftauchen kann, dann treffen wir uns auf der Burg, dort, wo öfters Leute aus dem Fenster gestürzt wurden [11)27)], von denen sind auch einige sehr gastfreundlich und freuen sich immer, wenn wir kommen.« Slávek dachte an die eigenartigen roten Pusteln, die er auf der Haut des Wassermanns gesehen hatte.

Abrupt unterbrach Vladimír seinen Redeschwall. »Übrigens, darf ich vorstellen, Dr. Slávek Macek aus Frankfurt, früher hier am Institut für altgriechische Sprache, Prof. Zdeněk Janoš, Philosoph aus London.«

»Ehemals Prag«, ergänzte Slávek und verneigte sich tief vor dem alten Herrn, »es ist mir eine große Ehre, ihnen vorgestellt zu werden.«

»Vole!« sagte dieser. Slávek zuckte zusammen. Warum gebrauchte dieser würdige, alte Herr diese primitive Anrede? Vole heißt wörtlich »du Ochse!«, wird aber ebenso beiläufig verwendet wie im Deutschen »Gell!«

Vladimír klärte ihn rasch auf: »Slávek, wundere dich nicht, Herr Professor Janoš ist nämlich mit einem Fußballer hier, das färbt ab.« Slávek verstand überhaupt nichts, aber Vladimír fuhr fort: »Er soll es am besten selbst erzählen; ich weiß auch nur einen Teil von der Geschichte.«

Professor Janoš aber, der selbst erschrocken war, entschuldigte sich zunächst und fing an, in seiner typischen, professoralen Sprache zu erzählen: »Wie sie vielleicht selbst erfahren haben, junger Freund, können wir Unglücklichen, die fern unserer Heimat gestorben sind und begraben wurden, die ewige Ruhe nicht finden. Wir gehören zwar zu den leichteren Fällen der Unerlösten und können uns deshalb nur in der Mitternachtsstunde frei bewegen und diese Freiheit haben wir dafür, um immer wieder eine Reise nach Prag zu organisieren. Leider können wir nur auf einem Weg nach Prag gelangen: Wir fahren in einen Menschen, den wir zufällig oder gezielt bei unseren mitternächtlichen Ausflügen aufsuchen, und übertragen unseren sehnlichen Wunsch, nach Prag zu kommen, auf ihn, so lange, bis er sich tatsächlich auf den Weg macht und nach Prag fährt. Wenn er dann hier ist, müssen wir dafür sorgen, dass er abends so müde wird, dass er pünktlich um Mitternacht im Bett ist und schläft. Dann können wir ausfliegen und, wie Vladimír sagte, hier zusammentreffen. Ich sage ihnen, hier trifft sich die Elite der alten Prager Gesellschaft, alles, was die Gegenreformation [14, 16], die Österreicher [19], die Nazis [22-24], die Nationalsozialisten [25-26], die Roten [27-30] und zwischendurch auch mal der Hunger aus dem Lande gejagt haben. Sogar der Heilige Adalbert soll zwischen 997 [4] und 1039 in diesem Kreis verkehrt sein. Dann haben sie seine

Reliquien in Gnesen geraubt und im Veitsdom beigesetzt und seither hat er keinen Grund mehr, hier aufzukreuzen, obwohl es ihm angeblich recht gut hier gefallen hat.

Aber nun zu meiner Geschichte: Ich habe sehr lange gebraucht, bis ich begriffen habe, was ich zu tun hatte. Zuerst, als das Heimweh nicht mehr auszuhalten war, machte ich mich schlichtweg von meinem Friedhof am Rand von London auf den Weg. Wir können schnell sein, aber das hilft nichts, wenn man nicht zu den kräftigsten gehört und bis eins wieder zurück sein muss. Zweimal habe ich es immerhin über den Kanal geschafft, einmal davon sogar bis nach Paris, wo ich auf dem Friedhof ein paar alte Prager traf. Einer von ihnen hat mir dann den Tipp gegeben, mich in einem lebenden Menschen einzunisten.

Damit begann aber erst das Problem. Irgendwie habe ich nie die richtige Person gefunden. Zuerst machte ich mich an eine ältere, hochgebildete Dame heran, die eine Menge von Kunstbänden über alle Städte Europas besaß. Ich dachte, es müsste ein Leichtes sein, sie nach Prag zu bringen. Erst nach drei Wochen merkte ich, dass sie an unüberwindlicher Flugangst litt. Ein ebenfalls sehr gebildeter Gerichtsassessor schien mir hoffnungsvoll, doch er hatte schlichtweg seinen Jahresurlaub schon verbraucht. Schließlich forschte ich immer an den Litfasssäulen nach Vorträgen und Informationsveranstaltungen über das östliche Mitteleuropa, um dort das richtige Publikum zu finden. Aber dafür ist London der falsche Ort. Es brauchte drei Monate, bis an einem College ein Vortrag über die Prager jüdische Literatur angekündigt war. Der Referent war selbst ein alter Prager Jude. In den fuhr ich, um sein Publikum kennen zu lernen, denn er selbst war bereits viel zu hinfällig für eine so lange Reise. Es waren gerade drei Besucher erschienen. Ein Student, der sofort einschlief, und die alte Dame mit der Flugangst. Es war nicht zum Aushalten. Der dritte war ein angesehener Arzt, der gerne reiste und sich angelegentlich nach Hotels und Sehenswürdigkeiten in Prag erkundigte. Er war meine letzte Hoffnung. Als ich merkte, dass er sich reisefertig machte, fuhr ich erwartungsvoll in ihn. Ich war so geblendet von der Aussicht, nach Prag zu kommen, dass ich überhaupt nicht merkte, dass er nichts anderes im Sinne hatte, als die kleinen, braunen Mädchen von Bangkok. Glücklicherweise ging seine Maschine erst fünf Minuten nach Mitternacht, so dass ich gerade noch abspringen konnte.

Schließlich half mir die Fußball-Europameisterschaft [34] aus meiner verzweifelten Lage. Es war eine Menge tschechischer Fußballfans angereist und als die tschechische Nationalmannschaft ins Finale kam, kam noch einmal eine weitere Horde. Die reisen doch alle wieder zurück in ihre Heimat, dachte ich mir. Und als sie scharenweise betrunken auf und unter den Parkbänken herumlagen, suchte ich mir einen aus, der außer tschechischen Fähnchen auch noch Abzeichen von Slavia Prag angeheftet hatte. Zwei Tage später war ich hier. So habe ich es eigentlich sehr gut, denn dass dieser Hilfsarbeiter, der sein letztes Geld geopfert hat, um nach London zu reisen, noch einmal dorthin fährt, um mich wieder abzuliefern, das ist so gut wie ausgeschlossen. Aber der Preis dafür ist hoch. Ich kann ja nicht weghören, wenn er spricht, die Konsonanten verschluckt und die Vokale breitquetscht. Jedes dritte Wort ist ›Vole!‹, denn er stammt aus dem Chodenland bei Taus. Dort reden die Holzknechte so. Ständig spuckt er irgendwohin aus. Er prügelt Frau und Kinder, säuft, sooft er Geld hat, oder wenn einer seiner Fußballfreunde einen ausgibt. Dann ist mir jedes Mal schon übel, wenn er noch völlig nüchtern erscheint. Aber«, er machte eine lange Pause, »das Wichtigste, vole!, ist eben doch, man ist zuhause. Vole!«

Slávek war beeindruckt. »Meine Geschichte«, meinte er, »ist viel weniger aufregend. Irgendwie hatte ich das Glück, um Mitternacht in einem erleuchteten Fenster einen Diavortrag über Prag zu entdecken. Aus den Gesprächen der Zuschauer erfuhr ich, wer als nächster nach Prag fahren wollte. So fuhr ich dann am Tag vor seiner Abreise in ihn. Das ist alles. Und Vladimír, wie kamst du hierher?« fragte er schließlich.

»Ich bin schon früh auf den Dreh gekommen« meinte dieser, »aber bei uns in Kanada muss man sich schon gehörig anstrengen, bis man jemanden nach Prag bekommt. Glücklicherweise gibt es dort ganze Siedlungen von Tschechen [23)] aber auch von Sudetendeutschen [26)], die etwas später ins Ausland gingen und die immer wieder nach Böhmen fahren. Auch ihre Nachkommen halten die Tradition aufrecht. Zur Zeit bin ich mit einem Deutschen hier, der alles schrecklich findet. Nur das Essen findet er billig und gut und so schaufelt er den ganzen Tag lang in sich hinein, was er finden kann. Danach sieht er auch aus. Außerdem fühlt er sich verpflichtet, für alle Bekannten und Verwandten Andenken mitzubringen. So komme ich wenigstens in ganz Prag herum, wenn er alle Kaufhäuser und Andenkenläden durchstöbert.«

»Bist du morgen auch hier?«, meinte Slávek, »ich bin mit meinem ersten Orientierungsrundgang noch nicht zu Ende«.

»Natürlich«, meinte Vladimír, »aber schick dich, es ist schon halb.«

»Also, Ahoj Vlad'a! Na shledanou Herr Professor!, bis morgen!« Und schon war Slávek einige Meter weiter bei der nächsten Gruppe angelangt. Hier tagte ein seltsames Kollegium. Dunkel gekleidete Herren mit hohen Hüten und steifen Krägen ließen sich unschwer als Emigranten einer weit zurück liegenden Zeit erkennen. Slávek kannte keinen von ihnen, auch ihr Gespräch, so laut und heftig es auch herging, war für ihn, trotz hervorragender Lateinkenntnisse, kaum zu verfolgen. Mehrmals fielen Namen wie Luther, Melanchthon oder Comenius [14] und so gab er sich damit zufrieden, dass ihre Anwesenheit etwas mit der Reformationszeit zu tun haben müsse.

Er ging weiter. Plötzlich horchte er auf. Da wurde doch deutsch gesprochen. Tatsächlich, ein ganzer Kreis von recht nobel gekleideten Herrschaften hatte sich vor dem Denkmal Karls IV. [5] niedergelassen und diskutierte heftig. Slávek wusste wohl, dass es früher viele deutsche Bürger in Prag gegeben hatte [26]. Aber dass auch die Heimweh hatten, unstillbares Heimweh, das sie nicht in ihren Gräbern in Deutschland schlafen ließ, daran hatte er noch nie gedacht. Was werden sie wohl bereden, dachte er und schlich näher. Aber er fand keine besonders aufschlussreichen Gespräche. Offenbar ereiferten sich einige über eine lang zurückliegende Liebesaffaire in der Prager Besseren Gesellschaft. Zwei stritten sich darüber, ob sich Johannes Urzidil selbst mit »rz« oder mit »ř« ausgesprochen habe. Das feste Beharren auf den Standpunkten verriet den Einfluss des Alkohols.

Immer deutlicher hörte Slávek nun die Musik, bis er schließlich vor den Musikanten stand. Zwei Geigen, zwei Gitarren und ein Bass spielten fröhlich und zu ihrem eigenen Vergnügen die wohlbekannte, traditionelle Zigeunermusik. Eine ganze Schar von Zuhörern saß um sie herum. Gelegentlich brachte einer einen Krug Wein und schenkte den Unermüdlichen neuen Treibstoff ein. »Wohin mag es die wohl verschlagen haben?«, dachte sich Slávek, aber zum Fragen war keine Gelegenheit. Er blieb eine Weile stehen, da wechselte plötzlich der Ton. Nun erklangen schottische Weisen, wobei der Bass geschickt den Dudelsack imitierte. Was da wohl für eine Geschichte dahinter stand?

Auf dem weiteren Weg hörte er wieder deutsche Laute, sah aber niemanden. Eindringlich meinte die eine Stimme: »Gib doch zu, dass es ein Fehler war, nach Israel zu gehen[23]. Es war doch klar, dass in dieser Situation keine Philosophen gebraucht werden.«

Ruhig antwortete die andere in dem für die Prager Juden typischen, etwas singenden Tonfall: »Nun, lieber Freund, so ein Fehler war es sicher auch nicht. Erstens hat es mich nicht so erwischt wie dich, und zweitens hab' ich dort eine schöne Arbeit als Traktorfahrer im Kibbuz bekommen.«

»Da magst du recht haben«, meinte der andere, »mir hat nach meiner Rückkehr aus dem KZ so ein spätberufener Partisan die Nase eingeschlagen und zwei Rippen gebrochen[26], von der Gehirnerschütterung einmal abgesehen. Die Kerle hielten mich für tot, deshalb lebe ich noch. Aber du und Traktorfahrer? Da wundert es mich nicht mehr, dass ich nichts mehr von dir gelesen habe. Ich dachte schon, sie hätten dich umgebracht.«

Jetzt entdeckte Slávek die beiden. Sie saßen auf der Außenseite der Steinbrüstung und kehrten dem fröhlichen Volk den Rücken zu. Slávek lauschte fasziniert weiter. »Du glaubst gar nicht, wie man auf einem Traktor zum Denken kommt. Stell dir vor, ganz ohne den Stress der Hochschule, ohne Verwaltungskram, ohne Sekretärinnen und Studenten, ohne den Zwang etwas schneller fertig zu schreiben als die Konkurrenz – es waren meine glücklichsten Jahre. Schreiben konnte ich sowieso nichts, denn der Kibbuz hatte keine Schreibmaschine. Später in Rente schrieb ich noch mal ein paar Aufsätze in Hebräisch und Englisch. Aber da warst du ja auch schon im Altersheim.«

»Und außerdem war ich auch schon lange nicht mehr im Geschäft. Bis ich nach der Vertreibung wieder auf die Beine kam, war ich zu alt. So blieb ich Redakteur bei einer

Landwirtschaftszeitung. – Aber hast du noch mal was vom alten Sternheim gehört?«

»Ach ja«, meinte der andere, »Theresienstadt, Auschwitz [24], aber er und sie kamen zusammen mit ihrer Tochter zurück. Zu früh, die Tochter wurde von den Russen verschleppt, die Frau erschlagen. Er selbst kam wieder zu Kräften und versuchte noch mal in die Politik zu gehen.«

»Ja, ich weiß, er war Kommunist – und?«

»Das hat ihm wenig geholfen. Nach dem Slansky-Prozess [27] starb er im Gefängnis, obwohl er nur zwei Jahre bekommen hatte.«

»Und Germeier?«

»Der wurde mit einem Nazi-Funktionär verwechselt und aufgehängt. Es gab ja keine Gerichte.« Nach einer Pause meinte er: »Reden wir von etwas anderem. Wie geht's der Familie?«

»Mein Sohn kam früher gelegentlich von Stalingrad herüber. Aber seit keine russischen Soldaten mehr da sind, ist es zu selten möglich. Ich habe ihn nicht mehr getroffen. Und die Deinen?«

»Die sind wohlauf. Mein Sohn hat noch zehn Jahre bis zum Ruhestand …«

Slávek beeilte sich nun, wieder zur Mitte der Brücke zu kommen. Überall herrschte nun Aufbruchstimmung und er entdeckte keine weiteren Bekannten mehr. So schwang er sich zum Abschiedstrunk wieder hinunter zu dem Floß in der Moldau. »Nazdravi!« sagte der Wassermann und hielt ihm ein volles Glas entgegen, »da bist du ja wieder. Nun, wie hast du dich eingelebt bei deinen internationalen Schicksalsgenossen?«

Slávek gab sich zunächst dem ersten, tiefen Schluck hin, bevor er antwortete. »Gleich zwei nähere Bekannte habe ich getroffen«, sagte er, »und noch dazu die Bekanntschaft

mit dem großen alten Professor Janoš gemacht, das ist fast zu viel für eine Stunde.«

»Na ja, zehn Minuten hast du ja noch. Dass es hier schon ruhiger wird, liegt nur daran, dass die Betrunkenen schon früher heim fliegen müssen, um pünktlich da zu sein.« Slávek sah sich um. Tatsächlich kam nur noch hin und wieder jemand zum Floß herunter. Dafür aber spielten rings in den Wellen kleine durchsichtige Wesen. Einige saßen auf dem Floß auf den Enden der Stämme und sangen leise miteinander traurige Melodien. Wieder andere sah er unten auf den Steinsockeln der Brückenpfeiler.

Der Wassermann hatte seinen verzauberten Blick gesehen. »Das sind unsere Rusalky«, sagte er, »kleine Mädchen, die aus unglücklicher Liebe gestorben sind. Manche gingen ins Wasser, manche sprangen von einem Turm und manche verzehrten sich einfach so in ihrem Leid. Ganz Böhmen ist voll von ihnen. Und du kannst dir vorstellen, dass es gerade in der Moldau besonders viele gibt.«

Slávek hatte natürlich vor langen Jahren die Märchen von ihnen gehört und er freute sich, nun mitten unter ihnen zu sein. Da tauchte direkt am Floß ein feines Gesichtchen auf, ein grüner, glatter Körper folgte und kam in nackter Unschuld gerade auf Slávek zu. »Ah«, sagte der Wassermann, »darf ich bekannt machen, meine Tochter – hier einer meiner Gäste, einer der auswärtigen Prager« – »Angenehm, Slávek Macek« sagte Slávek und streckte ihr ohne viel zu denken seine Hand hin, die sie ergriff. Da war es um ihn geschehen. Noch nie hatte er eine so feine, geschmeidige Haut gespürt, keine der vielen Hände, die er je gefühlt hatte, war so zart, so schmiegsam, wie diese. Slávek wagte nicht, sie fest zu drücken. Er hielt sie wie ein Wunder, wie ein Kind, das ein neues Plüschtier bekommen hat, blickte ihr in die Augen und wusste nichts zu sagen. Da schlug eine Turmuhr eins –

Slávek schrak zusammen. Er erwartete, sogleich mit verheerender Wucht gepackt zu werden um schmerzhaft dort zu landen, wo er 23 Stunden des Tages seine Heimat hatte. Nichts davon geschah. Der Wassermann lachte nur und sagte: »Reiß dich los, es ist Zeit. Das ist nur der Turm von St. Georg, der geht immer eine Minute vor.

Und wundre dich nicht, eine Glocke zu hören, die haben die Roten zwar alle weggenommen und eingeschmolzen. Aber für uns läuten sie immer noch, denn wir sind mit ihnen unlösbar verbunden. Also dann, bis morgen.«

»Ahoj!«, rief Slávek, schon im Abfliegen, und warf der wässrigen Schönen noch ein Kusshändchen zu. Atemlos rammte er noch einen Fensterflügel im Hotel Bohemia und landete pünktlich im Bett seines ahnungslosen Transporteurs, der das einsetzende Konzert der längst vergangenen Einuhrglocken ja nicht hören konnte.

Aber die Sache war für Slávek nicht erledigt. Den Rest der Nacht träumte er intensiv von jener wundersamen Gestalt, die ihm da begegnet war. Immer wieder versuchte er, gegen das Gefühl einer sehr konkreten Sehnsucht anzugehen. Er versuchte sich, seine Frau vorzustellen, die in Frankfurt bei ihm im Grab lag. Es half nichts. Noch beim Frühstück versuchte er, sich zu zerstreuen, indem er den Bedienungen nachsah. Aber er fand nichts Weibliches, das ihn von jener Unvergleichlichen abbringen konnte. Er musste sie wiedersehen. Natürlich würde er um Mitternacht wieder dort sein, noch zweimal, aber dann ging die Reise wieder zurück nach Frankfurt, und das wäre der Abschied. Und in einem halben Jahr würde sie sich bestimmt nicht mehr an ihn erinnern. Der Gedanke machte ihn fast wahnsinnig. Er verbohrte sich immer mehr in das Problem, fand aber keine Lösung.

So ließ er sich am nächsten Tag apathisch durch die Burg tragen, dann durch den Veitsdom, der wie immer hoffnungslos überfüllt war[36]. Mittags schlief er ein wenig, als sich sein Träger ein ausgiebiges Mahl genehmigte und sich danach im Hotelzimmer langstreckte. Den Nachmittag verbrachte er in der Altstadt. Aber so sehr er sich auf alles das gefreut hatte, das Wiedersehen konnte ihn nicht wirklich erfüllen. Gelegentlich merkte er auf, wenn manche der alten Häuser, die er in total verkommenem Zustand kannte, besonders schön restauriert waren. Aber seine Gedanken waren meistens woanders. Sie kreisten um eine grüne, glitzernde, vom Mondlicht beschienene Gestalt mit einem süßen Gesichtchen und sanften, weichen Händen.

Slávek zählte die Stunden. Als sich sein Träger nach dem Abendessen noch einmal zum Ausgehen rüstete und den Herrn an der Hotelrezeption nach einem möglichst vielseitigen aber dennoch sicheren Nachtlokal fragte, kam Slávek die erlösende Idee. Schon während der Taxifahrt zu der genannten Adresse begann er, seinen Träger zu beeinflussen, so wie er es für seine Reise nach Prag schon versucht hatte.

Und so geschah es, dass der bislang unbescholtene Bürger Matthias Häppler aus Frankfurt am Main sich in einer Prager Tanzbar unsterblich in eine Zigeunerin verliebte, Haus, Weib und Kredit hinter sich ließ, untertauchte und sich alsbald zu einer geachteten Persönlichkeit in der Prager Unterwelt entwickelte.

Die Tochter des Wassermanns aber erschien nicht wieder. Sie wartete in den dunklen Tiefen der Moldau auf den nächsten Neuling unter den nächtlichen Besuchern der Karlsbrücke.

6. ORDEN FÜR EINEN TOTEN

Petr Přiklopil war Platzanweiser geworden, und auch das nur gnadenhalber, oder besser gesagt durch einen dummen Zufall. Eigentlich war er Aufsichtsbeamter, einer jener schlecht bezahlten, gelangweilten Personen, die im Touristenrummel des Prager Burgareals einfach da sein müssen, um zu verhindern, dass jemand Unfug macht, oder sich so benimmt, wie es der Würde des Ortes nicht angemessen ist. Als aber die große Feierlichkeit herankam, war einer der extra dafür ausgebildeten Platzanweiser krank geworden, und da er sich gerade im Wladislaw-Saal, wo er gewöhnlich in der Ecke auf einem Sessel hockte, und in den dazugehörigen Nebenräumen, wo er sonst seinen Biervorrat und seine Tasche mit den Butterbroten stehen hatte, gut auskannte, war er als Ersatzmann hochwillkommen.

Auf die Idee, man müsse ihn gerade für diese Aufgabe nochmals einer besonderen Überprüfung unterziehen, war bei einem Aufsichtsbeamten niemand gekommen. So war er, ehemals ein Mitglied der berüchtigten »Roten Barette«, einer Sondereinheit der Staatssicherheit, nun zu einer ehrenvollen Aufgabe gekommen, bei der er in unmittelbarer Nähe der heutigen politischen Elite des Staates Dienst tat. Damals, als die Wende[31] plötzlich alle die Schlägertrupps und Schnüffler überflüssig machte, derer sich das vergangene Regime bedient hatte, um seine immer verhasstere Herrschaft zu sichern, war auch er überprüft worden. Man hatte ihm keine konkreten Verfehlungen nachweisen können, und so war er froh gewesen, im mittleren Lebensalter, ohne jegliche nutzbare Ausbildung, diesen Posten als Aufseher zu erhalten.

Manchmal dachte er mit Wehmut an die Zeit zurück,

als er noch Angst und Schrecken unter den Regimegegnern verbreiten konnte, an seine ebenso gewalttätigen Kameraden, ihre rohen Späße und ihre Saufgelage. Die fünf anderen Mitglieder seiner Gruppe hatten weniger Glück gehabt. Zwei davon waren nach Wien gegangen und waren dort bei einer Schießerei unter Zuhältern unter den Verlierern gewesen. Zwei waren irgendwo in Deutschland verschollen. Von František, dem Draufgänger, wusste er, dass er in die Armee der bosnischen Serben eingetreten und dort gefallen war. Der Kommandeur aber hatte Selbstmord begangen und hatte damit alle weiteren Untersuchungen unnötig erscheinen lassen.

Nun war er also Platzanweiser. Er hatte nur kurz einige Instruktionen erhalten. Man hatte ihm gezeigt, welchen Weg die Ordensempfänger zum Podium gehen sollten, wo die Sitzreihen für die Ehrengäste, für die Angehörigen der Geehrten und die für die übrigen geladenen Gäste waren. Dann hatte man ihm eine schöne, wenn auch etwas zu warme Livree verpasst und ihm einen Platz zugewiesen, von dem aus er sich der suchend hereinkommenden Gäste anzunehmen hatte. Da stand er nun mit etwas Lampenfieber zwischen den übrigen Platzanweisern, meist jungen Polizisten, die zugleich für die Sicherheit verantwortlich waren. Gern hätte er das strikte Alkoholverbot, das mit dieser Aufgabe verbunden war, nur ein bisschen übertreten, um etwas gelassener zu werden. Aber das Risiko war ihm doch zu groß.

So begann die Feier, die erste große, öffentliche Ordensverleihung des jungen demokratischen Staates, der Tschechischen Republik, nachdem sie die mehr als vierzigjährige Parteiherrschaft abgeschüttelt und sich danach mehr zufällig als absichtlich von der Slowakei getrennt[33)] hatte. Die Feier hatte sich eine halbes Jahr verspätet, denn die Prägeanstalt des gemeinsamen Staates für Orden und

Medaillen lag in der Slowakei, so dass es einige Verzögerungen bei der Auftragsabwicklung gab. So aber konnte sie nun am 28. Oktober, dem Gründungstag der Republik, stattfinden.

Zunächst erwies sich die Aufgabe als relativ leicht. Alle Gäste waren schon am Eingang überprüft worden. Ehrengäste und die lange Reihe der Ordensempfänger hatten Namensschildchen bekommen und die übrigen Gäste konnte man ohne Betreuung sich selbst überlassen. Da Přiklopil recht kräftig gebaut war, überließ man ihm meist die gebrechlichen Gäste, um sie zu ihren Plätzen zu geleiten, so dass es ihm allmählich unangenehm warm in seinem ungewohnten Habit wurde. Der Kragen wurde feucht und feuchter und begann an seinem massiven Nacken zu scheuern.

Eben hatte er eine Stelle gefunden, wo vom Eingang her ein angenehm kühlender Luftzug zu spüren war, da kam eine gebückte Gestalt auf ihn zu. Er erhaschte gerade noch einen Blick auf deren Namensschild und blickte dann auf. Er blickte in ein zerschlagenes, blutüberströmtes Antlitz mit ausgelaufenen Augen. Der Gast tat seinen Mund auf, um nach dem Weg zur Tribüne zu fragen. Zwischen abgebrochenen Zahnstummeln und blutenden Lippen hörte Přiklopil eine raue, halberstickte Stimme. Přiklopil wusste alles. Noch behielt er die Fassung und sprach den Gast an: »So können Sie doch hier nicht auftreten.« Da richtete die Gestalt sich mühsam vor ihm auf und öffnete den zahnlosen Mund zu einer Antwort, die Přiklopil nicht mehr hörte. Ihm wurde schwarz vor den Augen und vor diesem schwarzen Hintergrund erschienen grauenvolle Bilder, Bilder eines Geschehens, das schon fast zwanzig Jahre her war.

Er war als junger Bursche ohne Berufsausbildung, eigentlich auch ohne besondere Interessen, nach einem recht dummen Streich vor die Wahl gestellt worden, entweder zu den »Roten Baretten« zu gehen oder seine Strafe abzusitzen. Wofür er sich ohne Bedenken entschied war klar, hatte er doch in dieser Truppe endlich ein vernünftiges Einkommen, brauchte keine andere Ausbildung als die in Kampf- und Kraftsport, sowie an Waffen und Spezialfahrzeugen, alles, was einen kräftigen, einfach denkenden Kerl interessiert, ohne allzu hohe Anforderungen an ihn zu stellen. Und gelegentlich einen Staatsfeind »aufzumischen«, das machte auch Spaß.

So war seine Gruppe eines Abends zu einem Einsatz geschickt worden, einen geheim geweihten Priester[28], der noch dazu junge Leute in einer Untergrundschule ausbildete, aus dem Verkehr zu ziehen. Es war sein bisher härtester Einsatz. Der Mann, Václav Dobrinek hatte arglos die Tür geöffnet. Schon sein Gruß wurde mit einem Faustschlag erwidert, der ihn wenigstens zwei Zähne kostete. Dann fesselten sie ihn an seinen Stuhl, knebelten ihn und warteten in aller Ruhe auf seine Schüler. Diese bekamen eine ähnliche Behandlung. Als alle versammelt waren, unterzog man ihn vor den Augen der Schüler einem Verhör, verbunden mit den gemeinsten Torturen, die ein Menschenhirn sich ausdenken kann. Manches hatten sie gerade erst von befreundeten ostasiatischen Diensten gelernt. Im Verlauf des Verhörs wurde Dobrineks Gesicht immer unkenntlicher. Als auch der letzte der Schüler ohnmächtig geworden war, und er selbst nur mehr unartikuliert gurgelnde Laute hervorbringen konnte, legte man die Schüler vor die Tür, packte ihn auf einen Pritschenwagen und versiegelte die Wohnung. Dann brachte man ihn in einen Steinbruch im Böhmischen Karst, brach ihm noch einige Knochen und stürzte ihn über die Halde in ein Gewirr von alten Baumstümpfen und geborstenen Betonblöcken.

Und genau dieses zerschlagene Gesicht hatte er nun

vor sich gesehen, so klar wie damals. Nie hatte er in der Zwischenzeit davon geträumt, ebensowenig wie von seinen anderen Einsätzen, die er vor allem im Dienst der inoffiziellen staatlichen Kirchenverfolgung fuhr. Zwar war die Leiche durch einen Zufall bald darauf gefunden worden, aber auf die Spur der Täter war nie jemand gekommen und sowohl seine Auftraggeber, als auch seine Spießgesellen taten gut daran zu schweigen. So war dieses Kapitel seines

Lebens für ihn eigentlich abgeschlossen. Und nun erschien sein Opfer hier und sollte gar einen Orden bekommen. Wie war das möglich? Was bedeutete das für ihn? War er erkannt worden?

Als Přiklopil wieder zu sich kam, hatte man ihn schon an die frische Luft gebracht, seine Livree aufgeknöpft, und seine Stirn mit Kölnisch Wasser eingerieben. »Na, ein wenig zu warm gewesen?« meinte der Sanitäter, »geht's wieder?«

Přiklopil erhob sich. »Ja, ja«, brachte er heraus, zwickte sich in die Backe, strich sich über die Stirn und zwinkerte mit den Augen, um sich zu beweisen, dass er wieder in dieser realen Welt sei.

Entschlossen marschierte er wieder in den Saal. Der war inzwischen bis auf den letzten Platz gefüllt. Die schöne, farbenprächtige Präsidentengarde war aufmarschiert. Die Präsidentenfahne wurde unter feierlicher Blasmusik hereingetragen. Schließlich folgte unter den Klängen der Nationalhymne der Präsident selbst, würdig und mit gemessenem Schritt.

Přiklopil hatte es sich auf einem Stuhl gemütlich gemacht, von dem aus er das Podium einigermaßen überblickte. Weitere Aufgaben hatte er zunächst nicht. Erst mit dem Ende der Veranstaltung hatte er sich wieder um die Ehrengäste zu kümmern, vor allem wieder die gebrechlicheren zu ihrer besonderen Garderobe zu geleiten. So musterte er zunächst die Uniform der Gardesoldaten, danach den Schmuck der Tribüne. Von der Rede des Präsidenten verstand er sowieso nichts. Die Würde, die eine solche Feier ausstrahlen sollte, war ihm fremd, ebenso die Gedanken zum Verdienst der Geehrten um die Republik und andere philosophische Überlegungen, die der Präsident daran anschloss. Přiklopil musterte nun die Empfänger der Orden. Meist waren es ältere Leute, viele von einem schweren Schicksal gezeichnet. Und dann sah er wieder dieses Antlitz, blutüberströmt, zerschlagen wie damals. Und Dobrinek sah ihn an, unverwandt. Niemand in der Umgebung schien von dem grauenhaften Anblick Notiz zu nehmen, niemand stieß sich daran. Und Dobrinek blickte auf ihn.

Přiklopil klammerte sich an seinen Stuhl. Er wagte nicht, ihn ganz in die Türnische zu schieben, denn es war ganz still. Nun wurden die Namen verlesen und die besonderen Verdienste der Geehrten. Es war eine lange Reihe, weit über hundert. Und etwa ein Viertel war nicht mehr unter den Lebenden. Viele hatten ihre Tätigkeit mit dem Leben bezahlt, wurden von den grausamen Regimes der Nazis [23)] oder der Kommunisten [27)] für ihre unbeugsame Haltung hingerichtet oder langsam zu Tode gequält. Nicht wenige waren auch eines natürlichen Todes gestorben, bevor wieder ein Staat Orden für besondere Verdienste um die Republik, nicht nur um die Partei, verlieh. Meist nahmen dann Witwen oder nahe Verwandte den Orden entgegen. Nun ertönte der Name Dobrinek, »ermordet von einem Schlägerkommando, entgegengenommen von seiner Schwester, Schwester Magdalena vom Clarissinnenkloster St. Georg.« Aber Přiklopil sah keine Klosterfrau. Dort oben stand der junge, blutüberströmte Priester, der sich nun plötzlich aufrichtete, seinen Arm hob und mit dem ausgestreckten Finger hinunterzeigte auf ihn.

Das war zuviel für Přiklopil. »Nein«, schrie er, »ich war es nicht, ich kann nichts dafür, es war alles Befehl. Der František ist nach Suchomasty gefahren.« Weiter kam er nicht. Starke Arme rissen ihn hoch, hielten ihm den Mund zu und brachten ihn aus dem Saal. Draußen gelang es ihm, sich loszureißen. Er schlug wild um sich. Fast wäre es ihm gelungen zu entkommen. Schließlich wurde er von einigen Polizisten überwältigt. Die offenbar sinnlosen, unzusammenhängenden Sätze, die er hervorstieß, machten allen klar, dass er zunächst in die Psychiatrie gebracht werden musste. Den Arzt, dem er dort vorgestellt wurde, sprach Přiklopil mit »Herr Richter« an und beteuerte wortreich seine Unschuld, es sei eine Verwechslung, es müsse noch einen anderen Přiklopil geben. Er sei ein unbescholtener Bürger und habe nur sein Bestes getan. Wie man überhaupt so jemanden mit blutigem Gesicht in den Saal lassen konnte. Dann begann er wieder von vorn.

Am Montag den 30. Oktober, der auf den Sonntag nach dem Gründungstag der Republik folgte, fand Oldřich Nováček, einer der wenigen Untersuchungsbeamten, denen die Auswertung der Aktenberge der Staatssicherheit aufgetragen war, in einem Konvolut über Abhöraktionen von Künstlern zu seiner Überraschung den Einsatzbefehl zur Liquidierung des geheimen Priesters Dobrinek. Der Kommandant, das wusste er, hatte sich das Leben genommen, aber über den Verbleib der sechs Ausführenden war zunächst nichts bekannt, obgleich ihre Namen nun aktenkundig waren.

Keiner von ihnen stand mehr für ein Verfahren zur Verfügung.

7. DER SCHWERTHIEB

István Arpád von Arpádfalva rieb sich die Augen. Wieder hatte ihn eine Glocke mit zwölf dröhnenden Schlägen geweckt, so als ob sie von der St.-Nikolaus-Kirche herübertönte, deren Turm sich gegenüber dem Fenster seines Hotelzimmers wuchtig über die Kleinseite erhob. Dabei läuteten in Prag kaum mehr irgendwo Glocken und schon überhaupt nicht bei Nacht. Wieder sah er, wie letzte Nacht, dort im Winkel neben dem Fenster einen alten Mann im zeitlosen Hirtenmantel, der eine rußende Kienfackel hob, und zwei Frauen, eine alte und eine junge, die sich über ein mit weißem Leinen bedecktes Bett beugten. Wieder hörte er das schmerzerfüllte Stöhnen eines Mannes, der dort lag, die beruhigenden Worte der alten und die zärtlichen der jungen Frau. Auch der Raum um ihn war ein anderer als er ihn vom Tag her kannte. Die Wände waren mit dunklem Holz getäfelt und die niedrige Decke bestand aus mächtigen Tragebalken und darüber einfachen Brettern.

Es war dasselbe Bild wie letzte Nacht. Diesmal aber wollte er diese rätselhafte Szene nicht ängstlich vom Bett aus verfolgen, immer bestrebt, ja nicht entdeckt zu werden. Diesmal wollte er der Sache auf den Grund gehen, natürlich nicht ohne Vorsicht. So glitt er so geräuschlos wie möglich unter seiner Decke hervor und begab sich in die Deckung eines Schrankes. Dort hing neben einem zerbeulten Rundschild tatsächlich auch noch sein brauner Schlafrock, der ihn bei der trüben Beleuchtung fast unsichtbar machte. So wagte er sich einige Schritte weiter vor, bis in die Deckung eines Stützpfeilers, der etwas aus der Wand hervortrat.

Was er nun sah, konnte er nicht enträtseln. Vor ihm lag auf dem Bett ein junger Mann mit einer tiefen, klaffenden

Wunde quer über die Stirn. Seine glasigen Augen und sein schwerer Atem verrieten hohes Fieber. Während die junge Frau seine Hand hielt und unter Tränen zärtliche Worte flüsterte, wusch die ältere seine Wunde mit einem grünlichen Absud aus, der intensiv nach aromatischen Kräutern duftete. Offenbar bereitete es ihm große Schmerzen, denn er lallte immer wieder: »Muhme Mila, das tut so weh.« Die Alte aber wusch unbeirrt weiter und antwortete jedes Mal: »Es wird schon gut werden.« Der alte Mann aber murmelte völlig unverständliche Sprüche, deren einfacher Rhythmus Arpád von Arpádfalva unwillkürlich an Kinderreime erinnerte. Den Worten der anderen aber konnte er einigermaßen folgen, denn sie waren der tschechischen Sprache ähnlich, die er im letzten Jahr gelernt hatte.

István Arpád von Arpádfalva war an die ungarische Botschaft in Prag versetzt worden und hatte sich darauf mit einem Kurs in tschechischer Sprache vorbereitet, wobei ihm seine Kenntnisse anderer slawischer Sprachen aus seiner bisherigen Tätigkeit zugute kamen. Ungeachtet aller sozialistischen Anstriche der Politik hatte er sich als Spross uralten magyarischen Adels von Jugend an auf die diplomatische Laufbahn vorbereitet. Da das Landgut seiner Vorfahren zu einem eher kleinen Bauernhof heruntergekommen war, hatte ihn niemand zu den Klassenfeinden gerechnet. Im Gegenteil, man freute sich über den Bauernsohn, der nach Höherem strebte. Den Stolz auf die lange Geschichte der Familie musste er ja nicht jedem Funktionär auf die Nase binden. Ja, er leitete seine Familie von jenem ersten großen Königsgeschlecht der Magyaren her, von Arpád, seinem Gründer. Von dessen Söhnen wurden die meisten Krieger, einer der Thronfolger. Der jüngste aber erbte die Pferdezucht, die königliche Herde, so ging die Familiensage. Als die Stämme dann hundert Jahre später endgültig sesshaft wurden, gründete einer von dessen Nachkommen in der Puszta das Gut Arpádfalva, mit einem kleinen Dorf darum herum, von dem man in der Geschichte nie mehr etwas Bedeutendes hören sollte.

So hatte sich der neue Legationsrat für die ersten Tage im Hotel Hoffmeister in der Nähe der Botschaft eingemietet, bis die Wohnung, die er mit seiner Frau beziehen wollte, vollends renoviert war. Und hier, in diesem Hotelzimmer, sah er nun schon in der zweiten Nacht eine Szene, die ihn an die alte Geschichte seiner Familie, an die Zeit der unentwegten Kriegszüge gegen das Reich, gegen Byzanz und überhaupt gegen alle Nachbarn erinnerte. Was aber sein Zimmer in eine mittelalterliche Kemenate verwandelt hatte, wen er vor sich hatte und weshalb diese Personengruppe ihm erschien, das vermochte er auch nun, bei genauerem Augenschein, nicht zu ergründen. Mehrmals hatte die junge Frau den Verwundeten mit dem Namen Svatopluk angesprochen. Aber wer dieser Svatopluk gewesen war, wusste Arpád von Arpádfalva nicht.

Schließlich schlug dieselbe rätselhafte Turmuhr eins. Ohne Hast erhob sich die alte Frau und strich dem Fiebernden mit der Hand über die Stirn. Die junge hauchte ihm noch einen Kuss auf die Wange, erhob sich mit tränenüberströmten Gesicht und wandte sich zum gehen. Der alte Mann hob seine Fackel und leuchtete den Frauen voran zu einer schmalen Tür, die sich neben dem Erker auftat. Die Tür fiel krachend hinter ihnen zu. Arpád stand allein im Dunkel. Seine Hand tastete entlang der glatten, tapezierten Wand zum Lichtschalter. Im Licht der Lampe fand er sich in seinem völlig unveränderten Hotelzimmer.

Nun, nach der zweiten Erscheinung, hatte diese für ihn nichts Erschreckendes mehr. Er schlief also den Rest der Nacht ruhig und beschloss am folgenden Tag, sich soweit als möglich über irgendwelche historischen Personen mit dem Namen Svatopluk zu informieren. Aber dazu kam er kaum. Am Vormittag waren zunächst gemeinsam mit den Sekretärinnen Einladungskarten für kulturelle Veranstaltungen vorzubereiten. Dann hatte er die Botschaft bei der Einweihung eines Denkmals zu vertreten. Nachmittags ging es so weiter. Eine längere Besprechung mit zwei Sachbearbeitern zur Ausarbeitung von Richtlinien für den bilateralen Handel mit Verbrauchsgütern, nach den neuen Vorgaben der tschechischen Regierung. Immerhin gelang es ihm in einer ruhigen Viertelstunde, dem Konversationslexikon zu entnehmen, dass der letzte Herrscher des Großmährischen Reiches [1] im 9. Jahrhundert ein gewisser Svatopluk gewesen sei, von dessen Söhnen einer ebenfalls so geheißen habe. Das war wenig.

Der Zufall wollte es, dass er am Abend den Botschafter bei einem kleinen Empfang an der sprachwissenschaftlichen Fakultät der Karlsuniversität zu vertreten hatte, der anlässlich der Einweihung eines neuen, großen Sprachlabors gegeben wurde. Den Reden, die verschiedene Professoren hielten, konnte er mit seinen Sprachkenntnissen kaum folgen. Umso mehr interessierten ihn die Tonbänder mit dem Unterrichtsmaterial in ungarischer Sprache, die sich als ausgezeichnet erwiesen. Bei einigen Häppchen und etwas mehr mährischem Wein kam Arpád mit einem etwas skurrilen alten Herren ins Gespräch, der ihm durch eine betont vornehme und doch etwas eigenartige Sprechweise auffiel. Er erwies sich als ein längst emeritierter Professor für mittelalterliche Geschichte und zugleich als hervorragende Informationsquelle.

Natürlich konnte Arpád nicht so ohne weiteres erzählen, warum ihn der Name Svatopluk interessierte. Erstens wusste er, dass man sich in unserer aufgeklärten Welt leicht lächerlich macht, wenn man von Erscheinungen erzählt. Zweitens kam es ihm irgendwie als eine Verletzung der

Spielregeln vor, von einem Erlebnis zu erzählen, das eigentlich nur ihn betraf. Aber es bedurfte keiner besonderen Erklärungen. Auf das Stichwort Svatopluk schien es, als wäre ein Fass angestochen worden. Der alte Herr begann sein Wissen auszubreiten und redete sich immer mehr in eine Begeisterung hinein, als hielte er wieder, wie vor fünfzehn Jahren, eine Spezialvorlesung. Ja, er kannte sie alle gut, die großen Herrscher jener glanzvollen Zeit. Svatopluk war der letzte von ihnen, der nach neuesten Forschungen auch verwandtschaftliche Beziehungen zu den Prager Lokalfürsten hatte, die später böhmische Könige wurden. Seine Söhne aber hatten sich um die Krone gestritten und konnten dem Vordringen der Magyaren[1] keinen Widerstand mehr leisten. Selbst ein verbündetes bayerisches Heer wurde schließlich um 906 vor den Toren Pressburgs vernichtend geschlagen. – Ebenso plötzlich, wie die Flut der Worte aus dem alten Herrn hervorgebrochen war, versiegte sie auch. Er sah auf die Uhr, murmelte einige Worte der Entschuldigung, verabschiedete sich kurz und war verschwunden.

Auf dem Heimweg ließ Arpád die Vorlesung noch einmal vor sich ablaufen. Svatopluk der Große konnte es nicht sein, denn der war eines natürlichen Todes gestorben. War es sein Sohn gleichen Names, der vielleicht im Magyarensturm verwundet wurde, oder ein anderes Mitglied der Familie. Noch gab es für Arpád keine Klarheit in dieser Sache. Eines war klar, auch in dieser Nacht musste er darauf gefasst sein, wieder auf das Schmerzenslager des jungen Kriegers zu sehen. Also musste er sich darauf vorbereiten, besser als gestern. Denn so gut sein Beobachtungsposten auch gewesen war, er hatte sich doch einen unangenehm steifen Hals dabei zugezogen. So rückte er also einen Stuhl in jene Ecke, von der aus er das Geschehen beobachten wollte, legte sich einen Schal griffbereit, ebenso wieder den Schlafrock und holte sich zusätzlich noch eine dunkle Wollmütze aus dem Koffer, die eigentlich für kältere Tage gedacht war. Außerdem legte er sich in Socken ins Bett, um danach nicht mit bloßen Füßen auf einem kalten Steinboden stehen zu müssen. So vorbereitet begab er sich zu Bett, um die erste Runde zu schlafen.

Wie gewohnt, weckten ihn um Mitternacht zwölf mächtige Glockenschläge. Es war wie in der Nacht zuvor, aber es war doch anders. Der Kranke warf sich unruhig hin und her. Gelegentlich stieß er schwache Schreie aus. Der Alte hatte seine Kienfackel in einen Ständer gestellt und schritt vor dem Kranken hin und her, laut und eindringlich seine Sprüche aufsagend. Die Schale mit dem dampfenden Kräutersud strömte noch heftigere Gerüche aus. Die ältere Frau wusch nicht nur die Wunde, sondern legte dem Verwundeten immer wieder feuchte, duftende Tücher über Mund und Nase. Die junge aber weinte nur mehr. Sie hielt die Hand des Fiebernden. Ihre andere Hand umgriff sein Haupt.

Arpád hatte sich wieder erhoben. Es verwunderte ihn nicht, dass sich sein Stuhl in einen einfachen Schemel verwandelt hatte und dass sein Schal aus Biberfell war. Eben hatte er sich niedergelassen, als sich die Situation dramatisch veränderte. Der Kranke richtete sich plötzlich auf. Seine Augen starrten ins Ungewisse. Seine rechte Hand streckte sich vor und er begann leise zu rufen: »Vater, Vater, siehst du mich?« Die Alte schrak zurück. Die Junge aber schrie auf, stürzte zur Tür hinaus, kam aber nach wenigen Augenblicken zurück. Mit ihr erschienen zwei Krieger in Kettenhemden, zwischen ihnen aber, im Gewand eines Priesters, jener alte Herr, den Arpád am Abend als Professor kennen gelernt hatte. Fast hätte er ihn freundlich begrüßt, aber da ließ der sich schon bei dem Sterbenden

nieder und begann, ihm die Sterbesakramente zu erteilen. Die beiden Frauen knieten nieder und beteten, ebenso die Krieger. Der Alte aber stand finster dabei und sah zu, wie der Verwundete langsam immer leiser nach dem Vater rief und in sich zusammensank. Die Betenden erhoben sich, um dem Toten die Hände über der Brust zu falten.

Der Priester kniete ein letztes Mal nieder und erhob sich dann. Tröstend legte er die Hand auf das Haar der jungen Frau. Auch die beiden Frauen erhoben sich. Die beiden Krieger steckten Kienfackeln an, um die Totenwache zu halten. Der Alte wich nicht von der Stelle zu Häupten des Toten. Der eine Krieger stellte sich zu dessen Füßen auf. Der zweite, etwas unschlüssig, schritt direkt auf Arpád zu. Dieser fuhr erschrocken auf. Da war es schon zu spät. »Ein Magyare!« rief der Krieger, riss sein Schwert aus der Scheide und erhob es zum Schlag. Der Priester, im Gehen schon unter der Tür, stürzte sich dazwischen und versuchte, ihm in den Arm zu fallen, konnte die Wucht des Schlages jedoch nur noch mindern. Da erscholl der Schlag der Turmuhr.

Als am folgenden Tag das Zimmermädchen zu den üblichen Reinigungsarbeiten erschien, fand es Arpád von Arpádfalva bewusstlos auf dem Bauch liegend am Boden. Zu Tode erschrocken telefonierte es an die Zentrale, die sofort einen Notarzt alarmierte. Dieser drehte Arpád um und erschrak ebenfalls. Quer über die Stirn klaffte eine blutende Wunde.

Der Arzt diagnostizierte eine kräftige Gehirnerschütterung. Vermutlich, meinte er, sei Arpád im Dunkeln aufgestanden und gegen die offene Schranktür gelaufen, wobei er sich die dramatisch aussehende Platzwunde zugezogen habe. Man brachte den Bewusstlosen ins Krankenhaus und vernähte die Wunde. Als er schließlich gegen Mittag mit pochenden Schmerzen im Kopf erwachte, wollte er sich an nichts mehr erinnern. Arpád von Arpádfalva blieb noch eine Woche zur Beobachtung in der Klinik. Schließlich wurde er mit der Empfehlung äußerster Schonung entlassen. Die Naht, deren Fäden am letzten Tag gezogen wurden, meinte der Arzt, sei wohl in wenigen Jahren kaum mehr zu sehen.

Inzwischen hatte seine Gemahlin die neu eingerichtete Wohnung bezogen. Am folgenden Montag empfing der Botschafter, der von einem längeren Heimaturlaub zurückgekehrt war, seinen neuen Legationsrat. Als Arpád, nur mehr mit einem leichten Pflaster über der Stirn, eintrat, kam ihm der würdige, nur wenig jüngere Herr in seinem Amtszimmer freundlich entgegen. Auch wenn Arpád noch so gut gelernt hatte, seine persönlichen Gefühle zu verbergen, hatte er doch Mühe, diese Herzlichkeit zu erwidern, so heftig ließ ihn der Schreck innerlich zusammenzucken: Quer über die Stirn des Botschafters zog sich eine feine, schnurgerade Narbe.

8. DER SPRUNG DES BLINDEN TÄNZERS

Hast du gehört, Vladimír Rebrov ist von der Bühne gestürzt!« Das war die erste Nachricht aus Prag, die Ivan Jabka seinem alten Freund Petr Meštek mitteilte, als er ihn, nach abenteuerlicher Flucht in einem Asylantenheim in München wiedersah. Alle die anderen politischen und gesellschaftlichen Ereignisse waren ihm weniger wichtig. »Um Gottes Willen, das ist doch völlig unmöglich!«, sagte Meštek zutiefst erschrocken …

Es war Ende 1968, die Russen waren in Prag [29], das Chaos war vorüber und alle die trügerischen Hoffnungen auf einen »Kommunismus mit menschlichem Antlitz« auch. Die Okkupanten richteten sich zum Bleiben ein. Kontakt mit der Bevölkerung war unerwünscht. Einfache Soldaten hatten kaum Ausgang. Höhere Offiziere und vor allem solche mit Spezialaufgaben durften jedoch die streng abgeschotteten Kasernen verlassen. Oleg Borodenko hatte Spezialaufgaben, denn er kannte Prag. Am Ende des Weltkriegs war er mit den Truppen der siegreichen Sowjetarmee in die Stadt gekommen [25], als Mitglied einer kleinen Spezialeinheit, die nach den Familien der zaristischen Offiziere suchte, die sich nach ihrer Flucht vor der Oktoberrevolution in Prag niedergelassen hatten. Allerdings waren die meisten schon fort gewesen, wieder auf der Flucht, zu den amerikanischen Truppen nach Deutschland, und weiter nach Amerika. Die wenigen, die noch geblieben waren, meist waren es die Nachkommen der alten Offiziere, deren Eltern nicht mehr lebten, hielten sich nicht für gefährdet. Sie wurden eines Besseren belehrt.

In diese Zeit fühlte sich Borodenko zurückversetzt. Wieder ging es gegen »konterrevolutionäre Elemente«, und wieder kam er mit Spezialaufgaben in die Stadt. Und da stand er nun vor einer Kartenverkaufsstelle und las ein eher unscheinbares Plakat: Vladimír Rebrov sollte am Montag in einer Ballettaufführung des tschechischen Staatsballetts im Nationaltheater auftreten. Rebrov, diese Familie hatte er doch 1945 selbst liquidiert. Wer konnte überlebt haben? Oder gab es noch eine weitere Familie dieses Namens? Dann war auch diese russischer Herkunft und es galt, sie zu durchleuchten. Und so beschloss er, sich die Aufführung anzusehen. Er liebte Ballett, wie die meisten Russen, und zugleich wollte er den Versuch machen, über diesen Rebrov etwas herauszufinden.

Es war leichter als er dachte. Da er in Zivil war und gut tschechisch sprach, fiel es der Verkäuferin nicht weiter auf als er mit gespielter Naivität fragte, ob dieser Rebrov ein Russe sei, und ob dies eine Aufführung für die russischen Okkupanten sei. »Was, die Geschichte kennen sie nicht?«, sprudelte es aus ihr heraus. »Seine Großmutter war eine berühmte Tänzerin am Zarenhof, Vassilijeva oder irgendwie so hat sie geheißen. Sie war mit einem Offizier verheiratet. Mit dem ist sie dann 1918 bei der Revolution nach Prag geflohen. Ihre Tochter, auch eine wunderbare Tänzerin, hat dann hier einen gewissen Rebrov geheiratet, auch ein Russe aus einer der weißen Offiziersfamilien, ein Ingenieur. Sie verpassten die Flucht vor der Sowjetarmee. Sie wurden entdeckt, brutal zusammengeschlagen und für tot liegen gelassen. Die Mutter war tot. Den Vater hat man wieder zusammengeflickt. Das kleine Kind auch, aber es blieb blind. Und dann geschah ein Wunder. Mit großer Begeisterung lernte dieses Kind tanzen und kam zum Ballett. Inzwischen ist er ein berühmter Solotänzer. Man sagt, er muss immer bei der ersten Probe einmal die ganze Bühne ablaufen, alle Vorhänge und Kulissen befühlen, und dann bewegt er sich so sicher wie ein Sehender.«

»Das muss ich sehen«, sagte Borodenko, kaufte eine

Karte in der ersten Reihe und zwei direkt dahinter für seine Begleiter, und machte sich zufrieden auf den Weg zum nächsten Taxistand.

Drei Tage später gegen halb sieben Uhr abends bestieg Borodenko ein Taxi. Getreu der Vorschrift trug er seine Ausgehuniform und war begleitet von zwei Leibwächtern. Es hatte einigen Ärger gegeben und er war ziemlich spät dran. Also ermahnte er, als einziger der tschechischen Sprache mächtig, den Fahrer zur Eile, bevor er sich auf der hinteren Bank niederließ. Tatsächlich holte der Fahrer aus seinem Fahrzeug alles heraus, was der Verkehr zuließ. Borodenko war zufrieden, zumindest bis ihm auffiel, dass ihn der Fahrer, ein älterer, etwas verkrümmter Mann mit einem verkrüppelten rechten Arm, im Rückspiegel intensiv musterte. Als er seinerseits dessen Gesicht betrachtete, wandte der den Blick ab. Borodenko sah ein faltiges, von alten Narben überzogenes Gesicht mit einem tief eingeknickten Nasenbein. »Vermutlich ein ehemaliger Boxer«, dachte Borodenko.

Der Fahrer aber wusste, wen er vor sich hatte. Er hatte es nie vergessen, dieses für einen Russen ungewöhnlich schmale Gesicht mit der scharfen Nase und den schrägstehenden Wolfsaugen. Es war wieder da, dasselbe, das ihn jahrelang in seinen Alpträumen verfolgt hatte, etwas älter wohl, aber unverkennbar. Sein Herz krampfte sich zusammen. Vor seinen Augen sah er den zerschlagenen Körper seiner jungen, schönen Frau. Entschlossen trat er aufs Gaspedal.

Entlang der Moldau ging es in die Innenstadt, aber anstatt nun vorsichtiger in die schmaleren Straßen einzufahren, steigerte der Fahrer sein Tempo immer mehr. Borodenko fiel von einem Schrecken in den nächsten. »Vorsicht, nicht so schnell«, rief er instinktiv auf russisch, doch bevor er die Bitte auf tschechisch wiederholen konnte, kam ebenfalls auf russisch die Antwort des Fahrers: »Mein Name ist Rebrov, und nun auf Nimmerwiedersehen meine Herren!«

In diesem Moment raste der Wagen in voller Fahrt über den schmalen Gehsteig, durchbrach das Eisengeländer am Moldaukai und überschlug sich in der Luft. Rebrov und einer der Leibwächter flogen zu den Türen hinaus, dann krachte das Gefährt im seichten Wasser aufs Dach. Der herausgeschleuderte Leibwächter fasste sich rasch. Trotz der Novemberkälte watete er entschlossen zur hinteren Tür des Wracks und versuchte sie zu öffnen, vergeblich. Auch die der Gegenseite ließ sich nicht bewegen. Von drinnen kam kein Lebenszeichen. Er sah sich um. Von dem Fahrer war weit und breit keine Spur. Es schien, als habe niemand von dem Vorfall Notiz genommen. Er musste aufgeben, watete zum Ufer und stieg eine der kleinen Steintreppen hinauf, um Hilfe zu holen. Der Fahrer aber lag gut verborgen in einem der mit Segeltuch bedeckten Kähne, die am Ufer vertäut waren, und ließ das bald darauf einsetzende Alarmgetöse, das Rumpeln des Bergungskrans und die aufgebrachten Stimmen der Untersuchungsbeamten draußen vorüberziehen.

So kam es, dass im Nationaltheater zur Erstaufführung ein Platz in der ersten Reihe frei blieb. Oder doch nicht? Die zwei leeren Plätze in der zweiten Reihe hatten bald Liebhaber gefunden. Wer sich aber um diesen einen Platz bemühte, fühlte sich von einem weichen, eiskalten Widerstand daran gehindert, ihn einzunehmen. Der einzige, dem es kurz gelang, sich niederzusetzen, fühlte einen heftigen elektrischen Schlag, so dass er entsetzt hochfuhr und auf weitere Versuche verzichtete. Seine ganze Rückseite aber war triefend nass.

Vladimír Rebrov stand bereit für seinen Auftritt. Das Staatsballett hatte die Vorführung angesetzt, um nach den aufwühlenden Ereignissen des Sommers wieder mit dem normalen Kulturbetrieb zu beginnen und der Stadt Mut zu machen. Zwar waren die Reihen des Balletts und noch mehr des Orchesters durch die Flucht zahlreicher Mitglieder [29] gelichtet, doch an Nachwuchs fehlte es nicht. Es war alles gut vorbereitet, aber Rebrov war unruhig. Er spürte die Anwesenheit eines Mannes, den er hassen musste, ohne genau zu wissen warum. Er fühlte, irgendwann in seinem Leben hatte er ihn schon einmal getroffen und nun war er wieder da und suchte ihn. Das war ihm unheimlich. Er beschloss, nach seinem Auftritt mit Hilfe von Kollegen dem Rätsel auf die Spur zu kommen. Zeit für längere Überlegungen blieb ihm nicht.

Jetzt kam sein Einsatz, der langgezogene Triller der Klarinette und er trat mit federnden Schritten und leicht schwingenden Armen hinaus auf die Bühne wie immer. Zuerst mit Sprüngen und Drehungen im Hintergrund nach rechts, dann in der Mitte zurück, wo die Kobolde des Balletts ihm eine Gasse gelassen hatten, und dann vorn an der Rampe entlang wieder nach rechts. Dort aber spürte er ihn wieder, den Widersacher, der ihm auf den Fersen war. Rebrov versuchte, sich ganz auf seinen Tanz zu konzentrieren, kam glücklich aus der Einflusszone dieser unheimlichen Kraft und traf seine Partnerin. Das war erst einmal Entspannung, anspruchsloses Kreiseln mit erhobenen Armen, einmal rechts, einmal links, während die Kobolde und Blumen durcheinanderwirbelten. Dann die ausdrucksvolle Szene nur zu zweit, auf der leeren Bühne, bis zur Trennung von seiner Partnerin, die Wiederkehr der Kobolde und Blumen, die sich tröstend um den Trauernden scharten, und schließlich seine Raserei in hemmungslosen Pirouetten und mit jenen Sprüngen, die ihn der Erdenschwere zu entheben schienen. Und da war er wieder, jener Mensch, der tief in seinem Inneren

Gestalt annahm, der für ihn immer greifbarer wurde, und schließlich so klar vor seinem inneren Auge stand wie die ganze Bühne jeden Tag. Nun konnte er ihn nicht mehr abschütteln, er war ihm näher als alle die Zuschauer, deren Begeisterung er spürte, von der er sich tragen ließ. Dieser aber war keiner von den Enthusiasten, von den Anbeterinnen seiner Schönheit, auch keiner der Kritiker, deren professionelle Kühle gelegentlich herüberwehte. Es war ein Mensch mit der Seele eines Wolfes. Und nun sah er ihn deutlich, nicht auf der Bühne, nicht im Zuschauerraum, sondern in einer schlichten Stube mit weißen, blutverspritzten Wänden, er sah seine Mutter in ihrem Blut liegen, den Vater mit zerschlagenem Gesicht, er sah die letzte Szene, die er noch mit sehenden Augen erlebt hatte. Dieser Mensch aber hatte ein Gewehr in den Fäusten und schlug mit dem Kolben zu.

Jetzt wusste Rebrov, wen er vor sich hatte. Nun war seine Verwirrung echt, seine Pirouetten wirbelten wie sein Inneres und sein Hass entlud sich in Sprüngen von nie gekannter Kraft. Nun war er ganz vorn an der Rampe, und dort sah er ihn tief in seiner inneren Bilderwelt, vorn in der ersten Reihe im gefüllten Saal, regungslos breit hingelümmelt mit glasigem Gesicht hinaufglotzend zu ihm, in einer durchnässten Uniform, aus der das Wasser herauslief. Die Musik steigerte sich zum letzten Furioso der Szene. Rebrov aber setzte mit tödlicher Sicherheit an zum letzten Sprung, hoch über den Orchestergraben, und stürzte sich mit gefletschten Zähnen und griffbereiten Händen auf seinen Feind …

»Nein!«, sagte Meštek, »das ist völlig unmöglich. Ich habe ihn erlebt, bis zu meiner Flucht habe ich ihn begleitet in seiner Lehrzeit und schließlich bei seinem Aufstieg. Er tastete die Bühne aus, und dann beherrschte er sie, so als ob er sehen würde. Und mit dem Ballett kam er ebenso

zurecht. Sie verharrten bei den Proben einige Male in ihren Positionen, er tastete sie ab und dann traf er alles so exakt, als hätte er alle im Blick. Und diese Sensibilität! Er spürte das Publikum, den Kummer von Kollegen während der Aufführung, und vermisste die, die einer Probe fernblieben. Niemand wusste, wie er das merkte. – Und wie soll das zugegangen sein?«

»Ja, etwas merkwürdig ist die Sache schon«, meinte Jabka. »Es war eigentlich kein Sturz, es war ein Sprung, und der gehörte auch zu seiner Rolle in diesem Moment. Aber er stieß dabei einen schrecklichen Schrei aus, irgendeinen russischen Fluch, sprang über den ganzen Orchestergraben und warf sich mit Gewalt auf den einzigen leeren Stuhl in der ersten Reihe und brach sich dabei das Genick. Man hatte Mühe, seine Zähne aus dem Holz zu lösen, so fest hatte er sie in die Lehne geschlagen.«

9. FRAU MITTLERS BEGEGNUNGEN

»Ist ja schön und gut, Fräulein Mittler«, sagte Leopold Steinbeißer, der Leiter der neuen Prager Filiale. »Ich verstehe ja, dass Sie allein mit dem Plan in der Hand zur Meinung kommen, dass wir uns in dem Gebäude nicht richtig einrichten können. Aber wissen Sie, vielleicht bietet doch ein altes Haus in einer entsprechenden Umgebung ein Ambiente, in dem wir uns viel besser darstellen können als in einem neuen Glaspalast wie ihn jeder hat, und der vielleicht überhaupt nicht in so eine alte Stadt wie Prag hineinpasst. Sehen Sie hier auf dem Plan, schon diese Eingangshalle, wer baut heute noch so etwas, und die nach unten verbreiterte Treppe, darauf kommt doch heute keiner mehr, und doch sieht es einfach herrschaftlich aus.«

Was sollte sie als junge Architektin gegen den alten, gutmütigen, aber erzkonservativen Filialleiter sagen, der ihr soeben alle die schönen Gestaltungselemente moderner Baukunst madig gemacht hatte. Sie wusste, er liebte alte Häuser und war bereit für eine stilgerechte Sanierung mehr auszugeben als für einen Neubau.

Und so war sie nach Prag gekommen und saß nun am Spätnachmittag in ihrem Hotelzimmer und schrieb an einem Gutachten für ihren Auftraggeber, eine expansionsfreudige Investmentgesellschaft aus Wien, wie man den Bau, der bald deren Prager Filiale aufnehmen sollte, doch noch vor der Abrissbirne retten konnte. Sie hatte zuvor schlicht und einfach Abriss und Neubau vorgeschlagen, und dafür hatte sie im Auftrag ihres Wiener Architekturbüros schon einmal einige Skizzen entworfen. Nein, das sollte nicht sein. Wussten die überhaupt, wie das Gebäude aussah?

Noch immer spürte sie den Widerwillen. Sie erinnerte

sich an die dunkelgraue Fassade eines schmucklosen, mehrstöckigen Gebäudes in der Moldau-Straße in Prag-Smíchov und verstand nicht, wie jemand so ein heruntergekommenes Objekt in einer grauen, nichtssagenden Umgebung kaufen konnte, mit dem erklärten Ziel, hier die neue Vertretung des expandierenden Unternehmens einzurichten. »Abreißen oder sanieren«, zu dieser Alternative sollte sie nun ein fundiertes Gutachten erstellen, mit Schätzungen möglicher Kosten und Abwägungen über die Einrichtungsmöglichkeiten.

Was sie gesehen hatte, war schlimmer als es der Plan und die Fotos erahnen ließen, selbst wenn man die Kosmetik abzog, die schönes Wetter und eine gewisse Unschärfe der Aufnahme dem Objekt angedeihen ließen. Das Haus glich für sie einer Ruine, auch wenn die letzten Mieter erst vor zwei Wochen ausgezogen waren. So etwas gab es in Wien einfach nicht, das konnte sich ihr Chef ebenso wenig vorstellen wie sie selbst noch vor wenigen Stunden.

Auch wenn der Putz sonst noch einigermaßen zusammenhielt und Reste von Stuckrahmen um die Fenster erkennbar waren, entlang der Regenrinne zog sich eine zwei Meter breite Schneise der Verwüstung, in deren Zentrum die Fugen zwischen den Mauerziegeln tief ausgehöhlt waren. Dass die Fensterscheiben teilweise aus den mürben Rahmen gefallen waren, verstärkte den Eindruck, spielte aber für die Kalkulation keine Rolle. Unten, einen halben Meter über dem Gehsteig, zeigten verräterische Säume die Grenzlinie der aufsteigenden Feuchtigkeit an – schon eher ein Grund zu Bedenken.

Wenigstens hatten die neuen Besitzer als erstes ein Sicherheitsschloss einbauen lassen. So konnte sie sich während ihrer Besichtigung drinnen sicher fühlen. Es war dämmerig und muffig gewesen. Die Beleuchtung des Treppenhauses funktionierte nicht mehr. Nachdem sich Frau

Mittler an das Dämmerlicht gewöhnt hatte, war sie an die Arbeit gegangen. Entgegen ihren Vermutungen standen die Wände gerade, ebenso der Boden in der Eingangshalle und in den ebenerdigen Wohnungen. Türen und Türstöcke und die ehemals durchaus ansehnliche Treppe dagegen boten ein Jammerbild. Gesprungenes Holz und blätternder Lack, rostige Eisengeländer und abgefallene Stuckrosen um die Lampen, dazu lose in den ausgeleierten Schlössern hängende Türklinken. Staub und Spinnweben und die unvermeidliche Schwärzung durch die rußgeschwängerte Stadtluft vervollständigten das Inventar. Das war etwas anderes als der frische Zement und Gips der Baustellen, auf denen sie gelernt hatte. Das war Verfall, jahrzehntelange Verwahrlosung. Noch im Nachhinein erfasste sie der Ekel.

Trotzdem schien die Substanz noch brauchbar. Sie war ins erste und zweite Obergeschoss hinaufgestiegen. Gesprungene Treppenstufen, lückige Parkettreste und geworfenes Linoleum, das war alles ohnehin zu ersetzen. Auch dort hatte sie gut erhaltene, gerade Wände gefunden. Die Böden aber, alte Balkendecken, hingen durch und schwangen weich, wenn man sie federn ließ. Hier konnte man keine modernen Möbel aufstellen und vor allem keine Computer. Schon im dritten Obergeschoss fielen ihr Wasserflecken an der Decke auf, im vierten überzogen sie große Flächen, auf denen der Deckenputz teilweise fehlte. Hier war nichts mehr zu retten.

Droben auf dem Dachboden war es hell und luftig. Ein Klappfenster stand offen, auf dem Boden darunter der vertrocknende Rest einer Pfütze. Dachziegel fehlten, eine gebrochene Dachlatte ließ eine breite Lücke offen. Trotzdem verschloss sie das Klappfenster und gewöhnte ihren Blick an die dämmerigen Bereiche unter dem Dachfirst. Dort hingen in kleinen Gruppen schwarze Klumpen,

Fledermäuse, die den Tag verschliefen. Hier musste rasch gehandelt werden, obgleich keiner der Geschossböden zu retten war. Ja und dann war da noch eine seltsame Erinnerung. Unten beim Abschließen der Haustür war ihr Blick auf das letzte noch lesbare Namensschild neben einem Klingelknopf gefallen, Mydlář stand dort. So hatten ihre Vorfahren geheißen, die irgendwann aus Böhmen nach Wien gekommen waren, und die angeblich einer Familie von Scharfrichtern entstammten.

Da saß sie nun wieder vor ihren Plänen. Wie war das damals, das eine Mal, als sie das Beispiel eines zu entkernenden Hauses durchzurechnen hatte? Es war immerhin kaum drei Jahre her, im 8. Semester. Natürlich mussten hier einige nicht tragende Wände versetzt werden, andere konnten stehen bleiben, insbesondere um die Eingangshalle, in die sich der alte Steinbeißer so verliebt hatte. Aber was kostete das alles hier in Prag, was für Maschinen hatten die hier überhaupt und wie konnte man sich hier auf die Handwerker verlassen? Dazu brauchte sie weitere Informationen und die konnte sie heute wohl kaum mehr bekommen. Also Schluss für heute, es war ohnehin Zeit für ein Abendessen.

Entschlossen zog sie sich um, verwendete etwas mehr von ihrem Lieblingsparfum, um auch die letzte Erinnerung an den Geruch modernder Deckenbalken zu tilgen, und fuhr hinunter ins Restaurant ihres Hotels. Sie wusste, dort war es zwar weder besonders gut noch billig, aber ohne besondere Ortskenntnisse und mit den Warnungen ihrer Kollegen in den Ohren, die Abenddämmerung in den Straßen Prags zu meiden, gab sie sich damit zufrieden und betrat den Raum.

Nach dem böhmischen Standardgericht, bei dem sie insbesondere die flockenzarten böhmischen Knödel genoss, war sie schon am Bezahlen, als ein Herr an ihren

Tisch herantrat. Sie traute ihren Augen nicht. »Mein Gott, Ferdinand, wie kommst denn Du hierher?«, war ihre erste Reaktion.

»Tatsächlich, die lange Lisi, das könnte ich Dich auch fragen«, war die Antwort. Ferdinand Jessen hatte eine Zeitlang zusammen mit ihr studiert, war dann aber Innenarchitekt geworden.

»Ja, ich verhandle für ein Wiener Möbelgeschäft mit hiesigen Lieferanten, so ein Zufall, und was treibt Dich hierher?«

»Unser Büro hat mich hergeschickt, so eine alte Bruchbude zu begutachten, die sich ein Auftraggeber unbesehen für seine neue Filiale gekauft hat.« Elisabeth Mittler war froh, dass sie nun jemanden zum Ratschen hatte, sonst wäre selbst ein so kurzer Abend recht trist geworden. Und vielleicht wusste Ferdinand schon etwas mehr über die hiesigen Preise von Einrichtern und Innenausbaufirmen. »Wohnst Du auch hier in Hotel?«, fragte sie.

»Ja, ich wollte eigentlich nur kurz hereinschauen, wie es hier aussieht, zum Essen gehe ich hier nicht. Mir schmeckt es in einer kleinen Kneipe gleich hinter dem Rathausplatz immer noch am besten, auch wenn jetzt meistens alles voll Touristen [36] ist. Hast Du Lust, mich zu begleiten? Wir könnten noch ein Glas Wein trinken und unsere alten Bekannten durchhecheln.«

»Gute Idee«, sagte sie, »wenn es Dir gelingt, diese Schlafmützen hier zu einer Rechnung zu bewegen.«

»Das übernehme ich!«, meinte Ferdinand großzügig.

»Nicht nötig«, war die Antwort, »ich bin auch schon wer!«

Sie traten vor die Tür und schlugen den Weg zum Altstädter Ring ein, überquerten den Platz und tauchten neben der Theinkirche wieder in das Gewirr der Altstadtgassen ein. Wenige Schritte weiter sprang ein unscheinbares, schmiedeeisernes Schild aus der Wand vor, das eine Fledermaus in einer Spinnwebe zeigte. Darunter stand »U starýho úpíra«, zum alten Vampir. Ferdinand stieg die abgetretenen, engen Stufen hinunter in ein Kellerlokal, das noch seinen alten Charakter bewahrt hatte. Flache, niedrige Gewölbe ruhten auf breiten Pfeilern, die das Lokal in ein unübersichtliches Labyrinth von quadratischen Räumen gliederten. Zwischen manchen standen niedrige Mäuerchen, die einen Durchblick erlaubten, andere Zwischenräume waren verschlossen, wieder in anderen hingen breite Spiegel, die den Eindruck vermittelten als gingen die Räume so ins Unendliche weiter.

Frau Mittler war ihm gefolgt, mit einer unbestimmten Ahnung, sich auf ein noch nicht erkennbares Abenteuer einzulassen. Um einige Ecken erreichten sie die Theke, in deren Umkreis sich die meisten Touristen niedergelassen hatten, die nicht darauf vertrauten, auch in den entlegeneren Abteilungen vom Wirt entdeckt zu werden. In den kleineren Nischen saßen die Verliebten. Es schien alles besetzt. Ferdinand aber schritt zielbewusst einem engen Durchgang zu, der erst nach der nächsten Ecke in die neunte und letzte Abteilung führte. Der runde Raum war weiter und auch etwas höher als die anderen und von einem mächtigen, runden Eichentisch ausgefüllt. Es war für 27 Personen gedeckt. »Aber hier ist ja auch für eine Gesellschaft gedeckt«, meinte Frau Mittler, »schade!«

»Ich denke, es werden noch einige von meinen Bekannten eintreffen«, meinte Ferdinand, »wir können ruhig Platz nehmen.«

Schon schlurfte der Wirt um die Ecke, brachte Speisekarten und fragte nach den Getränkewünschen, freundlich und in einwandfreiem Deutsch. Frau Mittler hatte in ihrem Hotel Geschmack an Pilsener Urquell gefunden und hatte Lust, noch weitere einheimische Biersorten kennen zu lernen. Sie ließ sich vom Wirt beraten, während Ferdinand nur meinte: »Sie wissen schon!«

Während er sich in die Speisekarte vertiefte, musterte sie den karg eingerichteten Raum. Hoch oben, knapp unter dem Gewölbe, ließen zwei kleine, verstaubte Fensterchen das letzte Licht des verlöschenden Tages ein. Krumme, rostige Eisengestänge hingen davon herab, die wohl zum Öffnen dienen sollten. Gegenüber standen einige Haken aus der Wand, an denen nichts hing.

Kurz darauf erschien mit schwerem Schritt ein weiterer Gast in dem versteckten Raum. Es war ein älterer, voluminöser Herr, der trotz seines betont dezenten Anzugs irgendwie aufgedonnert wirkte. Vielleicht war es die Kombination eines auffälligen Rings und einer goldglänzenden Krawattennadel mit mehreren Goldzähnen, die er beim Anblick der Anwesenden in breitem Grinsen freilegte. »So, schon da, und wen haben sie denn Schönes mitbracht?«, begann er mit einem breiten Deutsch und musterte Frau Mittler mit einem Blick, unter dem sie sich völlig entblößt vorkam. Ferdinand sah auf.

»Ja guten Abend, darf ich vorstellen, Graf Schlick, Botschaftsrat a. D., Frau Lisi Mittler aus Wien, Architektin, eine ehemalige Studienkollegin von mir«, beeilte er sich, die beiden bekannt zu machen.

»Sährr angänähm«, verneigte sich der Graf und Frau Mittler hauchte zurückhaltend »ganz meinerseits«, während sich die scharfe Pupille, wie sie ihn insgeheim taufte, ihr gegenüber ächzend in die Bank zwängte.

Wieder hörte man den Wirt um die Ecke schlurfen, da erschienen schon zwei weitere Gäste, wieder zwei Männer, etwa in ihrem Alter und von relativ bescheidenem Äußeren. Beide mit hängenden Schnurrbärten und schütterem Haupthaar. Auch sie wurden mit Frau Mittler bekannt gemacht und betrachteten sie mit Wohlgefallen.

Der Wirt hatte ihr Staropopovický Kozel gebracht, eines der renommiertesten Biere Böhmens, Ferdinand dagegen ein hohes Kelchglas mit einem tiefdunklen Bier. Auch die anderen bestellten zunächst Bier. Ferdinand hatte seine Speisekarte an die zwei jungen Männer weitergegeben als weitere Teilnehmer der Runde eintrafen. Sie alle kannten und begrüßten einander mehr oder weniger herzlich und Ferdinand machte alle mit Frau Mittler bekannt, die alle freundlich betrachteten. Ihr schwirrte allmählich der Kopf. Wo war sie denn da hineingeraten?

Sie entschloss sich, Ferdinand geradewegs zu fragen. »Das ist kein Geheimnis«, meinte der, »hier rangelt sich doch die halbe Geschäftswelt Wiens um die besten Plätze, und das hier ist ein Teil davon, natürlich einschließlich der tschechischen Geschäftspartner. Ich bin ja auch nicht zum ersten Mal hier, aber den Tipp habe ich schon in Wien von einem unserer Exporteure bekommen, der mich dann auch hier eingeführt hat. Anders kommt man hier nicht herein.«

»Bedeutet das, dass du mich hier jetzt gerade in eure Mafia einführst?«, fragte sie teils neugierig, teils neckisch.

»Um Gottes willen, nein«, meinte Ferdinand schmunzelnd, »es geht nur darum, dass man die langen Abende nicht in irgendeinem öden Hotel herumhockt, so wie es dir beinahe ergangen wäre.«

Der Abend verlief allerdings anders als sie es sich vorgestellt hatte. An ein Gespräch war zunächst nicht zu denken, auch wenn einige der Herren schon eifrig miteinander zu tuscheln hatten, ja es schien so als verrieten verstohlene Blicke, dass sich das Gespräch um sie drehte. Nun kamen die weiteren Teilnehmer der Runde einer nach dem anderen. Angegraute Manager-Typen mit stählernem Blick, Kavaliere mit edlem Benehmen und halbseidener Aufmachung, solide, ruhige Grandseigneurs, darunter nicht wenige, die ihr mit Titeln wie Ritter oder Baron vorgestellt wurden. Es war ein Händeschütteln und Begrüßen, ja manche umarmten sich herzlich wie uralte Freunde und unwillkürlich kam in Frau Mittler das Gefühl auf, sie würde zuletzt mit irgendeinem fremdartigen Ritus in diese Gruppe aufgenommen, vielleicht wie bei dem Corps, bei dem sie ein einziges Mal und niemals wieder als Couleurdame aufgetreten war.

Schließlich waren alle gedeckten Plätze besetzt und vor allen Gästen, es waren ausschließlich Männer dazugekommen, stand ein Glas jenes dunklen Bieres. Noch immer hatte keiner eine Bestellung aufgegeben, da erschien der Wirt bereits mit einer mächtigen Terrine, aus der es atemberaubend duftete. In alle Teller wurde zum Eingang eine von Fettaugen strotzende Metzelsuppe gegossen, über die sich alle mit Genuss hermachten. Nun erst wurden die Bestellungen aufgenommen. Wieder eine Überraschung für Frau Mittler: Soweit auf Deutsch bestellt wurde, wurden ausschließlich Wildgerichte genannt. Wo kam in diesem Land nach der Trennung von der Slowakei noch Bärenschinken her und wer konnte sich so etwas leisten? Oder etwa Fasanenbrust oder gefüllte Wachteln?

Nach der Suppe wurden bunte Salate serviert. Noch war Frau Mittler nicht erfahren genug, um abzuschätzen, wie neu das in der böhmischen Gastronomie so kurz nach der Wende war. Aus der Salatsoße stieg der betörende Duft von frisch gepresstem Knoblauchsaft auf. Dann folgte eine lange Pause. Die Herren sprachen dem Bier zu, die Gespräche schwollen an und das Gewölbe verdichtete die Geräusche zu einem mächtigen Lärm.

Frau Mittler war entschlossen, ihren alten Studienkollegen im Gespräch festzuhalten. Aber ihre glatten Karrieren gaben ebenso wenig Gesprächsstoff her wie die ihrer gemeinsamen Bekannten. Eben drohte es langweilig zu werden, als der Wirt mit den ersten Tellern auftauchte, auf denen dampfende Fleischstücke und pralle Knödel auch Frau Mittler das Wasser im Munde zusammenlaufen ließen. Sie bat den Wirt um die Karte, um wenigstens noch eine Kleinigkeit dieser besonderen Speisen zu probieren. Die Herren machten sich mit großem Appetit an ihre mächtigen Portionen, während Frau Mittler erstaunt feststellte, dass auf der Karte auch völlig normale Gerichte angeboten waren. Dennoch beschloss sie, dem ungeschriebenen Gesetz der Runde zu entsprechen und bestellte eine als Vorspeise ausgewiesene Portion getrockneten Rentierschinken. Die ganze Runde schien beifällig zu nicken.

Schließlich geriet sie mit ihrem Nachbarn zur Linken ins Gespräch, mit einem jungen tschechischen Handwerksmeister, der hervorragend deutsch sprach, und der voller Informationen über die vielen Unsicherheiten im Prager Geschäftsverkehr und in der Materialbeschaffung steckte. Er war Bauzimmerer und sie ließ sich eine seiner edel aufgemachten neuen Visitenkarten geben, schließlich versprach er eine verlässliche Informationsquelle zu werden, und wer weiß, vielleicht konnte man ihn auch bei den umfangreiche Baumaßnahmen gebrauchen. Und überhaupt fand sie ihn recht sympathisch.

Die Herren hatten nach dem Mahl eine weitere Runde Bier erhalten, da erschien plötzlich der Wirt wieder, in der Hand eine große Glocke schwingend. Feierlich erhoben sich die Herren und der Wirt sprach: »Es ist Mitternacht«, und Ferdinand, der sich ebenso erhoben hatte, antwortete ebenso feierlich: »der 21. Juni«. Wieder schwang der Wirt seine Glocke und aus seinem Gesicht wich die Farbe, die Backenknochen traten hervor, während die Augen in ihren Höhlen versanken. Entsetzt starrte Frau Mittler auf Ferdinand, dessen Totenschädel und Knochenhand aus einem schwarzen, goldbestickten Samtwams ragten. Zum dritten

Mal schwang der Wirt seine Glocke und stellte sie auf den Tisch. Feierlich, mit gemessenen Bewegungen, hoben alle ihre Hände an die Schläfen, ergriffen den Schädel, hoben ihn vom Hals und stellten ihn vor sich auf den Tisch. Um den Hals ihres Tischnachbarn und um zwei weitere Halswirbelsäulen, die ihren Schädel behalten hatten, hingen Seilschlingen.

Sie betastete ihr eigenes Gesicht. Es hatte sich nicht verändert. Wieder veränderte sich die Szenerie. Die Wände waren zurückgewichen und die Runde hatte um sie einen Kreis gebildet, der sich langsam in Bewegung setzte. Jeder, der vorüber kam, verbeugte sich tief vor ihr, und der dazugehörige Schädel auf dem Tisch schnarrte dazu: »In tiefster Ergebenheit, großer Herr.« Bei der nächsten Runde hieß es dann: »Vergelts Gott, es hat nicht wehgetan.« Nur Ferdinand, oder was von ihm noch übrig war, gab unverständliche Töne von sich.

Trotz der schauerlichen Verwandlung gewann Frau Mittler ihre Fassung wieder. »Was soll das hier? Setzt gefälligst eure Köpfe wieder auf!«, sagte sie energisch.

»Gut gesprochen«, antwortete der Kopf, der ehemals dem Grafen Schlick gehört hatte. Es dauerte eine Weile, bis jeder seinen Schädel wieder richtig gegriffen und ihn mit wohlgeübtem Schwung wieder auf die Halswirbel gesetzt hatte. Vor dem wieder intakten Skelett Ferdinands aber krümmte sich noch immer seine blutige Zunge. Frau Mittler wandte ihre Augen von dem ekligen Anblick. »Und die Zunge steckst du auch wieder hinein!«, sagte sie mit fast tonloser Stimme und wandte sich erst wieder um als Ferdinand laut »Danke« sagte. Alle Skelette waren wieder zu lebensvollen Menschen geworden, nur ihre Kleidung war die einer vergangenen Zeit geblieben.

»Musik!«, rief Graf Schlick, »wir wollen tanzen!« Der Wirt pfiff durch den Gang und herein kamen fünf Männer in bunten Gewändern. In den Händen trugen sie ihre Instrumente, zwei Geigen, eine Laute, eine Pfeife und einen Bass. Ihre Köpfe wiesen tiefe Scharten oder Schusslöcher auf. Sie gruppierten sich in der Ecke zusammen und begannen zu stimmen. Hinter ihnen kam eine Schar von Mädchen, kichernd und neckisch ihre Röcke an einem Zipfel anhebend. Der Wirt aber kam mit mehreren Kannen voll Bier, die er auf den Tisch stellte.

Nun begann die Musik mit einer flotten Weise und die Mädchen sprangen auf den Tisch und hüpften gewandt zwischen den vollen und leeren Gläsern hindurch im Kreis. Frau Mittler aber fand endlich Zeit zu fragen. »Was ist denn da eigentlich los?«, wandte sie sich an Ferdinand. Der aber meinte: »Das ist eine lange Geschichte. Eigentlich sind wir alle tot, seit über 350 Jahren, jedes Jahr in der Nacht vor unserer Hinrichtung [13] feiern wir ein Fest, zusammen mit Spielleuten, die im Dreißigjährigen Krieg ihr Leben ließen und mit Tänzerinnen, die von den erbosten Eheweibern ihrer Liebhaber ermordet wurden. Mehr erkläre ich dir später, jetzt geht es erst richtig los.«

Mit Beginn des nächsten Tanzes sprangen die Tänzerinnen vom Tisch, jede geradewegs in die Arme eines der Herren. Ferdinand aber nahm galant Frau Mittler bei der Hand und führte sie in den großen Kreis, der nun zusammentrat. Zu einer schleppenden Melodie begannen sich die Tänzer zu bewegen und Frau Mittler wusste nicht, wie ihr geschah, aber sie machte dieselben Bewegungen, drehte sich hin und her, hob ihren so völlig neuzeitlichen Rock wie die anderen ihre noch fast mittelalterlichen. Führte Ferdinand sie so gut, oder war sie selbst inzwischen gestorben? Ein verstohlener Blick auf ihre Hand zeigte ihr, sie war noch lebendig.

Ein Teil der Herren, vor allem die älteren, saß noch auf den Stühlen. Sie klatschten rhythmisch in die Hände, schnalzten mit den Fingern oder machten derbe Bemerkungen über die Tänzerinnen. Zum Ende der Melodie packten die Tänzer ihre Mädchen und stemmten sie mit einem gellenden Ruf wieder auf den Tisch. Und plötzlich stand Frau Mittler mitten unter ihnen. Die blickten sie kichernd an und tuschelten miteinander in seltsamen alten Formen der deutschen und tschechischen Sprache. Dann setzte die Musik wieder ein, die Herren sprangen auf. Die Mädchen sprangen vom Tisch, und ohne zu überlegen sprang Frau Mittler mit und landete in den Armen des Grafen Schlick.

»Wie gut, dass es offene Reigentänze sind«, dachte sie bei sich. Auch so waren die lüsternen Blicke des Grafen kaum zu ertragen. Jetzt ging es mit schnelleren Trippelschritten. Immer wieder fühlte sie sich hier und da betätschelt, und als sie Schlick schließlich mit seinen weichen Händen um die Taille fasste und auf den Tisch wuchtete, fühlte sie sich in einer Sekunde durch und durch geknetet.

Bei der nächsten Runde erwischte sie ihren bleichen, erhängten Tischnachbarn, der sie eher schüchtern und scheu betrachtete und sie am Ende kaum anzufassen wagte um sie auf den Tisch zu heben. Und so ging es weiter, Runde um Runde. Langsame und schnelle, fröhliche, düstere und wilde Weisen wechselten sich ab, bis die Musik abbrach. Schon stand der Wirt wieder in der Tür und ein Bierkrug nach dem anderen wurde ihm von den durstigen Tänzern aus den Händen gerissen. Auch die Spielleute und die Mädchen bekamen ihren Teil. Auch Frau Mittler hatte nun Gelegenheit, diesen dunklen und süßlichen Trank zu kosten, der mit modernem Biergeschmack wenig gemeinsam hatte.

Nun erhoben sich die Herren. Graf Schlick warf den Musikanten einige Dukaten zu, den Mädchen einige Heller. Dann ergriffen sie ihre Umhänge. Die Mädchen flatterten hinaus. Die Musikanten folgten mit ihren Instrumenten. Schließlich traten die Herren unter der Führung des Wirtes auf die Straße. Frau Mittler aber bekam ein gewaltiges, altes Schwert in die Hand gedrückt. Sie überquerten den Platz. Vor dem Rathaus aber nahmen sie Aufstellung, jeder auf einem der weißen Kreuze, die dort ins Pflaster eingelassen sind. Jetzt erst fiel Frau Mittler auf, dass dort eine 21 stand und nach einem tschechischen Namen, den sie nicht verstand, die Zahl 1621, also wohl das Datum [13].

Ferdinand trat auf sie zu und erklärte ihr, was sie nun zu tun habe: »Es tut mir leid«, sagte er, »aber es gehört zu unserem Fest, dass unser Gast uns jetzt allen den Kopf abschlägt, außer denen, die schon einen Strick um den Hals haben. Keine Angst, es ist nicht schwer, denn unsere Köpfe sitzen ohnehin schon locker.«

»Nein!«, sagte Frau Mittler, »das kommt nicht infrage! Was fällt euch eigentlich ein, mir so einen Mummenschanz vorzuführen?«

»Dann wehr dich deiner Haut, solange du kannst!«, schrie Ferdinand sie an und streckte seine knochigen Hände nach ihr aus. In seinen Augen glaubte sie, ein tiefrotes Glühen zu erkennen. Da erwachte in ihr der Lebenswille. Mit aller Kraft packte sie das Schwert und wuchtete es hoch. Fast von selbst fiel es nieder und trennte den Kopf von Ferdinands Rumpf.

Einer nach dem anderen rannte gegen sie an. Mit zusammengebissenen Zähnen stand sie da und wehrte sich ihrer Haut. Ein Kopf nach dem anderen rollte aufs Pflaster. Als sie zuletzt in die Augen des Grafen Schlick sah, fasste sie ein lustvoller Ingrimm als sie mit letzter Kraft das Schwert auf seinen Nacken niederfallen ließ. Schwer atmend blickte sie auf. Inmitten des Schlachtfeldes standen noch drei Männer auf ihren Kreuzen, jeder mit einem Strick um den Hals.

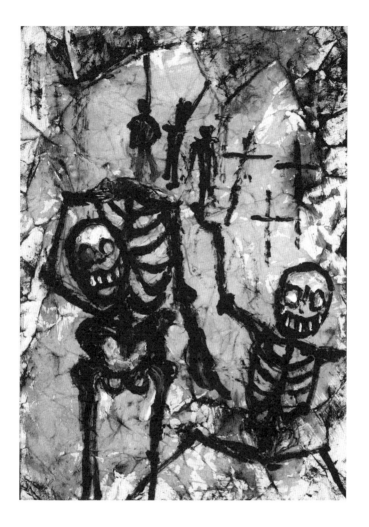

Schweißüberströmt und erschöpft, aber doch irgendwie zufrieden, blickte Frau Mittler in die Runde. »Danke!«, sagte da neben ihr Ferdinand, »genau das haben wir gewollt. Wenn wir es nicht friedlich bekommen können, so klappt es immer.« Er stand da und hatte seinen Kopf unter dem Arm. Auch die anderen rappelten sich auf und stellten sich wieder auf ihre Kreuze. In diesem Moment ertönte ein

Klang wie von einer fernen Totenglocke. Ein leichter Wind erhob sich. Über den Kreuzen standen nur mehr dünne, bläuliche Flammen, die langsam verblassten. Nur Ferdinand stand noch da, mit Fleisch und Blut und mit moderner Bekleidung, so wie sie ihm gestern begegnet war.

»Ferdinand, was war das alles?«. Frau Mittler war klar, dass der Spuk nun zu Ende war. Beinahe hätte sie sich ihm um den Hals geworfen um mit einem Tränenstrom die ganze Anspannung loszuwerden. Da traf sie ein eiskalter Blick.

»Darf ich sie in ihr Hotel zurückbringen? Ich bin nicht Ferdinand Jessen, auch wenn ich im Moment so aussehe. Das haben sie vielleicht inzwischen bemerkt. Mein Name ist Johannes Jesenius. Ihr Bekannter Ferdinand ist ein Nachfahre meines Onkels, der seinen Namen nicht latinisieren ließ, deshalb kann ich in seine Person schlüpfen.«

Frau Mittler hatte sich wieder gefasst. Sie nahm die Begleitung an und fragte forsch weiter: »Und warum habt ihr mich in euer Fest hineingezogen?«

»Weil wir erst erlöst sind, wenn der letzte lebende Nachkomme all derer, die uns damals hingerichtet haben, uns noch einmal die Köpfe abschlagen musste. Da waren der Richter, die Henkersknechte, der Kaiser und sein Statthalter beteiligt, und Sie, als Nachfahrin des Scharfrichters Jan Mydlař, haben wir diesmal in Prag erwischt.«

»Aber ich kann doch nichts dafür, dass einer meiner Vorfahren Scharfrichter war«, empörte sie sich.

»Ihnen passiert ja auch nichts«, meinte ihr Begleiter.

»Und haben sie jemals die Chance, tatsächlich alle Nachfahren dieser Personen hier in Prag in ihr Fest hineinzuziehen?«, fragte sie weiter.

»Das ist leider sehr unwahrscheinlich, denn seit jenen über dreihundert Jahren zeichnet sich das Kaiserhaus der Habsburger durch einen so gewaltigen Kinderreichtum aus, dass wir hoffnungslos zurückgefallen sind. Aber das ist nicht so schlimm. Schließlich freuen wir uns immer schon das ganze Jahr auf unser nächstes Fest, und so soll es auch bleiben.«

Sie waren vor dem Hotel angekommen. Herr Jesenius alias Jessen verabschiedete sich galant und Frau Mittler wusste nicht so recht, was man denn einem Geist zum Abschied wünschen sollte. Schließlich bedankte sie sich für den interessanten Abend, nicht ohne einen Schuss Zynismus in der Stimme. Noch in der Drehtür schlug sie drei Kreuze. Nach einem ausgiebigen Duschbad sank sie erschöpft von Tanz und Kampf in tiefen Schlaf.

Im Internet hatte sie am nächsten Morgen bald eine Baufirma herausgesucht, die für ihre ersten Informationen gut geeignet schien. Mit dem Vertriebsingenieur konnte sie sogar einigermaßen deutsch reden. Beim Besuch in seinem Büro fiel ihr sogleich seine Ähnlichkeit mit dem gehängten Handwerksmeister vom Vorabend auf, aber das konnte auch ein Zufall sein. Erst als er auf eine ihrer Fragen sehr heftig mit dem Kopf nickte, sah er voll Erstaunen ein tiefes Entsetzen in ihrem Blick, das er nicht zu deuten wusste.

10. DIE RUSALKA

Es war kurz vor Feierabend. Přemysl Zemánek ließ soeben Frau Vrbová ihre Einräumarbeiten beenden; sie sollte noch den Kassenabschluss machen. Eine junge Frau betrat den Laden. Zemánek erkannte sie sofort, Jitka Jelinková. Sie wandte sich an Frau Vrbová: »Man hat mir ein Wasserbett verschrieben, wegen meiner Wirbelverletzung«, sagte sie und legte ein Rezept vor, das einige Daten in der schwer lesbaren Handschrift eines Arztes enthielt.

Zemánek hielt sich im Hintergrund. Zu klar war seine Erinnerung an die wenige Jahre zurückliegende Affäre, die ihn seinen Posten als Chefarzt der Orthopädie in der Universitätsklinik gekostet hatte. Wie so oft hatte er es darauf angelegt, eine blutjunge Arzthelferin seinem Willen gefügig zu machen. Mit einer gekonnten Mischung aus plumper Vertraulichkeit, gewagten Sprüchen und unerwarteten Zudringlichkeiten, scheinbar immer auf dem Rückzug, aber mit immer wieder erneuerter Intensität, hatte er sie schließlich zu später Stunde in das vereinsamte Stationszimmer manövriert. Und dann, als er glaubte, sie endgültig in die Enge getrieben zu haben, war es geschehen. Sie hatte einen nur angelehnten Fensterflügel aufgerissen und war mit einem spitzen Schrei aus dem vierten Stock gesprungen.

Und nun stand sie einfach bei ihm im Laden, nach all den Prozessen, in denen sie, die wie durch ein Wunder überlebt hatte, und ihre Verwandten ihn, den früher so Unangreifbaren, zu vernichten versucht hatten. Nach der Wende [31)] war er plötzlich ohne den Schutz der Partei gewesen und alle waren über ihn hergefallen. Er musterte sie genauer. Wirklich, sie war es, etwas reifer, selbstsicherer, aber noch immer jung und reizend. Hier in seinem Laden waren alte Leute mit abgearbeiteten Körpern seine

Kundschaft. Nur selten kamen junge Frauen, und an die heranzukommen war nicht so leicht wie damals, als sie ihm als Chefarzt geradezu ausgeliefert waren, und wo das alles auch noch von ebenso treuen Parteigenossen gedeckt wurde. Nun aber witterte er eine Gelegenheit. War es sportlicher Ehrgeiz, der sich nicht geschlagen geben wollte, pure Rachsucht, oder doch nur wieder jene Gier nach Fleisch, die noch immer in ihm lauerte. Versuchen wollte er es auf jeden Fall.

So setzte er seine dunkel verspiegelte Brille auf und trat gelassen aus dem Hintergrund hervor. »Frau Vrbova, Sie können schon die Rechnung schreiben«, meinte er, und nach einem Blick auf das Rezept, »haben Sie den Namen des Modells lesen können? Das rufen Sie einfach auf und übernehmen die Summe. Dann können Sie gehen. Ich muss mit der Dame sowieso ins Lager, um die richtige Größe auszuwählen. Und drucken sie den Lieferschein für morgen Nachmittag gleich mit aus.«

Dann wandte er sich an seine Kundin: »Gnädige Frau, es wird ihnen doch hoffentlich nichts ausmachen, wenn ich Sie bitte, mit mir in den Lagerraum zu kommen, damit Sie sich die richtige Größe aussuchen können?«, fragte er zuckersüß.

»Gehen wir«, sagte sie kurz.

»Dann darf ich Sie bitten, mir zu folgen«, antwortete er.

Was er von dem Vermögen hatte retten können, das einem als Arzt in der »guten alten Zeit«[30] regelrecht aufgedrängt wurde, nur damit man die Patienten überhaupt eines Blickes würdigte, hatte er in dieses Geschäft für orthopädische Produkte gesteckt. Es ging gut, die Lager waren gefüllt und er war der erste gewesen in der ganzen Innenstadt. Nun konnte ihm die Meinung der Öffentlichkeit und der Fachkollegen über seine Skandale egal sein.

Sie waren in einem großen, hell erleuchteten Kellerraum angelangt. Hier waren die Großgeräte gelagert, Trimmräder westlicher Hersteller, Marterwerkzeug für Bodybuilder und eben auch die Wasserbetten, von denen einige in der Mitte des Raumes aufgebaut waren. »So, meine Dame, nun geht's ans Probeliegen«, meinte er mit öliger Stimme und wies auf eines der ausgestellten Betten. »Laut Rezept dürfte dies für Sie weich genug sein. Versuchen Sie es einmal, es darf ruhig ein bisschen weh tun. Es tut immer ein bisschen weh, beim ersten Mal«, fügte er mit anzüglichem Grinsen hinzu. Ein etwas verschwommenes Lächeln seiner Kundin quittierte die Bemerkung. Unter ihren Augenlidern streifte ihn ein Blick, der ihm Rätsel aufgab.

Etwas mühsam versuchte die junge Frau, sich zurechtzulegen und er assistierte zunächst nach rein ärztlichen Gesichtspunkten, nicht ohne weitere Annäherungen einzuplanen. Das Bett erwies sich als etwas zu kurz. Bei einem etwas größeren Exemplar legte er sich etwas mehr ins Zeug, und als er glaubte, ein willenloses, vertrauensvolles Eingehen auf seine Handgriffe zu spüren, überkam ihn eine wahre Woge von Triumph und Begierde. Schon hatte er seine Hand auf ihr Knie gelegt, da schrak er zurück. Er hatte auf eine kalte, schleimige Haut gegriffen. »Na komm schon«, hörte er sie sagen und noch in den ersten Schrecken hinein ergriffen ihn grüne, geschuppte Arme und ein eiskalter Kuss presste sich auf seine Lippen.

Rings umher begann ein Kichern und Huschen entlang der Regale und über die Wasserbetten. Als Zemánek sich wieder gefasst hatte, sah er sich umringt von einer Schar Mädchen, die ihn frech, herausfordernd und verführerisch anblickten. Und dann begannen sie zu tanzen, weich und schwebend und von einer unergründlichen, lasziven Eleganz. Zemánek war völlig verwirrt. Jetzt erkannte er sie wieder, eine nach der anderen. Da war Janina mit den

rehbraunen Augen, die Assistenzärztin in der Chirurgie, die er bei einer Neujahrsfeier vernascht hatte, Jarmila, die immer so unnahbar war, bis er ihr etwas in den Sekt praktiziert hatte, Květuška, die naive Helferin, die gar nicht wusste, um was es ging, bis es zu spät war, Monika und Ilona und Hana und Abigail, die Wüstentochter, wie er sie insgeheim nannte, die er schließlich in der Hand hatte, nachdem er ihr einige Unregelmäßigkeiten nachweisen konnte. Sie alle waren nicht mit dem Erlebnis fertig geworden, sie hatten die Anstellung verloren, ihre persönlichen Beziehungen zerbrachen. Irgendwie waren sie aus seinem Gesichtskreis verschwunden; und warum hätte er sich auch weiter darum kümmern sollen?

Sie alle drehten sich im Kreise um ihn, und Jitka, seine Kundin, hatte sich mit eingereiht. Nichts erinnerte an das schreckliche Gefühl ihrer Fischhaut. Schon packte ihn wieder dieses ungebärdige Lustgefühl, da begannen sich die Mädchen ganz langsam ihrer Kleidung zu entledigen. Es kamen zarte, feine Schultern ans Licht, lange, glatte Schenkel und feine, junge Brüstchen. Das war zu viel für Zemánek. Mit einem gurgelnden Schrei stürzte er sich auf Jarmila, die sich gerade besonders aufreizend präsentierte. Die übrigen stoben kichernd auseinander. Zemánek aber hatte das Gefühl, er hätte einen Karpfen umarmt. Hätte sie nicht liebevoll zwei schleimige Flossen um seine Ohren gelegt, wäre es Jarmila nicht mehr gelungen, ihm einen kalten großmäuligen Kuss aufzupressen.

Zemánek richtete sich auf und schüttelte sich. Da waren schon die anderen alle um ihn, schlängelten sich an ihm empor, nestelten an den Knöpfen seiner Jacke, seiner Hose, und begannen ihn langsam aber zielstrebig auszuziehen. Zemánek schwankte noch immer zwischen dem Bild, das er sah, und dem Gefühl, das er verspürte, zwischen Begierde und Ekel. Jetzt, als sein nackter Oberkörper ganz den Fischflossen ausgeliefert war, ließ er sich fallen und die Schönen stürzten über ihn, begruben ihn unter sich und rissen ihm die letzten Kleider vom Leibe. Der Ekel blieb. Nach Fisch stinkende, kalte Küsse raubten ihm den Atem, Flossen verlegten ihm Augen und Ohren. Und dann bemerkte er mit Entsetzen, dass er vergewaltigt wurde, einmal und noch einmal. Er empfand tiefen Abscheu vor seinem Körper, der das alles mitmachte, obwohl ihn der Ekel schüttelte. Beim dritten Mal schwanden ihm die Sinne, aber wilde Phantasien folgen ihm tief in die Träume. Er war jetzt kein Mensch mehr, sondern ein Fisch, der von paarungswütigen Froschmännchen umklammert wurde, dann ein Molch, der von einem Schwarm hungriger Blutegel ausgesogen wurde. Zuletzt war er ein Wurm, den zwei Fische hin und her zerrten, bis er zerriss.

Als am Nachmittag des folgenden Tages das Wasserbett ordnungsgemäß geliefert wurde, war niemand zu Hause. Die freundliche Wohnungsnachbarin aber erklärte den Transportarbeitern: »Was, das wissen sie nicht, dass sich Frau Jelinková schon vor drei Tagen in die Moldau gestürzt hat? Sie hat nämlich erfahren, dass sie wegen ihrer schweren Unfallverletzungen keine Kinder mehr bekommen kann.«

Mürrisch packten die Arbeiter das schwere Stück wieder an, um es die zwei Stockwerke hinunterzutragen. »Verdammt schwer«, meinte Pavel.

»So schwer war noch keines«, antwortete Ota, und da geschah es. Das Bett verhakte sich in der Klinke der Haustür, rutschte Pavel aus den Händen, Ota konnte die Last nicht allein tragen und das Wasserbett glitt schräg die Stufen hinab auf ein geparktes Motorrad. Das riss im Umstürzen ein breites Loch in die Hülle, aus der mit einem breiten Wasserschwall langsam der nackte Leichnam von Přemysl Zemánek auf die Straße glitt. Er war über und über mit grünem Schleim bedeckt.

11. EIN STERN AUS DEM KRANZ DES HEILIGEN NEPOMUK

Der Student Antonín Vávra hatte Angst, Angst vor der Zwischenprüfung in Neuerer Geschichte, die über den Fortgang seines Studiums entschied. Vor einem Jahr waren ihm die Nerven durchgegangen. Nichts, kein Begriff, keine Jahreszahl, kein Name, nichts mehr war ihm eingefallen, und das Ergebnis war denn auch nicht mehr als Mitleid. Nun nahte die Wiederholung, die letzte Chance.

Wieder einmal sprach er darüber bei der wöchentlichen Teestunde mit seiner Tante, die nach dem Tod seiner Eltern mit einer kleinen Unterstützung seine kärgliche Studienförderung aufbesserte. Jetzt waren es noch zwei Wochen bis zum Termin und noch immer spürte er Lücken in seinem Gedächtnis, gegen die sich auch gängige Mittel wie Guaraná oder Ginkgo als unwirksam erwiesen hatten. Seine Tante, eine sehr verständnisvolle alte Dame, meinte so halb im Scherz: »Na, vielleicht kann dir der Heilige Nepomuk helfen.«

»Der Heilige Nepomuk? Meinst du, ich soll ihm eine Kerze opfern?«

»Nein, das ist eine andere Geschichte. Du weißt doch, mein Schwiegervater, Gott hab ihn selig, war ein Deutscher, und als der studierte, war es unter Studenten der deutschen Universität [20] Brauch, dem Heiligen Nepomuk auf der Karlsbrücke ein Sternchen aus seinem Kranz zu rauben, die sind ja nur einfach angeschraubt, und es bei der Prüfung in der Hosentasche bei sich zu haben. Angeblich hatten so viele diese Hilfe nötig, dass extra eine Wache aufgestellt wurde, um den Heiligen zu bewachen.«

»Und das Sternchen hat geholfen?«

»Nur wenn man fest daran glaubte«, lachte die Tante, »genauso, wie es schadet, wenn einem eine schwarze Katze über den Weg läuft und man beim Ausweichen von der Bordsteinkante fällt.«

»Wenn man fest daran glaubte.« Dieser Satz ging Antonín Vávra nicht mehr aus dem Kopf. Das war der Schlüssel. Und wenn er sich entschloss, fest daran zu glauben? Und so reifte sein Entschluss. Längst war der Brauch vergessen worden und so wurden auch keine Wachen mehr aufgestellt. Es müsste also ein Leichtes sein …

Dick vermummt marschierte er im Schutz der Dunkelheit über die Karlsbrücke. Er war allein. Wer sollte auch mitten in der Nacht dort bei Kälte und Nieselregen etwas verloren haben. Trotzdem blieb er erst am Brückenturm der Kleinseite, woher er gekommen war, etwas stehen, blickte sich um und horchte in die Nacht, ob jemand in der Nähe sei. Dann überquerte er die Brücke mit raschem Schritt, blickte kurz zum Heiligen Nepomuk hinauf und blieb im Schatten des Altstädter Brückenturms wieder stehen und lauschte. Die Luft schien rein zu sein. Also machte er kehrt und stahl sich von einem Figurenschatten in den nächsten, immer wieder abwartend, ob nicht doch ein nächtlicher Fußgänger auftauchte. Im Schatten des Heiligen Nepomuk wartete er besonders lange, aber niemand schien sein Vorhaben zu stören.

So wartete er, die Hände tief in den Jackentaschen vergraben, noch einige Minuten und begann dann, das Denkmal vorsichtig zu besteigen. Es war nass und glatt. Wie viele mochten vor ihm schon hier hinaufgestiegen sein und hatten den Stein des Sockels und die Bronze der Statue mit ihren Schuhsohlen poliert. Vorsichtig tastete er nach Griffen und Tritten und schob sich langsam aufwärts. Noch ein bisschen streckte er sich. Seine Hand schloss sich um den untersten Stern und drehte daran. Tatsächlich, die

Schraube ließ sich bewegen und der Stern gab nach.

Da ergriffen ihn harte Hände von hinten, rissen ihn aus seinem Stand, zerrten ihn herunter auf die Brüstung des Geländers und drehten seine Arme schmerzhaft auf den Rücken. »Antonín«, sagte eine Stimme mit grausamer Zärtlichkeit und dehnte jede Silbe geziert in die Länge. »Antonín, weißt du, was heute für ein Tag ist?«

»Der 20. März«, stieß Antonín ächzend hervor, indem es ihm soeben bewusst wurde: Das war ja der Todestag Nepomuks [8]. Er hatte keine Zeit, darüber nachzudenken. Schon kam von fern eine johlende Menge auf die Brücke gezogen. Vermummte Gestalten zerrten einen fast leblosen Körper an den Haaren hinter sich her, andere prügelten auf ihn ein. Sie kamen gerade auf ihn zu. Hell beleuchtete ihn das Licht der Fackeln und schon sprangen zwei der Kerle auf ihn zu und packten ihn. Sein ebenfalls vermummter Peiniger ließ ihn los und stürzte sich nun auf das andere Opfer. Während er nacheinander die Arme und Beine des Geistlichen – Antonín wusste, es konnte nur der Heilige Nepomuk sein – über die Steinkanten des Brückengeländers brach, hieben die anderen nun mit Knüppeln und Peitschen auf Antonín ein. Schließlich legten sie ihm einen Strick um den Hals und zogen ihn langsam zu. »Reicht schon«, meinte einer. Ein anderer verankerte den Strick am Kreuz der Statue.

Antonín bekam kaum Luft. Mit hervorquellenden Augen sah er zu, wie aus dem Körper des Heiligen das Leben langsam entwich. Er hörte das Krachen seiner Knochen, das Klatschen der Schläge. Schließlich rissen die Kerle den Halbtoten hoch und warfen ihn hinunter in die Moldau. Drunten im Wasser klatschte es laut. Dann war er selbst an der Reihe. Einer lockerte den Strick.

»Was wollt ihr?«, stieß Antonín hervor, der seine Sprache wiedergefunden hatte.

»Dich!«, war die Antwort ihres Anführers. »Niemand darf uns hier gesehen haben.«

»Aber ich kann doch …«, schrie er noch, da hatten sie ihn schon gepackt, rissen ihm die Jacke herunter, die die Schläge bisher etwas gemildert hatte, und begannen auf ihn loszudreschen. Der Anführer packte sein linkes Bein und spannte es über die Kante des Geländers. Antonín schrie vor Schmerz als der Knochen schließlich nachgab. Die Kerle jauchzten vor Freude. Schon hoben sie ihn hoch, um ihn über das Geländer zu werfen, da besann er sich auf den Stern, den seine Hand noch immer umkrampfte.

Mit letzter Kraft riss er den rechten Arm los und schlug hastig über die Brust ein Kreuzzeichen. Da dröhnte es um ihn wie eine mächtige Kirchenglocke. Mit schrecklichem Heulen stoben seine Peiniger auseinander und ließen ihn fallen. Schwer schlug er mit dem Kopf auf die Pflastersteine.

Hätte nicht der Polizist im Innendienst Karel Petrášek um 2 Uhr nachts Wachablösung gehabt und hätte er nicht über die Brücke einen schnelleren Weg nach Hause gehabt als mit der Metro, dann wäre Antonín Vávra in dieser Nacht wohl erfroren. So aber kam er im Unfallkrankenhaus Na Františku wieder zu sich als der Chirurg gerade dabei war, sein geknicktes Schienbein einzugipsen. »Wie oft sind Sie denn von dem Denkmal heruntergefallen«, fragte ihn der Arzt, aber Antonín begriff zuerst gar nichts. »Ihr ganzer Rücken ist blutunterlaufen, die Arme halb herausgerenkt, das Bein gebrochen und eine schwere Gehirnerschütterung haben Sie auch. Das kommt doch nicht davon, dass man einmal drei Meter herunterfällt. Oder haben Sie vorher an einem Hochhaus geübt?«, meinte der Arzt. Jetzt kam die Erinnerung wieder. Antonín stöhnte. – »Seien Sie froh, dass Sie nicht auf der anderen Seite heruntergefallen sind. Aus der Moldau wären sie nicht mehr herausgekommen«, sagte der Arzt noch, strich den Gips glatt und verabschiedete sich.

Die vier Wochen, die Antonín Vávra sich noch einmal ungestört seinen Büchern widmen konnte, bevor er mit Krücken zum Nachholtermin erschien, machten den Segen des Heiligen Nepomuk perfekt.

12. DIE MUTPROBE

»Na, Vašek, wo bleibt dein Mut?« – »Wenn du nicht bald deine Probe lieferst, wirst du lang warten können, bis du 15 wirst!« – »Hast du wenigstens schon mit dem Training angefangen?« Mitten im Geschrei des Pausenhofes hatten sich einige Klassenkameraden um den zierlichen, etwas versonnenen Václav versammelt. Das durfte nicht sein, dass sich Václav um die Mutprobe herumdrückte, die jeder, entsprechend der inoffiziellen Tradition der Wirtschaftsoberschule in der Ječná, vor seinem 15. Geburtstag ablegen musste. Václav war eigentlich ein ernsthafter Schüler, der keinen Sinn für reinen Blödsinn hatte. Das Fenster einer Polizeistation einzuwerfen, Parteitransparente zu verunzieren oder einen Kinderwagen voll Ziegelsteine vom Nationalmuseum aus in den Straßenverkehr rollen zu lassen, das war ihm zu grob und den damit verbundenen Ärger fürchtete er wirklich. Bevor solche Ideen in Mode gekommen waren, hatten auch die Lehrer die Mutproben augenzwinkernd geduldet. Nun waren sie eigentlich verboten. Aber auch solche Heldentaten, wie im Januar durch die Moldau zu waten, waren ihm ein Gräuel. Nun aber nahm er Haltung an. »Okay«, sagte er, »ich weiß was. Nach der letzten Stunde wird es verraten.«

»Na, was wird das schon sein?« – »Traust dir ja doch nichts«, kam es zurück, aber er ließ sich nicht mehr aus der Ruhe bringen.

Was Václav dann vor der versammelten Klasse vorschlug, war für ihn eine Kleinigkeit. »Ich lege mich eine Nacht lang zwischen den alten Gräbern unter dem Veitsdom zum Schlafen hin«, hatte er verkündet. Zwar meinte Jan, der Kraftmeier der Klasse: »Das ist doch nichts Besonderes.« Aber die meisten folgten dem Argument seines Freundes Jaromír: »Das ist was Neues, da ist noch keiner draufgekommen.« Und so wurde sein Vorschlag angenommen. Und das war gut so.

Die Idee war Václav gekommen, als er zufällig entdeckte, dass eine der Gittertüren schadhaft war, die den Zugang zu einem Teil der Krypta für das allgemeine Publikum verschloss, und dass sie mit einem leichten Anheben geöffnet werden konnte. Und von dort ging ein Durchgang weiter in den Zwischenraum zwischen den nur teilweise untersuchten Fürstengräbern unter dem Dom und der darüber gezogenen Betondecke, die nun den Kirchenboden trug. Das Aufsehen, wenn er am Morgen bei der Öffnung der Krypta staubig und ungekämmt aus dem Verlies stieg, einige scharfe Worte und vielleicht auch eine Ohrfeige, eine Verwarnung vom Klassenlehrer oder vom Rektor, das war nicht weiter schlimm und das brauchte er ja auch, um zu bezeugen, dass er seine Probe wirklich abgelegt hatte. Das würde er ruhig an sich herunterrinnen lassen, und mit dem stolzen Bewusstsein, als Mann anerkannt zu werden, in 17 Tagen seinen Geburtstag feiern.

Die Lichter gingen aus. Václav verließ erleichtert sein unbequemes Versteck in einem Schlitz zwischen zwei alten Mauern, zog seinen dicken Schlafsack nach und breitete ihn auf der staubigen Erde am Grund eines der Stichgräben aus, die die Archäologen durch das Gräberfeld gezogen hatten. Das restliche Dämmerlicht, das zwischen der Erdoberfläche und der Betonplatte hereindrang, genügte ihm, um sich zurechtzufinden. Natürlich hatte er eine Taschenlampe dabei, aber es war besser, sie nicht anzuschalten, denn wer weiß, wer noch in den öffentlich zugänglichen Teilen der Krypta nach dem Rechten sah, oder wer in der Dämmerung von draußen den schwachen Lichtschein bemerken konnte. So war er zufrieden, legte sich hin und war nach einigen angenehmen Gedanken über seine gute

Idee bald eingeschlafen. Gelegentlich suchte er sich eine neue Lage, denn der Boden war hart. Aber es war nicht schwer, nach einigen Minuten wieder in friedliche Träume abzutauchen.

Das änderte sich aber, als irgendwo in unmittelbarer Nähe ein kleines Glöckchen mit silbernem Klang 12 Mal angeschlagen wurde. Unversehens erhob sich ein Wispern, an manchen Stellen ein leises Stöhnen, das wie von einem unmerklichen Wind hin und her geschoben wurde. Hin und wieder huschte ein bläulicher Schein über die Fläche, die sich unter der Betondecke ausbreitete. Václav war im Nu hellwach. Von fern her konnte er eine Stimme unterscheiden, die leise sagte: »Ja dorthin, dort drüben.« Dann hörte er ein leises Tappen, die Frage »Wo ist der Lebende«, und wieder näher die Antwort: »Hier, in diesem Graben ist er.« Noch bevor sich Václav wieder in seinem Versteck verkriechen konnte, sah er einen Schein um die Ecke des Grabens, eine Kienfackel schob sich vor, und schon beleuchtete sie eine hagere Gestalt in einer abgerissenen Kutte, die auf ihn zukam. Tiefliegende, dunkel aufgerissene Augen, ein schmerzvoll verzerrter Mund und ein breiter, klaffender Schlitz quer über den Hals boten einen entsetzlichen Anblick. Václav stand der Angstschweiß auf der Stirn. Er schloss die Augen und stellte sich schlafend.

Das aber half ihm nichts. Unbeirrt kam die Gestalt auf ihn zu und sprach ihn an. Aber ihre Stimme klang alles andere als furchterregend. Kläglich flehend begann sie zu sprechen: »Ich weiß, dass du lebst und dass du mich hörst«, sagte sie, »ich brauche dich, einen lebenden Menschen.« Václav gefror das Blut in den Adern. War das ein Vampir, ein Werwolf, der sein Blut brauchte, oder welche Ausgeburt des Schreckens? Aber die Gestalt fuhr fort: »Ein lebender Mensch, ein Christ muss meine Beichte hören, dass ich Frieden finden kann im Grab und meine Seele ins Paradies gelangt.«

Damit hatte Václav nicht gerechnet. Schon fühlte er eine gewisse Erleichterung. Aber war er ein Christ? Wohl hatte seine Großmutter der Mutter so lange in den Ohren gelegen, bis sie den Buben heimlich [28)] taufen ließ, aber danach kam nichts mehr, kein Religionsunterricht, kein Kirchenbesuch, keine Erstkommunion oder Firmung. Als hätte die Gestalt seine Gedanken gelesen, erklärte sie: »Nein, du musst kein guter Christ sein, ein Christ, der von der Erbsünde befreit wurde, der die heilige Taufe empfangen hat, das genügt schon.«

Václav war klar, dass er da irgendwie mitspielen musste. Er richtete sich also auf, öffnete die Augen und sagte, so entschlossen, wie er es fertigbrachte: »Was muss ich denn dazu tun, ich hab' ja keine Ahnung?«

»Du musst mir nur zuhören, meine schreckliche Geschichte, die ich nie beichten konnte, und danach musst du für mich beten, das ist alles«, sagte der Wiedergänger.

»Das will ich tun!«, sagte Václav, nun schon etwas fester, lehnte sich an die seitliche Lehmwand und wollte seinen Schlafsack fest um sich ziehen, wurde aber von dort unsanft getreten. Er schrak zusammen und sah im Schein der Fackel einen Knochen aus der Wand ragen.

»Das ist der Fuß eines unserer Gefolgsleute«, sagte der Geist, »der wurde bei der Grabung hier verletzt und hat nun bei jeder Berührung Schmerzen.«

Václav suchte sich eine andere Lage, spürte aber einen Biss in der Schulter. Tatsächlich, Dort ragte ein Kiefer mit drei Zähnen aus dem Lehm. Schließlich fand er eine geeignete Stelle, lehnte sich an und sagte: »Ich bin bereit.«

Und der Geist fing an zu sprechen: »Du siehst, ich bin ein Mönch. Hermengild ist mein Name. Ich kam hierher als Missionar aus Regensburg, gerufen vom Heiligen

Wenzel[2], und gründete dort hinter der Burg mit einigen Mitbrüdern ein kleines Kloster. Hier, auf der Burg, wo damals nur einige feste Häuser standen, hatten wir eine große Holzkirche, in der wenigstens 80 Leute Platz hatten. Es war eine sehr erfolgreiche Zeit, es kamen immer wieder kleine Adelsherren vom Land und ließen sich taufen, und Herzog Wenzel war sehr großzügig und half uns viel, wenn es galt, neue Wirtschaftsgebäude zu errichten oder in der Umgebung neue Kirchen zu bauen.

Aber dann geschahen schreckliche Dinge, die zum ersten Mal Streit in unsere junge Kirche brachten, so wie es ihn später viele Male in Böhmen gegeben hat. Boleslav, der Bruder des Herzogs Wenzel hatte ihn und einige Kirchenmänner zum Kirchweihfest in Altbunzlau eingeladen, wo er residierte. Ich gehörte mit zu den fünf Mönchen, die Wenzel auf dieser Fahrt begleiteten. Es war eine mühevolle Unternehmung. Zuerst ein weiter Ritt, dann am Tag darauf, dem 27. September, die großen Feierlichkeiten, allein drei Stunden dauerte der Festgottesdienst, und danach Gespräche mit den dortigen Klosterbrüdern, die wir ja alle kannten und die wir zum Teil selbst getauft hatten.

Als wir, der Priester, den ich noch nicht kannte, und ich, nach dem Vespergebet noch zu zweit einen kleinen Disput hatten, war Boleslav in die Kirche gekommen, hatte sich, was er sonst nie tat, eine Weile in die Bank gekniet und gebetet. Dann war er zu uns getreten und hatte gesagt, er würde am Morgen seinen Bruder vor der Kirche gefangen nehmen und selbst Herzog werden, um die Abhängigkeit vom Reich zu beenden. Wir beide sollten, wenn der Herzog Wenzel zur Kirche komme, ihn ansprechen und aufhalten, damit er ihn nicht in der Kirche festnehmen müsse. Der Priester, der selbst Böhme war, versprach ihm das sofort, während ich ablehnte. Boleslav meinte darauf, das könnte ja auch einer allein tun, ich aber solle bedenken, dass er danach auch über die Kirche in Prag Macht habe. Als er fort war, beschwor ich den Priester, dieses Spiel nicht mitzumachen, Boleslav sei ein halber Heide und stünde unter dem Einfluss seiner heidnischen Mutter. Der aber schalt mich einen Fremden, der Böhmen in der Abhängigkeit halten wolle. Da ergriff mich eine ganz unchristliche Wut und ich schwang einen schweren bronzenen Kerzenständer gegen seinen Kopf, dass er wie vom Donner gerührt niederstürzte und starb.

Am Morgen eilte ich zur Kirche, um meine Tat zu beichten. Dort aber geschah es. Gerade war Herzog Wenzel zur Kirche gekommen, saß ab, um seine Waffen wie gewohnt im Vorraum der Kirche abzustellen, als plötzlich zwei riesige Krieger auf ihn eindrangen. Ohne mich zu besinnen, stürzte ich mich dazwischen. Ein Schwerthieb durchtrennte meinen Hals und fast im gleichen Moment stürzte der Herzog sterbend über mich [2]. So ereilte mich der Tod, ehe ich meine Missetat beichten konnte und seither bin ich ausgeschlossen von der ewigen Seligkeit. Hier, wo mich meine Mitbrüder begraben haben, habe ich nun mehr als tausend Jahre gewartet, bis ich in der Stunde der Mitternacht über den Gräbern einem Menschen begegne, der bereit ist mich anzuhören.«

Václav hatte sich völlig gefasst. Er hatte der Erzählung gelauscht, gespannt wie bei den Erzählungen seines Großvaters vom Widerstand im Krieg, und erst am Ende wurde ihm klar, von welchem Gewicht seine Rolle für sein Gegenüber war. Er stand also auf und legte dem Geist seine Hand auf den Kopf. Dieser aber kniete nieder. Sein Gesicht verwandelte sich, die Verzerrung löste sich und Tränen strömten ihm aus den Augen. »Bete für mich«, stammelte der Geist, »wenn du an mich denkst, oder in eine Kirche kommst. Und wenn du einst selbst in den Himmel kommst, lege ein gutes Wort ein für mich beim Herrgott, dann kann ich bald bei ihm sein. Freudig gehe ich jetzt hin ins Fegefeuer, bis mir die letzte Last in der Glut vergangen ist.« Er schüttelte Václav die Hand, wandte sich um und schlurfte davon. Kaum war er um die Ecke des Ganges verschwunden, klang von ferne wieder das silberne Glöckchen. Mit seinem einen Schlag erlosch der Lichtschein, ringsum war Stille.

Václav legte sich zufrieden hin und verkroch sich in seinen Schlafsack. In seinen Träumen jagten schwertschwingende Ritter durch die Burg, trugen murmelnde Mönche reich geschmückte Särge zum Friedhof, und der Gekreuzigte, den sie vor sich her trugen, sah ihn an als wollte er sagen: »Du hast eine wichtige Aufgabe übernommen.«

Er erwachte erst, als draußen die erste Touristenführung auf dem noch leeren Burghof angekommen war und die grelle Stimme der Reiseleiterin von allen Wänden widerhallte. Schnell brachte er seine Kleidung und notdürftig auch seine Haare in Ordnung, wickelte seinen Schlafsack zusammen, marschierte durch einige Gänge tiefer in die Krypta hinein und klemmte die Gittertüre auf. Er kam noch rechtzeitig, die Krypta war noch verschlossen, und so legte er sich für seinen Auftritt auf die Lauer.

Nicht lange danach hörte er einen Schlüssel klirren, schwer knackte das alte Schloss und als sich die Tür öffnete, hallten Vaclavs schaurige Pfiffe durch die Krypta, danach folgte ein grässliches Geheul, das den braven Bediensteten des Fremdenverkehrsamts beinahe in die Flucht geschlagen hätte. Dann aber erschien Václav selbst, den Schlafsack wie einen überdimensionalen Kopf über sich tragend. Der Effekt war vorhersehbar. Sofort packte ihn eine kräftige Hand und er wurde zum Kassenhäuschen gebracht. Nach einer ersten Predigt, in deren Verlauf die ganze Vielfalt unserer Haustiere mehrmals genannt wurde, rief man die Polizei, die ihn abtransportieren sollte. Dem gestrengen Wachtmeister aber gestand Václav in aller Unschuld, es habe sich um eine Mutprobe gehandelt, und da er weder den Verkehr stören noch irgendwen schädigen wollte, habe er eben eine Nacht in der Krypta verbringen müssen. So wurde er schließlich von einem belustigten und milde gestimmten Ordnungshüter in seiner Schule abgeliefert, wo die Strafe dann auch entsprechend harmlos ausfiel.

Aber die Geschichte des sündigen Mönchs ließ Vaclav von nun an nicht mehr los. »Ist es so, wenn man wirklich zum Mann wird«, dachte er sich öfters. Er war noch stiller und ernsthafter geworden. Ein halbes Jahr später teilte er seinen entsetzten Eltern mit, dass er Priester werden wolle und es half nichts, dass sie ihm alle Schrecken der Kirchenverfolgung durch das Regime ausmalten. Um Latein und Altgriechisch zu lernen, wechselte er zunächst in das einzige verbliebene altsprachliche Gymnasium in der Štěpánská über. Zugleich bemühte er sich um Kontakt mit Geistlichen aus dem Umfeld des Priesterseminars in Leitmeritz, dem einzigen, das man der Kirche in der Verfolgungszeit [28] noch gelassen hatte, um vielleicht eines Tages dort aufgenommen zu werden. Das aber war abhängig von der Willkür staatlicher Kontrollpersonen, die ganz im Interesse der Partei entschieden.

Nachdem er 18 Jahre geworden war, bewarb er sich um die Aufnahme, musste aber abgelehnt werden. Bald gelang es ihm, Kontakt zu einem jungen Ordensbruder zu bekommen, der offiziell in einem staatlichen Betrieb als Elektrotechniker arbeitete und ständig mit den maroden Stromleitungen in dem großen, heruntergekommenen Gebäudekomplex des Bischofssitzes in Leitmeritz beschäftigt war. Der führte ihn als geheimen Novizen in seinen Orden ein. Er war ebenso Benediktiner wie jene ersten Missionare auf der Prager Burg. Hier lernte er immer mehr die Freude am Gebet, aber auch die Aufgaben und die Verantwortung, die ein Priesteramt in jener Zeit bedeutete. Und in jedes seiner Gebete schloss er jenen Hermengild ein, der ihm diese geistige Welt erschlossen hatte.

Auch ihm gelang es, eine einfache Beschäftigung zu finden, die ihm die Möglichkeit gab, in ständigem Kontakt mit seinen neuen Mitbrüdern zu bleiben. Es ergab sich, dass im Priesterseminar eine Stelle als Hausmeister ausgeschrieben war, die er erhielt. Dass wenig später ein unauffällig gekleideter Herr in seiner Dienstwohnung erschien und ihm dringend nahelegte, über alle Vorgänge im geistlichen Bereich, die der Partei von Interesse seien, regelmäßig zu berichten, machte ihm keinen besonderen Kummer. So wurde denn immer wieder in kleinerem oder größerem Kreise genau abgesprochen, was berichtet werden könne. Es musste immer zutreffend sein, genug, um die wohlbekannten Schnüffler bei Zufriedenheit zu halten, aber doch die entscheidenden Dinge ausklammern. Das gelang offenbar immer besser. Jedenfalls schien es so.

Als eines Morgens harte Schläge an seine Tür donnerten, war ihm klar, dass etwas passiert sei. Als er schlaftrunken die Tür öffnete, rauschte noch einmal jene Kampfszene durch sein Bewusstsein, die ihm so viele Male im Traum erschienen war. Dann zerrten ihn grobe Fäuste auf den Hof, wo bereits mehrere geheime Mönche und Novizen versammelt waren. Nach endlosen Verhören und Prügeleien brachte man ihn schließlich in einem verschlossenen Kastenwagen nach Mähren. Auf kurvigen Wegen ging es ins Waldgebirge. Als der Kasten aufgerissen wurde, stand der Wagen hoch oben neben einem Aussichtspunkt über der Macocha, dem 90 Meter tiefen Karstkessel einer zusammengestürzten Höhle. Zwei kräftige Kerle rissen ihn hoch und schleuderten ihn mit vereinten Kräften hinaus übers Geländer, hinaus in die freie Luft. Václav aber breitete seine Arme aus und rief: »Ich komme, Hermengild, ich komme zum Herrn.« Dann faltete er die Hände und erwartete den tödlichen Aufprall.

Die Abteilung für Kirchenfragen bei der Staatssicherheit aber forschte während des ihr noch verbleibenden Jahrzehnts mit aller Mühe, aber vergeblich nach einem geheimen Priester namens Hermengild.

13. DES FREMDENFÜHRERS GLÜCK UND ENDE [30]

Zufrieden musterte Rudolf Skalka seine Gruppe. Es waren etwa 40 Deutsche aus dem Reisebus eines als preisgünstig bekannten Unternehmens, praktisch und meist auch unauffällig gekleidet, mit Umhängetaschen und meist auch Fotoapparaten. Auch die Zusammensetzung der Gruppe war die übliche: Da waren gleich mehrere gleichgesinnte Witwen, die sich seit Jahren kannten und gemeinsam die Wüstenwinde des Orients und die Monsunregen Indonesiens überstanden hatten, dann einige Lehrerehepaare, die immer im Laufschritt mithielten, um ganz vorn dabei zu sein, wenn die Erklärung begann, dann die zähe, sportliche Alte, die ihren kurzatmigen Gemahl noch einmal zu einer, vielleicht letzten, Kulturreise animiert hatte, und nicht zuletzt die Hobbyfotografen, die immer in Eile quer durch den fließenden Verkehr rannten, nur um in eine bessere Position zu kommen, und die möglichst immer schon eine Straßenlänge vor ihm versuchten ein Bild ohne Reisegruppe einzufangen. Nur ein Herr war ihm ein Rätsel. Er kam ihm irgendwie bekannt vor, gut bekannt sogar, aber wo er ihn kennengelernt hatte und unter welchen Umständen, war ihm völlig entfallen.

Der Fremde sah klug aus, nicht mehr ganz jung, aber noch mit einigen dunklen Strähnen im Grauhaar. Seine Kleidung war etwas altmodisch und sehr solide, zeigte aber auch schon einige Spuren des Gebrauchs. Das auffälligste an ihm aber war ein schreckliches Deutsch. Skalka meinte immer wieder, jenen penetranten tschechischen Akzent zu hören, den ihm selbst sein Deutschlehrer erst nach langem Üben ausgetrieben hatte. Aber der Mann war aus dem Bus gestiegen und lief mit der Gruppe mit, sprach hie und da mit einem anderen Teilnehmer, auch wenn er keine näheren Bekannten zu haben schien. Vielleicht war er einer der Leute, die schon vor Jahrzehnten emigriert waren und nun in ihre Heimat kamen, um Wiedersehen zu feiern. Vielleicht war er irgendeinem hiesigen Verwandten ähnlich, den Skalka kannte.

Die auf der Karlsbrücke lang auseinandergezogene Gruppe hatte auf dem Kreuzherrenplatz wieder aufgeschlossen und Skalka begann vor dem Denkmal Karls IV [5). seine übliche Erklärung abzuspulen: »Bitteschön, meine Damen und Herren, wir stehen nun vor dem Denkmal des Kaisers und böhmischen Königs Karls des Vierten, des bedeutendsten Herrschers dieser Stadt. Er wurde geboren …« Die Gruppe hatte sich aufmerksam um ihn versammelt, einige machten sogar Notizen, sogar die Fotografen, die kurz vorher noch einmal ausgeschwärmt waren. Manche von ihnen schielten schon wieder nach Motiven in der Umgebung oder suchten mit den Teleobjektiven die umliegenden Dächer ab. Dann kam der Altstädter Brückenturm an die Reihe, und außerdem konnte er vom gleichen Standpunkt aus auch noch das Nötigste über das Clementinum, die alte Jesuitenhochschule erzählen.

Schließlich, nach der Beantwortung einiger ergänzender Fragen, setzte er sich wieder in Bewegung, überquerte die verkehrsreiche Kreuzherrenstraße und wartete, bis sich die Gruppe in kleinen Portionen an der Ampel über die Straße gerettet hatte. Dann ging es hinein in die Karlstraße, eine jener Gassen, wo man kaum im Gänsemarsch auf den schmalen Gehsteigen vorankommt. Hinter jedem vorbeigefahrenen Wagen flutete die Gruppe wieder erleichtert auf die schmale Fahrbahn, um sich vor dem nächsten jeweils nach beiden Seiten an die Wände zu drücken. Und in dieser Situation, in der ohnehin die ganze Aufmerksamkeit dem Vorankommen gewidmet war, begann der bekannt-unbekannte Herr Fragen zu stellen. »Belanglose

Fragen«, so dachte sich Skalka. »Was ist das für ein Haus?« fragte er bei einem unauffälligen Gebäude, das einfach nur alt und grau war.

»Vermutlich aus der Renaissancezeit«, meinte Skalka, »aber es ist nichts Besonderes mehr daran zu sehen.« So war es immer, der Fremde wollte wissen, wer hier jetzt noch wohne, oder wer irgendeine moderne Scheußlichkeit gebaut habe, und was vorher dort gestanden habe. Skalka hatte das Gefühl, auf den Arm genommen zu werden, obwohl er den Herrn immer als besonders freundlich angesehen hatte, weil dieser bei allen Besichtigungen besonders großzügige Trinkgelder gab, die Bettler auf der Karlsbrücke und an den Kirchenpforten reichlich bedachte und, oft mit einem Seufzer, große Scheine in die Opferstöcke für die Kirchenrenovierungen steckte.

Als Skalka das Altstädter Rathaus erreicht hatte, pflanzte er sich davor auf und wartete ab, bis seine Schäflein aus dem engen Schlauch der Karlstraße heraus allmählich zusammentröpfelten. Hier war es besonders schwierig. Der Marktplatz wogte vor Menschen. Reisegruppen aller Nationen drängten sich durcheinander, schoben sich in die engen Zwischenräume zwischen den Tischen der Straßencafés, immer heftig gestikulierend und emsig bemüht, den Anschluss nicht zu verlieren. Skalka begann mit doppelter Stimmgewalt um wenigstens die Seinen akustisch noch zu erreichen. Er wiederholte seine Warnung vor Taschendieben und Handtaschenräubern und begann dann mit der Erklärung all der Sehenswürdigkeiten, die von diesem Platz aus zu erkennen waren. Den Rundgang wollte er sich sparen. Es war sowieso kaum ein Durchkommen, und er musste pünktlich droben beim Nationalmuseum ankommen, wo der Bus nicht lange auf die Gruppe warten konnte. Wie immer bei solchen Gelegenheiten schwieg der rätselhafte Herr bei der Erklärung und hatte keine Fragen.

Kaum aber hatte sich die Gruppe wieder in die engen Gässchen gezwängt, die zur Karlsuniversität führten, begann er wieder so beiläufig am Wege zu fragen. Was die Blechklappen auf dem Gehsteig vor manchen Kellerfenstern bedeuteten, warum es hier so dreckig sein müsse, warum von dem uralten Gebäude der Universität nur noch ein gotischer Erker geblieben sei und wohin denn die vielen Durchfahrten in den Häusern führten, die erkennbar für moderne Verkehrsmittel zu eng waren. Es waren lauter nebensächliche Fragen, auf die vielleicht alltägliche Antworten passten. Aber Skalka hatte seine weit auseinandergezogene Gruppe im Auge zu behalten, vor allem weil sich nun einige bunt gekleidete Zigeunerinnen dazwischengemischt hatten, die mit viel Getue die Aufmerksamkeit der Touristen auf sich zogen. Skalka bemühte sich, deren unauffällig hin und her huschende Knaben möglichst streng anzusehen, um ihnen klar zu machen, dass es hier keine Gelegenheit für unbemerkte Raubzüge gebe. Und da fragte dieser penetrante Kerl dazwischen, freundlich und eindringlich. Sah er denn nicht, was da vorging. Skalka bemühte sich, ihn nicht zu beachten, kam drei von bettelnden Kindern bedrängten Damen zu Hilfe, und versuchte zugleich, seinen Peiniger abzuschütteln.

Endlich, sie waren am gotischen Erker vorbei und standen vor dem Ständetheater. Da war mehr Platz und die Gruppe konnte sich wieder sammeln und stand wieder als eng geschlossener Kreis um Skalka. Die bunte Gesellschaft, die sie begleitet hatte, war plötzlich wie vom Erdboden verschluckt, ohne dass jemand ihr Verschwinden bemerkt hatte. Und der fragewütige Herr war wieder still, während Skalka seine Erklärungen abgab. Noch ehe die Gruppe sich zum Abmarsch formierte, vermisste einer der Fotografen sein Teleobjektiv, das er in seiner umfangreichen Tasche untergebracht hatte. Die Tasche war offen gestanden.

Hatte er sie geschlossen gehabt? Er wusste es nicht mehr so genau. Gegen seine Überzeugung meldete Skalka den Verlust einem zufällig vorbeikommenden Wachmann, nicht ohne die Zigeunergruppe und seine diesbezüglichen Vermutungen zu erwähnen. Der meinte dazu nur: »Ja, ja, die habe ich auch gesehen. Aber es sind hier herum wenigstens fünf solche Gruppen in den Gassen der Altstadt. Wo soll man da anfangen?« Es war ein hoffnungsloser Fall.

Also weiter zum Wenzelsplatz, dem Prachtboulevard der Stadt. Hier war wieder dichtes Gedränge. Trotzdem ließ er die Gruppe wieder zusammenkommen. Ganz im Gegensatz zu seiner sonstigen Gewohnheit machte Skalka nur einen kurzen Halt, erklärte wenig und lud die inzwischen ziemlich müde einherschleichenden Leute ein, ihre Augen schweifen zu lassen, über die Vielfalt der Fassaden, bis hinauf zum Nationalmuseum. Dort wolle er noch einmal eine letzte Erklärung geben. Die dankbaren Blicke des Fragers für dieses Verfahren sah er nur am Rande. So schlenderten oder schlichen denn die Teilnehmer der Stadtbesichtigung in kleineren Gruppen allmählich hinauf, nicht ohne so nebenbei irgendwo ein Andenken, Karlsbader Oblaten oder eine Flasche Becherbitter zu kaufen, oder was sie sonst für typisch böhmisch oder besonders billig hielten.

So kamen sie denn am Ende eines langen Tages oben beim Denkmal des Heiligen Wenzel an, staubig und mit schiefgetretenen Füßen, manche unter der Last mehrerer Plastikbeutel gebeugt. Fast alle, und darin zeigte sich ihre Reiseerfahrung, hasteten zuerst zum Bus, um ihre Ladung zu verstauen, bevor sie sich mit einigen letzten Eilschritten dorthin begaben, wo Skalkas letzte Worte bereits zu vernehmen waren. Skalka bedankte sich wie immer für ihre Freundlichkeit und ihr Interesse, wünschte ihnen eine gute Weiterfahrt und hoffte, sie so bald wie möglich wieder in dieser wunderschönen Stadt begrüßen zu können. Zufrieden steckte er ein kleines Kuvert ein, in dem einer der Reiseteilnehmer unauffällig, aber nicht ganz unbemerkt eine kleine Aufmerksamkeit des Publikums gesammelt hatte, und wollte sich nach diesem Abschied zufrieden auf den Heimweg machen.

Da trat der Frager wieder auf ihn zu. Er hatte ihn den ganzen Weg herauf kein einziges Mal angesprochen, so dass ihn Skalka schon beinahe vergessen hatte. Nun aber kam er auf ihn zu: »Ich möchte sie gerne zum Abendessen einladen, möglichst in einem typischen Prager Restaurant, nicht einer der Abfüllstationen für Touristen. So etwas kennen sie ja doch wohl. Es muss nicht unbedingt das billigste sein aber möglichst dort, wo die Einheimischen unter sich sind.«

Skalka war erstaunt. So etwas war ihm noch nie vorgekommen. Normalerweise hängten sich seine Touristen todmüde in die Sitze eines Busses und dösten zufrieden ihrem Halbpensions-Essen in irgendeinem Hotel entgegen. »Und ihr Bus?«, fragte er erstaunt.

»Den Weg zum Hotel Atrium werde ich schon finden«, meinte der Fremde, »übrigens, mein Name ist Sigmund Prager.«

»Angenehm, Skalka«, war die Antwort. »Aha, ein emigrierter Jude«[23], dachte Skalka im Stillen.

»Wie wäre es mit dem jüdischen Gemeindehaus?«, fragte er, »früher aß man da sehr gut und billig, heute leider nur noch gut, und die Preise sind deutlich gesalzener als das Essen.« Aber die erwartete freudige Reaktion blieb aus.

»Wenn das ein Restaurant ist, wo die alten Prager gerne unter sich sind, dann ist es schon gut«, meinte Prager, »aber wenn es etwas Typischeres gibt, wo auch das Bier gut ist, wäre mir das lieber. Ich bin nämlich recht ausgedörrt.«

Skalka hätte beinahe bemerkt: »Das kommt vom vielen

Fragen«, aber er hielt sich zurück und antwortete: »Dann weiß ich noch etwas Besseres, da sitzt man mitten unter dem Volk. Es kann allerdings etwas eng werden.«

»Macht nichts«, meinte Prager. Beide wandten sich zum Gehen, wieder hinunter, der Altstadt zu. Skalka hatte sich entschlossen, dorthin zu gehen, wo er ohnehin fast die Hälfte seiner Abende verbrachte, seit zu Hause niemand mehr auf ihn wartete. Der Fremde war geschickt, das war ihm klar. Nur so erfuhr er von den verborgenen kleinen Lokalen, wo sich das wirkliche Nachtleben abspielte. Alle anderen landeten im U Fleků oder in einer der künstlich alt gemachten Weinstuben entlang der Einfallschneisen der Touristen. Dass Prager ebenso schweigsam und offenbar in Gedanken neben ihm her ging, wurde ihm nicht bewusst.

Erst als sie bei einer Ampel warten mussten, bemerkte er, dass Prager ihn offenbar längere Zeit gemustert hatte. »Na warte«, dachte sich Skalka, »ich werde schon herausbekommen, was es mit dir auf sich hat.« Zu ihm gewandt aber sagte er: »Wir gehen jetzt durch eine Menge von kleinen Gässchen. Versuchen Sie nicht, sich das alles zu merken, es ist hoffnungslos. Ich gebe Ihnen dann heute Abend die Generalrichtung an, wie Sie zum Altstädter Ring kommen. Wenn Sie den überqueren und einfach weitergehen, kommen sie direkt zu ihrem Hotel.«

»Ich könnte auch ein Taxi nehmen«, meinte Prager.

»Dort, wo wir hingehen, ist es zu einem Taxi ebenso weit wie zu ihrem Hotel«, entgegnete Skalka.

Eigentlich hatte er erwartet, der Fremde würde jetzt erst richtig mit seiner Fragerei loslegen. Ja, er wartete sogar darauf, um ihm zu zeigen, was er alles wusste, wenn er endlich Zeit hatte, darauf einzugehen. Aber das kurze Gespräch war zu Ende und Prager ging ebenso schweigend weiter wie er selbst, mit einer lockeren, gleichmäßig über den ganzen Querschnitt der Gasse verteilten Aufmerksamkeit, der nichts entging, die aber auch nirgends haften blieb, nicht an den vereinzelt erhaltenen mittelalterlichen Hauszeichen, nicht an den mächtigen Ecksteinen mit den sichtbar eingekerbten Wunden von den sowjetischen Panzern [29)] von 1968. Skalkas Blick war ein anderer. Wenn er dienstlich unterwegs war, galt seine Aufmerksamkeit der Reisegruppe. Wenn er eine neue Route vorbereitete, durchkämmte er das Viertel nach Sehenswürdigkeiten. Natürlich war auch sein Blick aufmerksam und weit, aber er saugte sich überall fest, wo gotische Toreinfassungen, barocke Stuckfiguren oder andere Altertümer als Besonderheit herausgepickt werden konnten. Wenn er aber aller Pflichten ledig war, dann war einfach alles da, wie es immer gewesen war, außer es wurde wieder eine der vielen neuen Baustellen aufgemacht.

Das war übrigens eine der wenigen Gelegenheiten, wo sich die Aufmerksamkeit Pragers auf einen Punkt zusammenzog. Die Straße war aufgerissen worden. Einige windschiefe Latten begrenzten einen Graben. An der Ecke hing eine rote Warnleuchte und wartete auf die Dunkelheit. Drunten aber krümmte sich ein Gewürm von Leitungen aller Altersklassen und Inhalte, fast jede würdig, in einer Notaktion ersetzt zu werden. Darüber in den Seitenwänden allerlei Steine, teilweise zusammengeordnet zu Mäuerchen oder Schichten, so als hätte ein Anatom den Körper der Stadt geöffnet und einige rätselhafte Organe und Skelettteile freigelegt. Skalka aber wechselte auf den linken Gehsteig, da der rechte mit Pflastersteinen vollgestellt war, und Prager folgte ihm wortlos, ohne sich weiter aufzuhalten.

Schließlich zeigte er auf ein Straßenschild. »Husova ul.«, Husgasse, stand da. »Wir sind gleich da«, meinte er. Prager nickte erfreut. Sie überquerten die Gasse und traten auf einen kleinen Platz. Die erste Gastwirtschaft ließen sie links liegen, nur wenige Meter weiter stand die Tür einer weiteren einladend offen. Einige junge Burschen in Lederjacken standen draußen herum und sogen an ihren Zigaretten. Die beiden drängten sich an ihnen vorbei. Drinnen erwartete sie ein hoher, aber dennoch verqualmter Raum mit urigen Holztischen. Es war voll. Erst nach einigem Suchen fanden sich am Ende eines gut besetzten Tisches noch zwei schmale Plätze. Das musste genügen.

Ein junger, emsiger Kellner, oder war es der Wirt selbst, hatte sie sofort erspäht und, schon einmal zwei schaumtriefende Bierkrüge auf die Tischecken gestellt, bevor er die fünf vorrätigen Speisen herunterbetete. Skalka wunderte sich weder darüber, dass Prager den Kellner verstanden hatte, noch darüber, dass er mit derselben Selbstverständlichkeit bestellte. Dass Pragers Tschechisch einen feinen, aber unüberhörbaren deutschen Akzent hatte, kam ihm dagegen eigenartig vor. Nach dem ersten »Nazdraví« und dem darauf folgenden tiefen Schluck meinte er: »Sie sprechen tschechisch?« Aber mehr als ein einsilbiges »Ja, auch«, bekam er nicht zur Antwort. Wieder fiel ihm auf, dass Prager seinen Blick überall gleichzeitig hatte, aber nun auch die Ohren. Warum waren ihm die Ohren Pragers noch nicht aufgefallen, die nun groß wie die Trichter alter Grammophone in den Raum ragten und offensichtlich in der Lage waren, aus dem Lärm der durcheinanderlaufenden Gespräche einzelne Fäden herauszuziehen. Oder konnte Prager auch akustisch überall gleichzeitig mithören. War er vielleicht sogar ein Agent? Aber für was brauchte irgendein Land der Erde jetzt noch Agenten in Prag, noch dazu, um zu hören, was die einfachen Leute hier sprachen? Der Gedanke schien absurd, aber er ließ ihn nicht mehr los.

Als die Teller der beiden aufgetragen wurden, rückten die Tischnachbarn, die nur mehr ihre Bierkrüge vor sich hatten, freundlich zur Seite. Skalka bedankte sich und Prager nickte dazu, um sich sogleich in den herrlich duftenden Schweinebraten mit Kraut und Semmelknödelscheiben zu vertiefen. Das war zunächst alles. Auch nach einigen weiteren Bieren wurde Prager nicht gesprächiger. Skalka, der rechtschaffen müde war und bereits an den nächsten Stadtrundgang dachte, wollte aber nun doch noch etwas über die Identität seines Gastgebers erfahren, der sichtlich immer zufriedener in die Runde schaute und horchte. »Stammen Sie von hier?«, versuchte er das Gespräch wieder in Gang zu bringen.

»Das werden Sie ja schon gemerkt haben«, war die Antwort.

»Und wie lange leben Sie schon in Deutschland?«, bohrte Skalka weiter.

»Das ist schon schwieriger«, meinte Prager, »ich habe bei Kriegsende [26] meinen Wohnsitz teilweise nach Deutschland verlegt, aber ich bin eigentlich fast immer hier.«

»Aber weshalb haben Sie dann mit meiner Reisegruppe eine stinknormale Führung mitgemacht, das haben Sie doch wirklich nicht nötig.«

»Wegen Ihnen«, sagte Prager.

»Wegen mir?«

»Wegen Ihnen, und wegen Prag.«

»Was meinen Sie damit?«

»Sie lieben Ihre Stadt nicht, und das finde ich sehr schade«, sagte Prager mit Nachdruck und Skalka meinte, so etwas wie einen drohenden Unterton in Pragers Stimme zu hören.

»Ich, meine Stadt nicht lieben? Wie kommen Sie darauf? Natürlich liebe ich sie, ihre Kultur, die Theater, die Museen, die herrlichen Fassaden, die alten Kirchen, die Burg ...«

»Ja, ja, ich weiß«, unterbrach ihn Prager, »aber jedes Wort beweist es, Sie lieben Prag nicht, Sie skelettieren es. Sie nehmen das alte Steingerüst heraus und führen es vor, wie der Anatom ein Skelett. Sie erklären jedes Organ einzeln, aber Sie vergessen das, was alles ausmacht, das Leben selbst.«

»Aber das ist doch mein Beruf!«

»Ja, ein Beruf, der stumpf macht, der alle Aufmerksamkeit auf das Skelett richtet, und auf die Wünsche der Touristen. Sehen Sie, das Leben der kleinen Ganoven hier, und die gehören auch dazu, ist schon ein Störfaktor für Sie.«

Skalka wusste im Moment nicht, was er antworten sollte. Prager bestellte noch zwei Bier, und der Wirt, auch er noch ein junger Mann, der jetzt allein die zusammengeschmolzene Schar der letzten Gäste bediente, meinte bestimmt: »Aber das ist dann das letzte!«

Skalka war es zufrieden und auch Prager protestierte nicht, obgleich er noch keine Spur von Müdigkeit erkennen ließ. Zufrieden gingen seine Blicke über die letzten Gäste, die schweigend dasaßen, jeder allein mit seinem Bierkrug stumme Zwiesprache haltend.

Nun begann Prager das Gespräch von sich aus. »Ich habe dir das nicht umsonst gesagt, ich meine es ernst.« sagte er.

Skalka zuckte zusammen. Warum duzte ihn Prager plötzlich? War es das Bier? Oder was meinte er überhaupt? Skalka blickte ihn an. »Wer sind Sie eigentlich?«

»Du wirst es erfahren«, antwortete Prager, »aber das Wichtigste ist, dass du begreifst, dass dein Leben so nicht weitergehen kann!«

»Warum nicht?«, fragte Skalka, der sich zunehmend in die Verteidigung gedrängt sah, »wem schade ich denn mit meinen Führungen?«

»Niemandem direkt«, sagte Prager, »aber du bist für deine Stadt verloren, du siehst sie nicht mehr so wie sie ist, du skelettierst, stilisierst, idealisierst und kanalisierst, du siehst deine Stadt mit den Augen eines Fremden, ohne zu merken, welche sympathische alte Schlampe mit klassischem Profil du da vor dir hast. Und selbst die hochglänzenden amerikanischen Glasklunker gehören dazu und mittendrin ein MacDonalds. Sie geht eben mit jedem, aber sie lebt.« Prager hatte sich in Eifer geredet, stürzte den letzten Schluck hinunter und bestellte die Rechnung.

»Ein hoffnungsloser Schwärmer«, dachte Skalka bei sich. Er bedankte sich wortreich, während sie sich erhoben, um den Heimweg anzutreten. Draußen empfing sie die frische, kühle Nachtluft. Skalka schauderte zusammen. Sein Anzug war doch etwas zu leicht für diese späte Stunde. Irgendwo schlug es Mitternacht. Vor sich im Schein einer Straßenlaterne war sein langer Schatten ausgespart. Aber wo war der Schatten Pragers. Der stand noch immer neben ihm, auch er in einem leichten Anzug, reichte ihm die Hand zum Abschied und sprach noch einmal eindringlich: »Nimm meine Worte ernst, du selbst wirst am meisten davon haben, und deine Stadt auch.«

»Wer bist du?«, fragte Skalka entschlossen, aber mit zitternder Stimme. »Ich bin der Geist der Stadt Prag«, sagte sein Begleiter, der soeben um einen halben Meter höher geworden war. »Ich habe dich angesprochen, denn ich hoffe, dass du noch nicht ganz verloren bist. Wie du dich auch immer entscheidest, du wirst an mich denken.« Skalka vermochte nicht mehr zu antworten, denn sein Gegenüber war beim Sprechen ins Gigantische gewachsen, hatte sich dabei aber völlig in Nebel verwandelt. Skalka trottete eiligst nach Hause, denn es war empfindlich kalt geworden.

Am nächsten Morgen erwachte Skalka nach unruhigen Träumen. Hastig wie immer stürzte er seinen Morgenkaffee hinunter und begab sich eiligen Schrittes über die

Karlsbrücke, hinauf zur Burg, um dort mit der nächsten Stadtführung zu beginnen. Irgendwie war er unkonzentriert. Er hielt es für die Nachwirkungen des gestrigen Bieres und der kurzen Nacht. Aber seine Augen verweilten auf allerlei Dingen, die ihn ansprachen, ohne dass sie etwas mit seinem heutigen Tagesplan zu tun hatten, das Skelett einer Forelle, die vor einem der Restaurants an der

Burgsteige aus der Mülltonne gefallen war, ein alter Hund, der auf den Eingangsstufen die Morgensonne genoss, ja selbst zwei Fliegen, die sich auf dem Stiefel des Wachsoldaten vor der Burg paarten. Als er schließlich droben am Bushalteplatz vor der Lorettostraße ankam, wo die Touristen ausstiegen, hatte er Mühe, sich auf den ersten Begrüßungssatz zu konzentrieren.

Der Tag wurde für ihn zur Tortur. Natürlich merkte keiner der Touristen etwas davon, aber in seinem Kopf rumorte es. Auf einmal sah er, wie schöne, große Augen die Zigeunerbuben hatten, die sich zwischen die Fremden drängten, wie geschmeidig ihre Bewegungen und vor allem die ihrer Finger waren, dass er sich überwinden musste, um einzuschreiten. Abends nach der Abfahrt seiner Gruppe erschien er schweißgebadet bei der Reiseagentur und meldete sich krank.

Drei Tage marschierte er ziellos durch Prag, nicht durch die malerische Altstadt, sondern durch die abgelegenen Viertel, wo rußgraue Bürgerhäuser vom Anfang des 20. Jahrhunderts ihrem Abriss entgegendämmern. Weiter hinaus, zu den rissigen Plattenbauten der jüngsten Vergangenheit mit niedergetretenen Rasenplätzen und leergeschaufelten Sandkästen dazwischen. Dann erschien er wieder bei der Agentur und bat um seine Entlassung.

Seitdem hat er am Wochenende einen kleinen Stand auf der Karlsbrücke und verkauft weichgezeichnete Schwarzweißfotos von liebenswerten kleinen Dingen. Ein gerissenes Sandsteinfundament, aus dem sich ein rachitisches Zweiglein ans Licht schiebt, ein junger Biertrinker, der neben seinem umgestoßenen Krug auf dem Holztisch schläft, oder eines der schönen, wilden Zigeunerkinder. Er sitzt dort neben dem Landschaftsmaler, dem Händler mit polnischen Holztauben und dem Fortschrittler, der jede Woche ein anderes sinnloses Patent anpreist. Gegen

Abend hört er die Musik der verschiedensten großen und kleinen Gruppen. Er kennt sie alle und ist glücklich. Irgendwann wird er ebenso eingewachsen sein, ebenso zeitlos wie seine Stadt.

14. DAS BAUOPFER

Der kleine Turm wankte. Beim zweiten Rammstoß der schweren Schubraupe gab er nach und löste sich noch im Fallen in die einzelnen groben Feldsteine auf, aus denen er vor 800 Jahren erbaut worden war. Mehr Mühe machten die Wände des Kirchenschiffs. Sie waren mehr als einen Meter dick und wurden zusätzlich von den massiven Pfetten des Dachstuhls gehalten, deren Kern auch jahrzehntelanger Verwitterung getrotzt hatte. Immer wieder kreischte das Holz auf, wenn sich unter dem Druck der langsam nach innen zurückweichenden Wand lange Risse entlang der Holzfasern ihren Weg suchten. Zbyněk Novák war in seinem Element. Er ließ den Motor seine Kraft zeigen und gab dem Gebäude den Rest, das ihm jahrzehntelang in der Feldmark seiner Kolchose im Weg gestanden hatte.

Novák war Kolchosleiter gewesen bei Bohnice am Stadtrand von Prag. Auf einem seiner Felder hatte die uralte Kapelle gestanden, der letzte Rest eines kleinen Klosters, das bald nach seiner Gründung wieder aufgelöst worden war. Unheimliche Sagen erzählten die Alten im Dorf: Der Abt sei im Kerker gestorben, denn er habe im Bund mit dem Teufel gestanden. Unschuldige Bauernmädchen habe er geschwängert und ihre neugeborenen Kinder gefressen. Schließlich hätten die Bauern ihn und seine Mönche mit Mistgabeln und Dreschflegeln davongejagt. Die Kapelle aber war beliebt für Bittgänge gegen entstellende Leiden wie Buckel, Warzen, verwachsene Narben oder schielende Augen.

Von dem Kloster war kein Stein mehr geblieben. Die Kapelle aber hatte über viele Jahrhunderte die Pflege der Bewohner von Bohnice genossen, obwohl dort nur noch zum Fest der Unbefleckten Empfängnis Gottesdienste stattfanden. Auch das wurde zuletzt nach der Kollektivierung der Landwirtschaft verboten. Novák war der dritte Leiter der Kolchose gewesen. Auch er hatte nicht gewagt, die Kapelle abzuräumen, aus Angst vor dem »einfältig gläubigen Volk«, wie er zu sagen pflegte. Aber er ließ das Gebäude konsequent verfallen. Vielleicht hatte er auch die Hände dabei im Spiel, dass die letzten zwei Heiligen und die Madonna irgendwann verschwanden, um irgendwo im Westen den Kamin zahlungskräftiger Bürger zu zieren.

Zwar kam es vor, dass nach Stürmen der alte Janoušek heimlich in der Dämmerung einige Dachziegel ersetzte, die er, weiß Gott woher, organisiert hatte. Als dieser aber bei einer solchen Aktion von der Leiter gestürzt war und nicht mehr so recht auf die Beine kam, war es auch damit zu Ende. Als die Denkmalschützer, diese spinnenbeinigen Akademiker mit ihren verstaubten Brillen, wie Novák gern sagte, auf die Kapelle aufmerksam wurden, war sie schon so weit ruinös, dass sich die schlichten Sandsteinkapitelle der Säulen aufzulösen begannen. Darauf angesprochen hatte Novák nur gemeint: »kein Geld!« Und das war ein Argument, das damals jeder glaubte.

Aber nun war das alles vorbei. Die unersättliche Stadt fraß sich weiter ins Umland. Die Kolchose wurde aufgelöst, die Bauern, allen voran der Leiter, bekamen einige Tausendkronenscheine und neue Arbeitsstellen. Zbyněk Novák aber hängte die Landwirtschaft an den Nagel und avancierte vom Traktoristen zum Raupenfahrer, denn auf dem ganzen Grund sollte zum Wohle des Volkes eine neue Plattensiedlung, die Prager Nordstadt, entstehen, achtstöckige »Paneláky«, Plattenbauten mit Lift und guter Aussicht, denn sie standen ja schon auf der Hochebene oberhalb des engen Moldautales. Einige waren schon fast fertig, andere hatten die halbe Höhe erreicht. Soeben war man dabei, für die nächste Reihe die Baugruben auszuheben. Dieser Reihe musste die Kapelle nun endlich weichen.

Nachdem sich die Südwand in einen Steinhaufen und eine gewaltige Staubwolke aufgelöst hatte, war der Rest der Arbeit schnell getan. Die Balken waren nicht mehr zu gebrauchen und dienten, ebenso wie die losen Feldsteine und die Reste der Säulen zum Auffüllen eines alten Steinbruches in der Nähe. Nur das Fundament widersetzte sich hartnäckig der Zerstörung. Es bestand aus soliden Granitquadern, die fast ohne Zwischenräume gesetzt waren.

Novák versuchte immer wieder, einen der Ecksteine herauszureißen, aber sooft er auch einen Zahn der Schaufel an dessen Kante ansetzte, glitt er ab, oder, wenn nicht, würgte er den Motor ab. Schließlich machte er sich daran, wenigstens diesen einen Stein zu untergraben, um ihn nach oben herauszuheben. Als er soweit war und zwei Zähne der Schaufel unter den Stein griffen und anhoben, barst dieser mit einem Knall in zwei Teile, die nach beiden Seiten wegrollten. Zugleich flogen einige alte Pergamentstücke und ein Haufen kleiner Knöchlein in die Gegend.

Jan Pešek, einer der Arbeiter, die gelassen auf die Schaufel gelehnt dem Werk der Zerstörung zusahen, stürzte sich nach vorn, denn er vermutete einen verborgenen Schatz. Den gab es aber nicht. So suchten die Leute die alten Pergamente zusammen, in der Hoffnung, wenigstens hier etwas Wertvolles zu haben. Alles das hatte in einer Höhlung des Ecksteins gelegen, die sich auf der Innenseite des ehemaligen Klostergebäudes befand. In dieser Höhlung aber lag noch ein zerbrochener Kinderschädel, zu dem die verstreuten Knöchlein gehört hatten.

Miroslav Pacák, einer der Arbeiter, meinte, man müsse die Knochen zusammensuchen, um sie ordentlich begraben zu können. Einige begannen sich schon daranzumachen, da ließ Novák ein Donnerwetter los. Sie sollten ihn nicht bei der Arbeit aufhalten und auch selbst ordentlich mit aufräumen, denn nun könne er die Reihe der Fundamentsteine aufrollen und sie Stück für Stück herauswuchten. Wer einen brauche, könne ihn haben, fuhr er fort, denn schöne Granitquader waren für allerlei Zwecke beliebt, nicht nur bei denen, deren Chata irgendwo außerhalb der Stadt beliebig viel Material aller Art brauchte. Den zerbrochenen Eckstein aber, mitsamt dem Rest des Schädelchens und einigem herumliegendem Schutt, schob er in den nächsten Kanalgraben, der gerade verfüllt wurde.

Es war Feierabend geworden. Zwei Reihen der Fundamentsteine waren entfernt, die übrigen würde er am folgenden Tag erledigen, um sich dann wieder dem Ausheben von Baugruben zu widmen. Beiläufig erzählte Novák seiner jungen Frau von dem Fund und fragte sie, ob sie etwas von den alten Geschichten wisse, die es um das Kloster gebe, aber sie stammte von weiter drunten an der Moldau und hatte nichts davon gehört.

Novák erwachte, bald nachdem er vor Müdigkeit in einen tiefen Schlaf gesunken war. Draußen war Wind aufgekommen, der an den Läden rüttelte und auf der löcherigen Dachrinne pfiff. Aber dazwischen waren Stimmen, das Schreien eines Kindes, das Weinen einer Frau und das fast tierische Gebrüll einer Männerstimme, dazwischen das Fallen schwerer Gegenstände. Das alles kam immer näher und brach mit einem Blitzschlag ab, dem der Donner unmittelbar nachfolgte. Draußen setzte schwerer Regen ein, der Wind beruhigte sich. Novák, der vor Entsetzen wie gelähmt gewesen war, schalt sich noch im Einschlafen ein altes Waschweib und drehte sich um, um weiterzuschlafen.

Der nächste Tag war verregnet. In den Baugruben suppte eine braune Brühe und die Fundamentsteine, die Novák einen nach dem anderen heraushebelte, gaben jeder einen schmatzenden Seufzer von sich, wie wenn man einen Stiefel aus dem Sumpf zieht. Den letzten hatte Novák dem Schichtleiter der Betongießer versprochen, der extra seinen Kleintransporter freigeräumt hatte, um das gute Stück nach Hause zu bringen. Am frühen Nachmittag war es so weit.

Novák lud den Stein, den Eckstein der letzten Ecke, auf seine Schaufel und setzte seine Raupe über das Baugelände in Bewegung. Er kam nicht weit. Kaum vierzig Meter entfernt querte er den soeben frisch verfüllten Kanalgraben. Unter dem Gewicht der beladenen Raupe gab die aufgeweichte Füllung nach, das Gefährt kippte nach vorn und schleuderte Novák hart mit dem Kopf gegen die Frontscheibe. Dabei rutschte sein Fuß auf den Feststellhebel des Gaspedals. Die Schubraupe aber, die ihre Last verloren hatte, kam vorn wieder hoch, warf den besinnungslosen Novák in seinen Sitz zurück und setzte ihren Weg fort. Niemand begriff, warum Nováks Raupe an der Front eines fertigen Plattenbaus entlangschrammte und die Fensterbänke im Erdgeschoss säuberlich abriss. Erstarrt und ungläubig sahen die Arbeiter das Gefährt eine Reihe von Laternenmasten niedermähen. Immer wieder gab ein Hindernis dem Fahrzeug eine andere Richtung, die es dann unbeirrbar einhielt.

Novák aber wusste von all dem nichts. Er befand sich im Dunkeln und fühlte schwere Schläge auf seinen Kopf. Dann dämmerte langsam Licht um ihn. Halbnackte, muskulöse Gestalten schlugen mit Prügeln auf ihn ein. Er aber lag mit Armen und Beinen in Eisen geschlossen, wehrlos. Wieder war es dunkel. Er fühlte einen Stoß in die Rippen. Plötzlich war es hell. Um ihn standen Mönche in schwarzen Kutten. Sie schienen ihn nicht zu bemerken. Vor ihnen lag auf den Knien eine junge Frau mit zerrissenen Kleidern und schrie, so wie er in der Nacht

den Wind schreien gehört hatte. Aber es schrie auch ein Kind, ein Neugeborenes, das einige Männer gerade in den Hintergrund brachten. Andere hielten die Frau fest, die versuchte, sich loszureißen. Von weiter drüben ertönte ein dumpfer Schlag. Die Frau schrie noch einmal auf und ließ sich willenlos auf den Boden fallen. Auch das Kind weinte nicht mehr. Nun setzten sich die Mönche in Bewegung. Die Männer, die die Frau gehalten hatten, griffen zu Peitschen und jagten die Frau davon, quer über eine niedrige Umfassungsmauer, hinaus aufs Feld und weiter und weiter.

Inzwischen hatte Nováks Raupe mehrmals die Richtung gewechselt und dabei einigen Bauwerken erheblichen Schaden zugefügt. Sie schob gerade eine Kabelrolle vor sich her und geriet dabei immer mehr in die Nähe einer Geländesenke. Die Arbeiter hatten sich gefasst und versuchten, das Gerät irgendwie unter Kontrolle zu bekommen. Martin Tichý schaffte es als erster, seitlich aufzuspringen. Er hatte oben die Tür erreicht und aufgerissen, während der Fahrt kein leichtes Unterfangen, als die Schaufel gegen eine Hausecke donnerte. Tichý flog im hohen Bogen zur Seite und konnte sich vor der heranrollenden Maschine gerade noch in Sicherheit bringen.

Novák besichtigte inzwischen eine ganz andere Baustelle. Junge Mädchen brachten in Tragetüchern große Steine von den Feldrainen. Bauern aber gruben mit hölzernen Spaten in der Erde lange Gräben. Nur einige hatten ihre Schneiden mit Eisen verstärkt. Es war ein Fuhrwerk vorgefahren, das drei große, fein behauene Granitquader gebracht hatte, die nun mit großen Mühen abgeladen wurden. Auf langen, glattgeschliffenen Holzbohlen wurden sie langsam und vorsichtig von Pferden zu den Gräben gezogen. Auch darin lagen solche Bohlen, auf denen ein Stein nach dem anderen passgenau an den letzten angeschoben wurde, der schon gesetzt war. Der letzte Stein aber war einer der Ecksteine. Er war auf der Innenseite der Mauer tief ausgehöhlt.

Plötzlich war es wieder Nacht um ihn. Auf dem Eckstein war ein Kreuz aufgestellt. Davor brannte ein Feuer. Eine Gruppe von Mönchen hatte sich im Halbkreis aufgestellt und murmelte Gebete. Nun trat der Abt in die Mitte, in den Armen den leblosen Körper eines kleinen Kindes. Die Mönche verstummten. Der Abt erhob seine Stimme und rief laut und klar offenbar unsinnige Beschwörungen in alle vier Winde. Er entzündete eine Fackel, fuhr damit dreimal in die Höhlung des Steins. Ein Mönch reichte ihm eine Pergamentrolle, ein anderer ein Glas mit einer roten Flüssigkeit. War es Blut? Der Abt tauchte einen Federkiel ein und schrieb in großzügigen Lettern. Ehrfurchtsvoll verfolgten die Augen der Mönche den Vorgang. Dann wurde die Pergamentrolle in die Höhlung geschoben. Danach der Körper des Kindes. Die Mönche löschten das Feuer. Im Schein der Fackeln mischten sie die Asche des Feuers in eine Art Mörtel, mit dem sie den Stein verschlossen. Dann trat jeder seine Fackel aus. Es war finster. Novák hörte nur mehr das Murmeln ihrer Gebete, das sich leise entfernte.

Die führerlose Schubraupe war inzwischen wieder in ihre ursprüngliche Richtung geraten und näherte sich mit unerbittlicher Konsequenz einem halbfertigen Gebäude, dessen Wände gerade bis zum dritten Stock hochgezogen waren. Drinnen war soeben der Estrich des zweiten Stocks vergossen worden und einige Arbeiter waren dabei, die Masse durch gleichmäßiges Rütteln in eine ebene Fläche zu bringen. Der Schichtleiter sah als erster durch die Fensteröffnung die Gefahr, die draußen herannahte. Er rief seinen Arbeitern eine rasche Warnung zu und rannte zum Treppenhaus. Die Arbeiter hatten aufgeblickt, das heranrollende Ungetüm erkannt und sich auf der Rückseite des Gebäudes in Sicherheit gebracht. Dann rumpelte die Schaufel gegen die frisch aufgestellten Stützen und Platten des Erdgeschosses. Es genügte, dass eine der Stützen einen Fehler hatte. Sie knickte ein, die eingehängten Platten lösten sich und eine der Nachbarstützen gab nach. Die Geschossdecke senkte sich unter der Tonnenlast von frischem Beton dort, wo zwei Stützen fehlten. Unter der Erschütterung verflüssigte sich der Betonbrei und floss unaufhaltsam nach vorn. Je mehr die Masse dort zusammenlief, desto mehr senkte sich die Decke weiter, und wie durch einen Trichter ergoss sich alles im Zeitlupentempo aus Meterhöhe auf Nováks Führerhaus. Die Frontscheibe war vom Aufprall der ersten Trümmer bereits geborsten.

Während die Raupe immer noch gegen das Gebäude arbeitete, verschwand Novák in frischem Beton, der das Führerhaus ausfüllte und sich in dicken Schichten über die Schaufel und das Dach legte. Erst eine weiter oben aus der Verankerung gerissene Platte, die von der Seite her den Tank der Raupe durchschlug und sich dann in der Kette verkeilte, brachte das Gefährt endgültig zum Stehen.

Es dauerte mehrere Stunden, bis man den Kran in die richtige Position gebracht hatte, aus der er die übereinanderliegenden Trümmer herausheben konnte. Als die letzten Teile einer völlig zusammengebrochenen Stütze über dem Führerhaus entfernt waren und die Arbeiter das Dach abtrennten, blickte sie der unbeschädigte Kahlkopf des Toten an. Novák war bis unter die weit aufgerissenen Augen in einen soliden Block Beton eingegossen.

15. DER GEIST AUS DER FLASCHE

Als der stellvertretende Leiter der Abteilung für Industriekredite der angesehenen AČS-Bank vom plötzlichen und unerklärlichen Tod seines Abteilungsleiters erfuhr, beschloss er einem lange gehegten Verdacht nachzugehen. Es war ihm nämlich aufgefallen, dass die rasanten Firmenübernahmen des ZEVO-Konzerns jeweils von seiner Abteilung durch großzügige Kredite finanziert worden waren, mit einer vollkommen unzureichenden Prüfung der Sicherheiten. So begab er sich, mit dem Schlüsselbund des Verstorbenen ausgerüstet, zu dessen Schreibtisch und das, was später als ZEVO-Skandal [32] die Schlagzeilen in den Blättern der Tschechischen Republik füllen sollte, nahm seinen Anfang.

Tags zuvor hatte der ZEVO-Konzern sein fünfjähriges Bestehen gefeiert. Das neue Bürohaus am Friedensplatz war rechtzeitig fertiggestellt worden, so dass die Zentrale zum Jubiläum eingeweiht werden konnte. Der Konzernherr Ota Vrba, Mehrheitsaktionär und Aufsichtsratsvorsitzender, hatte zu einem rauschenden Fest geladen: Mitarbeiter, die Direktoren der Zweigwerke und Tochterfirmen, und, nicht zu vergessen, Vertreter der kreditgebenden Banken, die zum Teil ebenfalls Aktienpakete hielten. Sie waren gekommen und sie hatten gefeiert. Am Nachmittag mit selbstgefälligen Reden, in Nadelstreifen und mit Fliege, anschließend mit einem üppigen Bankett und schließlich mit einer der angesehensten Tanzkapellen Prags weit in die Nacht hinein. Edle Weine aus eigenen Besitzungen in Südmähren, aber auch erheblich härtere Alkoholika waren in Strömen geflossen und so mancher Gast musste erst später erfragen, wer so freundlich für seinen Transport nach Hause gesorgt hatte.

Über allem aber thronte Ota Vrba in guter Stimmung, aber zugleich hochkonzentriert und wachsam. Er hatte sich als Direktor einer Fabrik für Aluminium- und Stahlprofile einen Namen als guter Organisator gemacht. Als altgedientes Mitglied der Partei war er schließlich zum Verwalter der Parteikasse in einem der Prager Unterbezirke aufgerückt, die er treu und zu seinem Vorteil führte. Nach der Privatisierung kaufte er rasch genügend Coupons zusammen, um das Werk, das dank seiner überzogenen Investitionen tief in den Roten Zahlen steckte, zu erwerben. Eine Aktienminderheit erwarb zunächst die Partei. Kaum im Besitz des Werkes, ließ er mit allerlei Manipulationen die Aktien steigen, und die Partei, die seine Tricks ohnehin gerne geduldet hatte, fuhr noch einen saftigen Gewinn ein. Nach und nach erweiterte er seinen Aktionsradius, kaufte sanierungsbedürftige Werke mit Krediten oder staatlichen Subventionen, wobei er in der Wahl seiner Mittel nicht besonders kleinlich war. Schließlich konnte er ein beachtliches Imperium mit nur für ihn durchschaubarer Verflechtung verschiedener Firmen in seiner Hand vereinigen, von denen der ZEVO-Konzern den größten Teil ausmachte.

So war er schließlich zahlreichen Personen für die verschiedensten Dienste verpflichtet, von denen so mancher auch ihm einiges zu verdanken hatte. Man war einander verbunden und stützte sich gegenseitig, um in den noch immer ausgedehnten rechtsfreien Räumen [32)] der jungen Volkswirtschaft nicht den Halt zu verlieren, denn gerade dort waren die Chancen am größten, lagen aber auch Erfolg und Fiasko oft dicht beisammen. Und alle diese Personen musste er im Auge behalten. Er hatte darauf zu achten, dass hier nicht Querverbindungen zustande kamen, die ihn umgingen, und dass nicht in später Stunde zuviele Geschäftsinterna über die gelösten Zungen kamen. So war er allgegenwärtig, brachte Gespräche aus der

Gefahrenzone, regte andere Themen an und blieb so bis weit in die Nacht hinein praktisch nüchtern. Nebenbei hatte er viele Freundlichkeiten anzubringen und kleine belanglose Gespräche zu führen. Seine blutjunge Frau hatte ihn noch zu Beginn des Festbanketts begleitet, sich dann aber mit Migräne zurückgezogen, da ihr die meisten seiner Geschäftsfreunde mit ihren primitiven Scherzen zuwider waren.

Erst eine Weile vor Mitternacht wurde er lockerer und stieß mit seinen intimeren Freunden an, auf so manchen gelungenen Coup und auf gute Zusammenarbeit. Als er schließlich wieder einen seiner Freunde durch die große Halle zum Taxi geleitete, spürte er die ersten Gleichgewichtsstörungen. Diese Halle war sein ganzer Stolz. Die Decke zeigte die Weltkarte mit allen internationalen Beziehungen seines Firmenimperiums. In den weißen Marmor des Bodens war mit farbigen Marmorstücken eine Karte der ehemaligen Tschechoslowakei eingelegt, auf der die Besitzungen, die sich auf beide Staaten [33] erstreckten, markiert waren.

Diesen prächtigen Anblick fand er beim Rückweg gestört, als er mitten auf dieser Fläche eine schlampig verkorkte Flasche entdeckte, die mit einer undefinierbaren braunen Flüssigkeit zur Hälfte gefüllt war. »Wer zum Teufel hat hier« seinen Fusel abgestellt«, brummte er zu einem der beiden unauffälligen Herren, die ihn schützend begleiteten. Dieser griff nach der Flasche, entkorkte sie und roch daran. Mit einem kurzen Röcheln sackte er zusammen, die offene Flasche rollte über den Boden. Doch anstelle einer Flüssigkeit erhob sich aus dem Flaschenhals ein kompakter brauner Qualm, schwankte hierhin und dorthin, gerann schließlich zu einer übergroßen menschlichen Gestalt und kam langsam und drohend auf Vrba zu. Der wich zurück. »Wer bist du?«, stammelte er.

»Du kennst mich!«, war die Antwort.

Freilich kannte Vrba dieses Gesicht. Es war Simon Kostka gewesen, der ihm beinahe das zum Verkauf stehende Baustoffwerk in Kuttenberg vor der Nase weggeschnappt hätte. Glücklicherweise hatte es sich einrichten lassen, dass an seinem Wagen die Bremsschläuche nicht in Ordnung waren – eine alte Technik, die Vrba noch aus seiner Jugend bei der Staatssicherheit kannte – so dass Kostka nicht zur entscheidenden Besprechung und Vertragsunterzeichnung erschien. Dass er damit für immer als Konkurrent aus dem Wege geräumt war, hatte sich zufällig dabei ergeben.

»Kostka«, stieß Vrba hervor. Aber da hatte sich der zweite Begleiter gefangen, riss seine Maschinenpistole unter der Jacke heraus und ballerte wild auf die braune Gestalt los. Diese aber antwortete mit dröhnendem Lachen. Jede Kugel riss ein kleines Loch in die Gestalt, aus der ein brauner Tropfen Flüssigkeit herabfiel oder in die Gegend spritzte. Zugleich breitete sich die Gestalt immer mehr in der Halle aus. Splitter aus dem Marmor der Säulen und vom Stuck der Decke flogen herum. Jeder Tropfen der braunen Soße ließ den Marmor aufschäumen wie unter ätzender Säure. Die eingelegten Firmensymbole waren die ersten Opfer. Sie verloren ihren Halt, schwammen auf und lösten sich auf in hässlichem, braunem, quellendem Schaum, der sich rings in die Landkarte fraß. Schließlich stieß Josef, der verbliebene Leibwächter, ein schmerzhaftes Gebrüll aus. Tropfen der Säure hatten seine Augen getroffen. Er warf seine Waffe weg und stürzte halb blind fort in einen der Duschräume.

Vrba stand allein neben dem leblosen Leibwächter. Auch die Gestalt war fort. Unübersehbar aber war die Verwüstung. Wie ein feiner Film hatte sich der braune Nebel überall niedergeschlagen. Die schweren Tapeten krochen als schleimige Masse langsam zu Boden. Dort warf der Marmor noch immer Blasen. Vrbas Haut brannte. Seine Augen waren durch die Brille geschützt gewesen, auf der feine, braune Schlieren herunterliefen. Er fasste sich, ergriff die Flasche, in der sich noch immer etwas braune Soße befand, und verkorkte sie entschlossen, bevor er sich beeilte, ebenfalls unter die Dusche zu kommen.

Als er eine Viertelstunde später, mit neuem Hemd und

Anzug bekleidet, wieder im Festsaal erschien, war dort niemand mehr. Das Chaos, das er vorfand, ließ keinen Schluss darauf zu, was geschehen war. Vrba öffnete einige Fenster, um den stechenden Geruch, der noch immer von der Halle hereindrang, abziehen zu lassen, und griff zum Telefon, um ein Taxi zu rufen. Hier wollte er auf keinen Fall bleiben. Aus dem Hörer aber klang wieder dieses gräßliche Lachen des doppelt mannshohen Kostka, so dass er bestürzt den Hörer fallen ließ. Auch der Alarmruf, der viele Prager Firmen, bei denen etwas zu holen ist, direkt mit der Polizei verbindet, war tot.

Vrba beschloss, das Gebäude durch den Seiteneingang zu verlassen. Durch die Eingangshalle wollte er nicht mehr. Dann konnte er wenigstens zu Fuß einen Taxistand erreichen, auch wenn er sich im nächtlichen Prag nicht besonders sicher fühlte. Doch bevor er die Tür erreichen konnte, erloschen die Lampen. Die Fenster sprangen auf und es begann ein Zischen und Heulen. Nebelschwaden zogen herein, aus denen ihn Gesichter anblickten. Manche kamen ihm bekannt vor, meist Menschen, die ihm bei seinen Unternehmungen im Weg gewesen waren. Andere waren ihm fremd, aber vielleicht konnte er sich nur nicht an ihre Gesichter erinnern. Vrba hatte nicht die Kraft, die Fenster zu schließen. Langsam wich er in den großen Sessel am Präsidium der Festtafel zurück. Draußen gab eine Wolke den Mond frei. Sein bleiches Licht fiel über die Tafel. Da saßen sie alle vor den Tellern und Gläsern, Arbeiter, denen die mangelnden Sicherheitsstandards seiner Werke zum Verhängnis geworden waren, Jan Petrášek, der Vorbesitzer einer seiner Betriebe, den er mit Hilfe einer befreundeten Bank an die Wand gespielt hatte, worüber ihn ein Herzinfarkt ereilt hatte, der brave Finanzbeamte Slámečka, den man anstelle seines korrupten Kollegen in eine seiner Firmen geschickt hatte, und der dabei zufällig in einen Schacht gestürzt war, einer seiner Angestellten, der versuchte, ihn zu erpressen, worauf er nie mehr gesehen wurde, und alle die anderen. Sie saßen da und langten zu, stießen miteinander an, lachten miteinander und schienen ihn nicht zu beachten. Er hörte Fetzen ihrer heiteren Gespräche: »Möchtest du auch ein Stück Mischmaschine?«, »Der Kamin ist besonders schmackhaft.«, »Ein kleiner LKW geht doch noch.« Sie saßen da und verzehrten die Einrichtungen und Gebäude von Fabriken und Bürohäusern. Manche hatten hochgetürmte Paletten mit fertig verpackter Ware vor sich, andere löffelten kleine Pakete aus Containern. Vrba stand der Schweiß auf der Stirn, aber er vermochte sich nicht zu regen.

Am Gegenpräsidium aber saß Kostka, neben ihm sein Fahrer und dessen Frau mit einem kleinen Kind, die sich nach dem Tod ihres Mannes das Leben genommen hatte, nachdem man ihm alle Schuld an dem Unfall gegeben hatte. Sie aßen nicht. Sie tranken aus einer großen Flasche mit einer trüben, braunen Flüssigkeit, immer reihum. Und nun schwankte eine Gestalt zur Tür herein. Es war der Abteilungsleiter Hrabánek von der AČS-Bank, einer seiner engsten, inoffiziellen Mitarbeiter, der in nahezu alle seine Transaktionen eingeweiht war. »Na zdraví«, rief Kostka und reichte Hrabánek ein volles Glas, das dieser mit einem Zug leerte. Vrba krampfte sich das Herz zusammen, als Hrabánek einen schrillen Schmerzensschrei ausstieß und hinausrannte. Vrba wollte aufspringen, doch der Sessel hielt ihn fest. Die Übrigen hatten den Vorfall nicht beachtet und plauderten munter weiter, bis in einem Nebenraum die Uhr schlug. Kostka erhob sich. »Trinken wir zum letzten Mal auf den ZEVO-Konzern«, sagte er. Alle erhoben sich, tranken die Gläser leer, und waren verschwunden. Vrba fiel in einen bleiernen Schlaf.

So fanden am Morgen des folgenden Tages die

bestellten Reinigungskräfte Vrba am Präsidium der Festtafel. Sie fanden aber auch in einer Toilette den Leichnam des Abteilungsleiters Hrabánek von der AČS-Bank und riefen unverzüglich den Arzt und die Polizei. Wie die Untersuchung ergab, hatte Hrabánek in der Nacht von einer unbekannten braunen Flüssigkeit getrunken, von der er sterbend einen Teil wieder erbrochen hatte. Wie die Obduktion ergab, hatte sie die gesamten Eingeweide verätzt. Die noch vorhandenen Reste brachte man ins Labor zur Analyse.

Im Laufe des Vormittags trafen bei Vrba eine Reihe von Nachrichten über Einbrüche in einzelne Firmen des Konzerns ein. Auch der eine oder andere Bomben- oder Brandanschlag wurde gemeldet. Gegen Mittag wurde er schließlich von einer Besprechung der Abteilungsleiter und Direktoren der AČS-Bank informiert, auf der die ersten Ergebnisse einer Untersuchung der Kreditvergabe an den ZEVO-Konzern unter höchster Geheimhaltungsstufe vorgelegt wurden. Vrba reagierte sofort. Er rief seine Frau an, er komme in Kürze nach Hause und wolle mit ihr rasch für einige Zeit ins Ausland reisen, sie solle alles Wichtige zusammenpacken. Mehrere Bankangestellte seines Vertrauens wies er an, die dort angelegten ZEVO-Guthaben unter Umgehung einiger Devisenbestimmungen auf seine Konten in den USA zu transferieren. Telefonisch buchte er zwei Flüge von Berlin nach Miami. Dann verließ er mit einigen guten Ratschlägen an die Mitarbeiter seine neue Zentrale.

In seiner Villa oberhalb von Beraun erfuhr er, seine Frau sei nach Prag gefahren. Sie wolle ihn ohnehin nicht begleiten. Er unterdrückte kurz einen Fluch, schnappte sich einen Koffer, packte einige Utensilien in den Wagen und fuhr ab. Zunächst hatte er wohl noch nichts zu befürchten, er kannte die Langsamkeit der Behörden. Sollte man ihn doch suchen, dann wohl am Prager Flughafen oder auf einer der Autobahnen. So machte er sich also auf den Weg in Richtung Teplitz, um über den kleinen Grenzübergang von Georgenfeld nach Dresden zu gelangen. Dort oben gab es noch keinen Anschluss an die zentrale Fahndungsstelle und außerdem benutzte er diesen Übergang öfters und war mit den meisten Grenzern bekannt.

Entspannt fuhr er ohne Hast durch die ausgedehnten Wälder in Richtung auf Rakovník. Schon nach zehn Minuten tauchte hinter ihm ein Polizeifahrzeug auf, überholte waghalsig und winkte ihn heraus. Nun ging alles blitzschnell. Er wusste, was in dieser Situation zu tun sei: brav an den Rand fahren, warten, bis der Fahrer aussteigt, dann mit Vollgas vorbei, einen guten Vorsprung erzielen und hinter der nächsten Kuppe in einem Waldweg verschwinden. Er kannte sich aus. Kaum standen beide Fahrzeuge, heulte auch schon sein Motor auf, er raste die enge Bergstraße hinauf, hinter der Kuppe trat er auf die Bremse – und trat ins Leere. Bevor er ungebremst gegen eine stabile Buche krachte, erstand in seinem Gedächtnis noch einmal die überdimensionale Gestalt Kostkas.

Die Untersuchung des Labors ergab: Hrabáneks Magen hatte die serienmäßige Bremsflüssigkeit einer westlichen Nobelmarke enthalten.

16. ZEUGEN EINER SCHLACHT [12]

Petr Pospíšil pickelte lustlos in der Steinschüttung der Straßenbahnlinie auf der Bělohorská, der Straße zum weißen Berg. Eigentlich war er zu alt für diese schwere Arbeit, aber er war schon immer ein bescheidener Mensch gewesen und hatte sich nie bereitgefunden, irgendein Parteipöstchen zu übernehmen. So hatte es für ihn keine Ausbildung und keine Karriere gegeben, aber dafür war er mit sich selbst im Reinen geblieben. Niemand hatte von ihm Notiz genommen. Politische Umbrüche waren ihm nie gefährlich geworden. Jetzt wurde ihm die harte Straßenarbeit langsam zu mühsam, vor allem wenn es darum ging, das alte Schotterbett einer Straßenbahnlinie aufzulockern um es zu erneuern.

So überwand er sich immer wieder, den stumpfen, rostigen Pickel mit der nötigen Wucht zwischen die Steine zu schwingen. Ein heller Klang riss ihn aus der Monotonie seiner Arbeit. Er war auf ein Stück Metall gestoßen. Es wird wohl irgendein Splitter aus dem Krieg sein, dachte er sich. Aber da er kein Interesse daran hatte, seinen Pickel noch stumpfer zu machen, bückte er sich, um nachzusehen, zog sorgsam mit der breiten Schneide die Steine zur Seite und kam schließlich unterhalb des Schotterbetts auf den gewachsenen Boden. Da war aber zunächst nichts zu sehen. Also tastete er mit kleinen Schlägen im Umkreis von einigen Zentimetern die Umgebung ab, bis er auf einen harten Gegenstand stieß, der fest mit der Erde verwachsen schien. Einige Pickelschläge beförderten ihn schließlich ans Tageslicht. Es war ein kleines Hufeisen, ringsum bedeckt mit rostverklumpter Erde. »Hufeisen bringen Glück«, dachte Pospíšil, schob das Loch wieder zu und steckte den Fund in seinen leeren Brotbeutel. Dann machte er sich wieder an seine Arbeit.

Nach Feierabend und nach einem kräftigen Abendessen machte er sich daran, seinen Fund zu säubern. Seine Frau protestierte zwar, als sie nach Hause kam, gegen den Missbrauch des Spültischs, doch da war das Gröbste schon erledigt. Das Hufeisen war, noch immer mit einem dicken Rostbelag, von der anhaftenden, verbackenen Erde gesäubert und aus dieser Erde waren drei kleine Knochen herausgespült worden, die Pospíšil nicht zu deuten wusste. Auch seine Frau schüttelte nur den Kopf, als Pospíšil meinte, er wolle nun doch wissen, von was für einem Tier die wohl stammten. Er trocknete beides ab und legte seine Funde auf ein Stück Packpapier auf die Fensterbank zur weiteren Trocknung. Morgen, meinte Frau Alena Pospíšilová, kann ich die Knöchlein ja meinem Chef zeigen, als Metzger wird der auf den ersten Blick sehen, was das einmal war.

Pospíšil schlief wieder einmal schlecht. Wie schon öfters in den letzten Wochen schmerzte sein Rücken und er suchte sich immer wieder eine neue Lage, um dem Schmerz zu entkommen. Irgendwie siegte dann doch die Müdigkeit. Mitten in der Nacht aber rumpelte es an der Tür. Pospíšil fuhr auf. Noch bevor er wusste, was los war, sprang die Tür auf und aus dem kurzen Gang drang eine kräftige Gestalt ins Zimmer. In der linken Hand trug der Eindringling eine Fackel, die ein bleiches, von einem wilden Bart umrahmtes Gesicht beleuchtete. Die rechte aber, der der Zeigefinger fehlte, blutete heftig aus der frischen Wunde. Pospíšil war wie gelähmt. Starr lag er unter seiner Decke, während der Fremde in der Schlafstube herumsuchte. Mehrmals trat er vor Pospíšils Bett und hielt ihm seine blutende Hand vors Gesicht. Aber Pospíšil vermochte nicht, sich zu regen. Schließlich polterte der Fremde hinaus, ließ die Tür offen und den zu Tode erschrockenen Pospíšil zurück. Dessen Frau aber schien von all dem nichts zu bemerken. Gleichmäßig ging ihr Atem, gelegentlich von einem schwachen Schnarchton begleitet.

Am Morgen schüttelte Frau Pospíšilová ihren Kopf nicht nur ein Mal über den seltsamen Traum ihres Mannes, vor allem aber darüber, dass tatsächlich am Morgen die Tür ihres Schlafzimmers offen gestanden hatte. Trotz dieses sehr lebendigen Traumes kam keiner der beiden auf den Gedanken, die Erscheinung mit seinen Funden in Verbindung zu bringen. So nahm Frau Pospíšilová also die drei kleinen Knochen mit in den Laden, wo sie tagsüber an der Kasse saß. Der Metzgermeister aber, vor dem sie in der Mittagspause die Knöchlein auswickelte, schüttelte nur den Kopf. So ein Tier hatte er noch nie gesehen, geschweige denn geschlachtet. Allerdings, meinte er, erinnerten ihn die Knöchlein irgendwie an das Röntgenbild seiner eigenen Hand, die er einmal nach einem Unfall untersuchen ließ. Vielleicht sollte man sie einem Arzt zeigen.

Daran war heute nicht mehr zu denken. Aber wenn ihrem Mann der Rücken weiterhin Beschwerden machte, könnte er sich ja auch einmal untersuchen lassen, fällig war das ja ohnehin längst. So kam sie nach Ladenschluss und einem kleinen Umweg zu ihrer Cousine wieder zuhause an. Ihr Mann hatte dort schon wieder einen neuen Fund abgewaschen und sie meinte, jetzt habe er doch allmählich genug, für ein Museum sei in ihrer Wohnung wirklich zu wenig Platz. Pospíšil aber brummte nur etwas. Er müsse doch erst einmal wissen, warum denn da soviel Zeug herumliege und was das sei. Diesmal hatte er einen dicken, kurzen Knochen und ein längliches Messingstück dabei und legte sie wie gestern zum Trocknen auf die Fensterbank. Die Knöchlein aber wanderten, mit allem, was Frau Pospíšilová eingekauft hatte, in den Kühlschrank.

Diesmal schlief Pospíšil etwas besser, auch wenn sein Rücken noch immer schmerzte. Um Mitternacht aber erschien wieder der ungebetene Besucher, obwohl beide die Wohnungstür mit besonderer Sorgfalt verschlossen hatten. Wieder trug der Mann eine Fackel und reckte seine blutende Hand vor sich hin. Aber er begnügte sich nicht damit, zu suchen und zu drohen. Nachdem seine Suche eine Weile vergeblich war, wurde er immer wütender. Er stürzte sich auf Pospíšil, packte ihn, schlug ihn mehrmals gegen den Schrank und warf ihn auf den Boden, dass ihm die Sinne vergingen. Wieder hatte Alena Pospíšilová nichts gehört. So war sie sehr überrascht, ihren Mann neben dem Bett auf dem Fußboden liegend zu finden. Der erwachte wie aus einer tiefen Betäubung, als sie ihn wachrüttelte, und rieb sich stöhnend den Rücken. »Du hast wohl die ganze Nacht von deinem schmerzenden Rücken geträumt«, erklärte sie nach seiner lebhaften Erzählung der nächtlichen Vorkommnisse, »und dann hast du dich so herumgewälzt, dass du aus dem Bett gefallen bist.«

»Aber die Tür stand doch wieder offen«, wagte Pospíšil noch einzuwenden, aber sie war schon weiter und meinte: »Am besten, du meldest dich heute von der Arbeit ab und gehst zum Arzt. Ob der dir helfen kann mit deinem Rücken, weiß man ja nicht, und wenn nicht, dann hat sich dein Rücken einen halben Tag ausruhen können. Vielleicht genügt das schon. – Und dann«, meinte sie, »nimmst du gleich die Knöchlein mit und zeigst sie ihm.« Und sie erzählte, was der Metzgermeister dazu gemeint hatte.

»Na ja, wenn du meinst«, sagte Pospíšil, »dann sag ich meinem Chef Bescheid. Wo sind denn die Knochen?« Auf der Fensterbank lag nur das große Stück von gestern, das er sorgfältig einpackte.

Frau Pospíšilova griff in ihre Tragetasche, fand aber nichts. »Ach ja, die sind wahrscheinlich noch in der

Verpackung«, meinte sie, während Pospíšil schon das Frühstück aufräumte.

»Ja wirklich«, sagte er, als er den Kühlschrank öffnete, »einfach neben der Wurst.« Und so zog er dann los, mit einem großen und drei kleinen Knochen neben seinem Käsebrot im Beutel.

Von seinem Chef, wo er sich abmeldete, hatte er nicht weit zum Hausarzt. Der kannte ihn gut, meinte aber, er sollte sich doch einmal von einem Orthopäden genauer untersuchen lassen, und schickte ihn in die nächste Klinik. Dort verwies man ihn in die orthopädische Abteilung, wo ein junger Arzt dabei war, im Eilverfahren seine meist ältere Kundschaft zu untersuchen. Auch bei Pospíšil dauerte es nicht lange. Einige Bewegungen, sorgfältig abgehört, und die Frage: »Was arbeiten Sie denn?« Und als Pospíšil antwortete »beim Straßenbau«, fragte der Arzt nur: »Soll ich Sie gleich arbeitsunfähig schreiben, oder meinen Sie, es geht noch eine Weile?«

Pospíšil erschrak so, dass er beinahe seine Knöchlein vergaß. Zunächst stammelte er nur: »Nein, um Gottes willen, nein, aber kann man mich nicht auch für eine leichtere Arbeit einteilen?«

Der Arzt füllte einen Zettel mit dem Rezept für eine lindernde Salbe aus, schrieb Pospíšil für drei Tage krank und reichte ihm die Hand, da besann sich Pospíšil auf seinen Fund.

Plötzlich war der Arzt wie ausgewechselt. In das tägliche Einerlei alter, abgearbeiteter Menschen kam plötzlich etwas, was ihn interessierte. »Das ist ja ein Finger! Haben sie im Friedhof gegraben?«, fragte er Pospíšil.

»Von einem Menschen?«, fragte der erstaunt zurück. Plötzlich tauchte in seinem Kopf der Mann mit der blutenden Hand auf.

»Ja, ein Menschenfinger, vermutlich ein Zeigefinger«,

sagte der Arzt. »Das andere Stück ist von einem großen Tier, einem Pferd oder einer Kuh, aber so genau kenne ich die nicht«, meinte er noch.

Pospíšil bedankte sich sehr und wollte sich wieder auf den Weg machen. »Wo haben Sie die Knochen denn her?«, hielt ihn der Arzt auf.

»Die waren unter der Straßenbahn auf der Bělohorska«, war die Antwort.

»Also irgendwo aus der Kulturschicht«, meinte der Arzt, »dort war doch die große Schlacht am Anfang des Dreißigjährigen Krieges.«

Er entließ Pospíšil mit der Ermahnung, sich die drei Tage wirklich zu schonen – er kannte seine Arbeiter – und sich von seiner Frau gut einreiben zu lassen. Der trug seinen Schein zuerst zu seiner Firma, dann das Rezept zur Apotheke, bevor er es sich zuhause gemütlich machte. Es war ihm nun klar, dass der nächtliche Eindringling mit seiner blutenden Hand etwas mit seinem Fund zu tun haben musste. Aber was? Lag da drunten unter der Trasse der Linie 8 ein ganzes Skelett, dem er den Finger abgehackt hatte? Dann konnte er ihn nicht mehr zurückgeben, denn inzwischen war darüber ein neues Schotterbett eingerüttelt worden, mit der neuen Maschine, die das viel solider machte als die alten Handstampfer von früher. Oder konnte er vielleicht die Knochen einfach heute Nacht mit der gebührenden Ehrfurcht zurückgeben? Das wollte er versuchen. Aber wo sollte er sie bereithalten?

Abends besprach er die Sache mit seiner Frau. Die meinte: »Das ist doch ganz klar. Ich lege sie einfach in die leere Zuckerdose und stelle die auf den Küchentisch. Und wenn der Besuch wieder kommt, nimmst du den Deckel ab und lässt ihn seinen Finger wieder abholen.«

»Vielleicht kann er den großen Knochen auch brauchen«, überlegte Pospíšil.

»Dann leg ihn einfach daneben, vielleicht in eine saubere Papierserviette eingewickelt«, riet ihm seine Frau.

»Alena, wenn ich dich nicht hätte«, sagte Pospíšil, »jetzt wo ich weiß, was der hier will, ist mir schon wohler. Soll ich dich auch wecken, wenn er da ist? Sonst glaubst du mir ja sowieso nicht.«

»Nein danke«, meinte sie, »aber mit so Leuten, die schon lange tot sind, mache ich nicht so gern Bekanntschaft. Außerdem muss ich morgen arbeiten und du kannst dich ausruhen. Mach du das nur alleine, du hast die Knochen ja auch angeschleppt.« Pospíšil war damit zufrieden, auch wenn er der Meinung war, seine Frau könne doch besser mit schwieriger Kundschaft umgehen als er. Aber er hatte jetzt keine Angst mehr.

Diesen Abend musste Frau Pospíšilová ihren Mann gründlich mit der neu gekauften Salbe durchwalken. Bald erfüllten ätherische Düfte das Schlafzimmer und Pospíšil drehte sich erleichtert in seine Lieblingslage. Dennoch wurde er wieder um Mitternacht wach. Wieder trampelte der Kerl mit seiner Fackel ins Schlafzimmer, verharrte kurz, sog den ungewohnten Duft ein und nieste heftig, danach gleich noch einmal. Pospíšil aber nutzte diese Sekunden, stand auf und sprach die Erscheinung an: »Ich weiß jetzt, was du suchst. Gehen wir in die Küche, und du sollst deinen Finger wiederhaben.« Da verschwand der grimmige Zug aus dem Gesicht des Landsknechts, denn einen solchen erkannte Pospíšil nun, und er folgte Pospíšil in die Küche. Der öffnete die Zuckerdose und nahm die drei Knöchlein heraus. »So, zufrieden?«, fragte er.

Der Landsknecht aber lachte laut: »Mehr als zufrieden, seit drei und einem halben Jahrhundert [12] hat er mir gefehlt, und ich kann dir nichts dafür geben – oder vielleicht doch?« Er kramte aus seiner Tasche etwas heraus und legte es auf den Tisch. »Mehr als diese alte Musketenkugel habe ich

nicht. Aber vielleicht brauchst du einmal einen Freischuss.« Wieder lachte er. »Hast du Schnaps?«

»Ja«, sagte Pospíšil, »feinen, starken Slivovitz.«

»Her damit«, dröhnte der Landsknecht, »darauf müssen wir einen trinken.«

Schon standen zwei Gläschen auf dem Tisch und Pospíšil holte die Flasche aus dem Schrank, da erschien, mit dem rasch übergeworfenen Schlafrock bekleidet, unter der Tür Frau Pospíšilová. »Macht ihr einen Lärm, was sollen die Nachbarn von uns denken, in so einem Betonbau hört man doch alles!«, sagte sie leise, aber vorwurfsvoll. »Und außerdem, warum macht ihr kein Licht und verrußt mir stattdessen die Stubendecke?«

»Aber meine Gnädigste«, verbeugte sich der Landsknecht galant, »Sie müssen verstehen, ich habe nach Jahrhunderten meinen Finger wiederbekommen, das müssen wir doch feiern.«

»Aber bitte etwas leiser«, sagte sie noch, da hatte Pospíšil auch ihr ein Glas hingestellt und goss allen ein.

»Prosit!«, rief der Landsknecht, nun schon deutlich gedämpft, »ich bedanke mich mit dem tiefsten Bedauern, Ihre Bekanntschaft nicht länger genießen zu dürfen.« Dabei zwinkerte er Frau Pospíšilova zu, wie ihr schon seit Jahrzehnten niemand mehr zugezwinkert hatte.

Rasch kippte er sein Glas hinunter und sagte ernst: »Jetzt muss ich fort, die Österreicher sind mir auf den Fersen, habt ihr ein Pferd für mich?«

Pospíšil fiel aus allen Wolken. Er trank rasch sein Glas aus. Dabei fiel ihm der große Knochen ein, der noch eingewickelt in der Serviette vor ihnen lag. »Vielleicht ist das das, was deinem Pferd noch fehlt?«, meinte er etwas verlegen und wickelte den Knochen aus.

»Vielleicht«, meinte der Landsknecht, »aber mein Pferd ist tot, so tot, dass ihm auch ein Knochen mehr nicht hilft. Habt ihr kein eigenes? Morgen früh steht es wieder da.«

Soeben wollte Pospíšil sein tiefes Bedauern ausdrücken, da fiel ihm sein altes Fahrrad ein, das schon seit drei Jahren nutzlos im Keller stand, seit ihm sein Sohn ein neues aus dem Westen mitgebracht hatte. »Ein Pferd nicht, aber ein Fahrrad«, antwortete er, »das ist auf die Dauer auch schneller als deine Feinde.«

»Ein Fahrrad, was ist das?«, wunderte sich der Landsknecht.

»Ich bring es herauf, du steigst auf und fährst los. Du wirst schon sehen«, war die Antwort. Mit einer weiteren tiefen Verbeugung vor Frau Pospíšilová war der Landsknecht zur Tür hinaus. Pospíšil hatte sich einen Mantel übergezogen und brachte das Fahrrad aus dem Keller. Kopfschüttelnd stand der Landsknecht davor. »Was soll ich damit machen?«, fragte er.

»Draufsetzen«, sagte Pospíšil.

»Und dann?«

»Losfahren!«

Der Landsknecht setzte sich auf den Sattel, sagte »Hü!«, und fiel um.

»Nein«, sagte Pospíšil, dem klarwurde, dass der Landsknecht so etwas noch nie gesehen hatte, »nicht so! Man muss sich gleichzeitig abstoßen und mit den Füßen auf die Pedale treten, wie man in die Steigbügel eines Pferdes steigt, und dann immer abwechselnd runtertreten, rechts und links. Am besten, ich zeige es dir.«

Schon war er aufgestiegen und fuhr einige Meter, kehrte dann um und bremste quietschend. Er erklärte dem Landsknecht noch die Handbremse, die Rücktrittbremse und die Beleuchtung und ließ ihn dann einen neuen Versuch machen. Diesmal kippte der Fahrschüler auf die andere Seite, nachdem er ungefähr einen Meter gerollt war. Pospíšil kratzte sich am Kopf. Was sollte er tun? Es war schon mehr als drei Jahrzehnte her, dass er seinen Kindern mit ihrem ersten Fahrrad geholfen hatte, und die konnten es dann plötzlich irgendwie.

Er stellte sein Fahrrad also wieder auf und meinte: »Vielleicht lehnst du dich zuerst an die Wand und trittst dann einfach los, dann bist du gleich schnell genug und kippst nicht mehr um.«

»Einmal probiere ich es noch«, sagte der Landsknecht, »aber dann muss ich fort. Meine Truppe ist schon weg und der Feind kommt von drüben, vom Weißen Berg her.« Er lehnte sich also mit dem Fahrrad an die Wand und trat vorsichtig mit dem linken Fuß aufs Pedal. Drinnen im Haus schlug die Wanduhr eins. Wie von einem Windstoß erfasst schoss er mit dem Fahrrad davon. Wie ein Rasender trat er in die Pedale. Vom Hinterrad stieg eine Staubwolke auf, die sich immer mehr in die Lüfte zu erheben schien. In der Ferne sprühten einige Funken aus der Oberleitung einer Straßenbahn. Dann war nichts mehr zu sehen.

Schwer atmend kam Pospíšil wieder in seiner Wohnung an. Dort wartete kopfschüttelnd seine Frau und meinte nur: »Also gab es diesen Kerl doch, ich hätte es nie geglaubt.«

»Wo der nur mit meinem Fahrrad hingemusst hat?«, waren Pospíšils letzte Worte, bevor er, noch im Mantel, in einen tiefen, erlösten Schlaf fiel.

Am Morgen legte er die Musketenkugel zu dem Hufeisen und dem Knochen in einen Aschenbecher und meinte zu seiner Frau: »Zur ewigen Erinnerung an den armen Kerl, der seinen Finger suchte.«

»Und wenn du mich von Zeit zu Zeit so galant und zweideutig anschaust wie der, dann erinnere ich mich auch gern an diese komische Geschichte«, antwortete sie. In diesem Moment sah er, dass das Hufeisen völlig blank geworden war. Die Kugel aber war von purem Silber.

Eine Woche später fand Pospíšil am Abend sein Fahrrad am Hauseingang, verpackt in einem Karton und mit einem Frachtbrief an der Lenkstange. Es war in Sachsen aufgegeben worden.

17. DER BRIEF EINES TOTEN

Sehr verehrlicher Herr Generaldirektor!
 Ich klage beim Allmächtigen, dessen Name gepriesen sei. Mir ist genommen die Ruhe meines Totenlagers, aufgebrochen ist mein Grab durch rohe Arbeiter und entblößt meiner Knochen fünfe. Anstelle von guter Erde hat man sie bedecket mit Glasscherben, gebrochenen Ziegeln und allerlei Unrat hinter einer neuen Mauer. Meine Seele schreit nach Gerechtigkeit und erduldet Schmerzen der Verunzierung.
 Derethalben bitte ich Sie unterthänigst um Hülfe. So wäre es gut, mir einen offiziellen Breve zur Entschuldigung mit allen Stempeln und Siegeln ihres Geschäfts zuzuschreiben und auch ein Gebet beizugeben. Wenn Sie zudem könnten dem Rabbiner unserer Gemeinde einen Betrag für einen Segensspruch senden, dasz er ihn kann sprechen für die Versöhnung meiner Seele, dann möchte ich schon zufrieden sein und Sie in Dankbarkeit preisen.
 Gegeben zu Prag, den 7. August 1999,
 gezeichnet Samuel ben Isaak, weiland Geldwechsler.

Mehrfach hatte Jindřich Cukr versucht, den seltsamen, von Hand auf brüchiges Pergament geschriebenen Brief zu entziffern, den er unter zahlreichen weiteren Schreiben gefunden hatte, die alle, mit Ausnahme einiger Glückwunschkarten, schon über die Tische seiner Sachbearbeiter gelaufen waren. Eigentlich war es eine sehr saubere Schrift, aber lesbar war sie kaum. Kurz entschlossen griff er zum Telefon: »Jiří Petrák, hallo.« Na gottseidank, der Referent für Allgemeinbildung im Betrieb war da.

»Ja hier Cukr, haben Sie einen Moment Zeit, ich habe da einen Brief in einer antiken Schrift, haben Sie von so etwas eine Ahnung?«

»Kann sein, ich komm kurz rüber, muss nur noch schnell abspeichern, bis gleich!«

Drei Minuten später beugte sich Petrák über den Text und seine Augen weiteten sich mit Erstaunen. »Da hat sich wohl einer einen Scherz erlaubt und versucht, altes Prager Kanzleideutsch nachzumachen, mit mäßigem Erfolg, passen Sie auf« – und er begann, ihm den Inhalt langsam und zögernd zu übersetzen. »Wenn Sie besser deutsch könnten, könnten sie abschätzen, wie komisch der Text ist«, meinte Petrák zum Schluss.

»Na ja«, meinte Cukr, »eins stimmt ja schon dabei, nämlich, dass wir beim Bau unserer Tiefgarage tatsächlich durch fast drei Meter Boden mit Knochen und Grabsteinen durchmussten, bis wir auf den Moldausand im Untergrund kamen. Und wir haben natürlich mit der Verwaltung des alten Judenfriedhofs darüber verhandelt und ihr auch die Grabsteine übergeben, die herausgekommen sind.«

»Dann wird es wohl einer aus unserem Haus sein«, meinte Petrák, »denn wer weiß sonst was davon.«

»Da haben Sie recht. Schließlich ist als Absender genau unsere Adresse in der Dvořákova angegeben. Nur – wer kennt da die jüdischen Sitten so genau? Selbst ich weiß von meinem jüdischen Vater nicht viel. – Vielen Dank jedenfalls, Herr Petrák – oder, könnten Sie mir vielleicht doch eine schriftliche Übersetzung machen?«

»Gerne«, meinte Petrák, nahm den Brief entgegen, »vielleicht bis übermorgen«, und ging.

Längst war der Brief in Vergessenheit geraten als Cukr und Petrák, die sonst wenig miteinander zu tun hatten, sich am frühen Donnerstagabend im Foyer in fröhlicher Runde wiedersahen. Man feierte den endgültigen Abschluss der Bauarbeiten, denn nun waren auch die Plattenwege zwischen den Grünstreifen, die endlosen Nachbesserungen an der Außenbeleuchtung und die Alarmanlagen fertig geworden.

Auch die Vernetzung der EDV-Anlage war komplett, so dass man nun wirklich aus allen Provisorien heraus war.

»Ach herrje, der Brief!«, entfuhr es Petrák, »der liegt ja noch immer bei mir im Korb. Sie wollen ihn sicher noch haben? Also morgen ganz bestimmt!«

»Ja, doch, den hatte ich schon ganz vergessen«, meinte Cukr, »machen sie ihn nur fertig, auf den einen oder anderen Tag kommt es nicht an. Aber dann kann ich ihn meiner Frau vorlesen. Die wird sich köstlich amüsieren. – Oder nein, können sie ihn nicht heute Abend noch als kleine Einlage bringen? Außer den blöden Dias von der Baustelle haben wir sonst nichts.«

»Gute Idee, wird gemacht, dauert ja nicht lang«, meinte Petrák und verschwand.

Die Stimmung war schon ziemlich fortgeschritten, als Petrák seine Übersetzung aus dem Jackett zog und um allgemeine Aufmerksamkeit bat. Er hatte sich bemüht, den Text in ein ebenso altertümliches Tschechisch zu übertragen, oder was er dafür hielt, und so erntete seine kurze Lesung wieherndes Gelächter. Der eigentliche Autor, soweit er überhaupt unter den Anwesenden war, und es fehlte kaum jemand bei einer solchen Feier, hielt sich zurück und lüftete das Geheimnis nicht.

Cukr hatte kaum etwas getrunken, denn den langen Heimweg mit Metro und Bus hinter sich zu bringen, dazu hatte er keine Lust, und den Wagen wollte er auch nicht in der Firma lassen. So begab er sich kurz vor Mitternacht wohlgemut in die Garage, setzte sich ans Steuer, zündete sich noch in Ruhe eine Zigarre an und ließ den Motor an. Da sprang die Beifahrertür auf. Cukr stutzte, löste den Gurt, um nach der Tür zu greifen, da schloss sie sich kraftvoll und ebenso plötzlich. Neben ihm knarzte der Beifahrersitz und gab sichtbar nach, wie unter einem schweren Gewicht, doch es war nichts zu sehen. Cukr wischte sich die Augen. Hatte er doch zuviel Sekt erwischt? Nichts rührte sich mehr. Also gurtete er sich wieder an und startete.

Draußen, schon an der ersten Ampel, hörte er unmittelbar neben sich eine leise, knarrende Stimme. Er schrak zusammen. Leise und vorsichtig sagte sein unsichtbarer Mitfahrer: »Herr Cukr, kennen Sie sich nicht mehr erinnern an meinen Schreibebrief?«

»Doch, doch«, sagte Cukr, »ich habe nur gemeint, es hat sich jemand einen Scherz mit mir gemacht.«

»Nein, nein, das ist kein Scherz«, sagte der unsichtbare Begleiter, »das ist wirklich schlimm, was sie da haben machen lassen, wirklich schlimm. Und weil der Herr keine Entschuldigung geschrieben hat, mechte ich doch sagen, muss er jetzt schon ein bisschen mehr machen, damit wieder Friede wird.«

»Aber was kann ich denn da machen?«, fragte Cukr etwas unsicher.

»Das ist nicht so schwer«, meinte der Unsichtbare, »wir Begrabenen sind ja bescheiden. Wenn der Herr zuhören mechte: Natierlich muss er eine Entschuldigung schreiben fir seinen ganzen Laden. Dann muss er den Rabbi holen, dass er uns die Entschuldigung vorliest und ein Gebet spricht. Und dann muss er noch drei Schaufeln Erde dorthin schaufeln, wo ich begraben bin.«

»Und wo sind Sie begraben?«, fragte Cukr, der zwar nicht viel von Pietät hielt, und noch weniger von Toten, die wiederkamen, der aber gerade deshalb die Sache gerne rasch erledigt hätte.

»Ja, das ist nun das Problema«, meinte der unsichtbare Beifahrer. »Der Platz ist hinter der neien Mauer, wo es im Bogen unter die Erde geht, vielleicht vier Klafter tief. Da missen Sie wohl ein Loch in die Mauer machen und die Erde hineinschieben.«

»Das wird nicht gehen«, meinte Cukr, »genügt es nicht,

wenn man die Erde von außen an die Wand anbringt, sie liegt ja dann doch auch über den Gebeinen.«

»Gott der Gerechte, welch ein schofeler Vorschlag!«, war die Antwort. »Ist es nicht das Höchste und Wichtigste, dass die Toten ihre Ruhe haben? Wer weiß, was sonst geschieht? Uns geht es nicht gut, und Ihnen droht vielleicht großes Schlamassl.«

»Deshalb war es auch nur ein Vorschlag«, meinte Cukr begütigend. »Markieren sie also bitte an der Wand die richtige Stelle. Ich lege ihnen morgen eine Schachtel mit roten Kreidestiften hin. Dann können wir Arbeiter besorgen, die dort aufmachen, und ich werde mit dem Rabbi sprechen und um einige Terminvorschläge für eine ordentliche Wiederbestattung bitten.«

»So mag es gerecht sein, haben Sie vielen Dank und Gottes Segen, edler Herr!«, sagte der Beifahrer.

Die Tür sprang auf. Mit dem hereinstürzenden Wind erklang ein verschwindendes »Schalom« und die Tür schlug ins Schloss zurück.

»So, den wäre ich los«, dachte sich Cukr und begann schon darüber nachzudenken, ob es überhaupt notwendig sei, auf ein solches Ansinnen einzugehen. So vergaß er denn auch rasch, dass er eigentlich am nächsten Werktag rote Kreidestifte hätte deponieren sollen, wurde aber rasch daran erinnert, denn am Abend danach steckte ein Zettel am Scheibenwischer, auf dem nur stand: »Wo bleibt sich Kreide?«

Also machte Cukr noch zu einem Schreibwarenladen einen kurzen Umweg – dachte er. Der erste, von dem er zufällig wusste, hatte sein Geschäft aufgegeben. Die Suche nach einem weiteren war schwierig. Buchläden gab es viele und so beschloss er, dort nach Schreibwaren zu fragen. Man gab ihm immerhin gleich mehrere Adressen in der Nähe. Seinen nur kurz abgestellten Wagen zierte bereits ein sorgfältig und korrekt ausgestellter Strafzettel. Beim ersten Laden gab es überhaupt keine freien Parkplätze, nicht einmal verbotene. Beim zweiten, es wurde allmählich spät, fand er wenigstens eine Einfahrt. »Die rote Kreide ist gerade ausgegangen«, meinte die Verkäuferin auf seine Frage.

»Dann geben Sie mir eben orange, fünf Stifte müssten genügen«, meinte Cukr, »und bitte schnell, ich stehe ziemlich verboten.« Tatsächlich hörte er von draußen bereits lautes Hupen. Rasch bezahlte er und stürzte hinaus. Einen Lastwagenfahrer konnte er gerade noch davon abhalten, mit dem Handy einen Abschleppdienst zu holen. Also murmelte er rasch die üblichen Entschuldigungen und schlängelte sich aus dem Gewirr der kleinen Straßen zur Moldau, um die Kreiden in der Einfahrt zur Tiefgarage zu deponieren.

Irgendwie war Cukr verlegen, als er sich am nächsten Vormittag bei der Synagoge am alten jüdischen Friedhof einfand. Nicht nur, weil er sich dort jahrelang schon nicht mehr hatte blicken lassen, sondern auch, weil er doch mit einem sehr seltsamen Anliegen kam. »Sie werden es nicht glauben«, erklärte er nach einer kurzen Begrüßung dem anwesenden Rabbiner, »eine der jüdischen Seelen aus dem Mittelalter, deren Gebeine in der Baustelle aufgedeckt wurden, hat sich bei mir gemeldet und verlangt nicht nur einen Entschuldigungsbrief, sondern auch noch eine neue Beerdigung. Und dazu möchte ich mit Ihnen einen Termin ausmachen.«

»Also das glaube ich Ihnen erst, wenn der Betroffene sich bei mir persönlich meldet«, antwortete ihm lachend Reuben Slánský, der Rabbiner. »Ist das Ihre Idee, oder hat sich da jemand anderes einen bösen Scherz erlaubt?«

»Das habe ich mir zuerst auch gedacht«, sagte Cukr, »aber dann ist so ein unsichtbarer, durchaus nicht unfreundlicher Typ zu mir ins Auto gestiegen und hat mir seine Forderungen ganz klar noch einmal präsentiert. Und mit denen will ich ja schließlich keinen Unfrieden.«

»Also einem Chassiden können Sie so was erzählen«, meinte Slánský, »aber ich lass mich doch nicht reinlegen, noch dazu von einem Juden, der sich hier nie blicken lässt. Wer sagt mir denn, dass da nicht das Fernsehen dabei ist und das Ganze als Happening filmt!«

»Wirklich nicht!« erklärte Cukr. »Können sie sich vorstellen, ich lasse mir die Betonwand meiner Tiefgarage wieder aufmeißeln und schiebe drei Schaufeln Erde dahinter, nur um Sie an der Nase herumzuführen?«

»Na gut«, meinte Slánský, »wann soll das ganze denn ungefähr stattfinden?«

»So in den nächsten Tagen, aber unbedingt um Mitternacht, damit unser Toter der Zeremonie auch leibhaftig beiwohnen kann«, antwortete Cukr, der sichtlich erleichtert war.

»Und was für magisches Zeug brauchen sie noch dazu?« meinte Slánský spöttisch.

»Nein, nichts weiter, nur dass eben die nötigen Gebete gesprochen werden«, entgegnete Cukr, »darauf kommt es dem Aufgedeckten an.«

»Na also dann schauen wir mal«, meinte Slánský, »heute habe ich Karten fürs Theater, am Donnerstag geht es nicht, weil ich am Freitag in aller Frühe wegfahre, dann ist Sabbat, also am Montagabend könnten wir uns vielleicht um halb zwölf in ihrer Einfahrt treffen. Bis dahin können Sie auch ihren Entschuldigungsbrief verfassen, aber vergessen Sie nicht, nach der Anrede zu schreiben ›es sei wohl unterschieden zwischen Lebenden und Toten‹, das gehört nämlich dazu, wenn man den Namen eines Toten erwähnt.«

»Und dann«, sagte Slánský »muss ich ihnen natürlich einen Kostenvoranschlag machen: Eine normale Beerdigung hat eine Gebühr von 400 Kronen, dazu kommt ein Zuschlag für die Nachtzeit von 50 Perzent, aber weil ich allein bete, ohne Gemeindediener, kommt es um 80 Kronen billiger. Wegen der besonderen Umstände erwarte ich allerdings eine ihren finanziellen Verhältnissen entsprechende Spende. Könnten wir uns also auf, sagen wir, 2000 Kronen einigen?«

Cukr zuckte innerlich ein wenig zusammen, doch war ihm klar, dass dies keine Situation für lange Verhandlungen war. »Können wir«, sagte er. »Ich bin froh, dass alles innerhalb einer Woche abgewickelt werden kann.«

»Außerdem«, meinte Slánský, »müssten nach den alten Vorschriften mindestens 10 Männer an einer Beerdigung teilnehmen. Aber wenn ich mir das vorstelle, 10 Männer aus meiner Gemeinde, das wäre so viel Öffentlichkeit wie eine Fernsehübertragung. Da muss man eben ein Auge zudrücken.« Damit war alles klar. Ein Handschlag besiegelte den Auftrag und Cukr verabschiedete sich eilig.

Nachdem Cukr das Verfassen des Entschuldigungsbriefes schon zwei Tage vor sich hergeschoben hatte, kam er auf die Idee, damit Jiří Petrák zu betrauen, dem er am meisten Einfühlungsvermögen zutraute. Er rief ihn zu sich und machte ihn mit dem Stand der Dinge bekannt. »Hm«, meinte Petrák, »meinen Sie, ich soll ihm deutsch schreiben?«

»Nicht nötig«, sagte Cukr, »der bei mir im Auto saß, sprach zwar deutsch, hat mich aber ohne Probleme verstanden.«

»Das macht die Sache etwas einfacher«, sagte Petrák und machte sich auf den Weg an seinen Schreibtisch. Drei Stunden später war er wieder da, und was er zur Unterschrift vorlegte, müsste, so war auch Cukrs Meinung, auch einen in der Totenruhe Gestörten befriedigen:

Sehr geehrter Herr Samuel ben Isaak – es sei wohl unterschieden zwischen Lebenden und Toten –,

die Tschechische Versicherungsanstalt bittet Sie und Ihre nicht genannten Leidensgenossen für alle Schmerzen und Störungen um Vergebung, die Ihnen beim Bau unserer Tiefgarage durch Erdbewegungsgeräte und Bauarbeiter zugefügt worden sind. Wir bedauern insbesondere, dass nicht nur Ihre Totenruhe empfindlich gestört worden ist, sondern dass auch vor der Betonierung einige Ihrer Knochen unbedeckt geblieben sind. Wir hoffen, dass sich dieses Versäumnis wieder gutmachen lässt.

Deshalb haben wir mit dem zuständigen Rabbinat vereinbart, in der kommenden Nacht zum Dienstag, zwischen 12 Uhr und 1 Uhr durch die bis dahin geöffnete Betonmauer im Rahmen einer von Rabbiner Slánský geleiteten Beerdigungszeremonie die von Ihnen erbetenen drei Schaufeln Erde über Ihre Knochen zu breiten. Mit den dabei gesprochenen Segensgebeten werden Sie mit Gottes Hilfe dann wieder Ihre Grabesruhe finden.

Mit nochmaliger Bitte um Vergebung,
im Namen der Tschechischen Versicherungsanstalt
Ihr
Jindřich Cukr, Generaldirektor

»Ja, so müsste es gehen«, meinte Cukr, indem er seine stark stilisierte Unterschrift unter den Brief setzte. »Als Adresse habe ich leider nur die unserer Zentrale, aber vielleicht kommt der Brief tatsächlich an, wenn ich den Zusatz ›Tiefgarage‹ mache. Jedenfalls vielen Dank und bringen sie ihn gleich in die Poststelle zum Abschicken.«

»Wird gemacht«, sagte Petrák und fügte mit leichtem Grinsen hinzu: »hoffentlich brauchen Sie mich nicht auch noch zu der Zeremonie, ich bin eigentlich kein Nachtarbeiter.«

»Sie bringen mich da auf eine Idee«, sagte Cukr, »warum soll ich denn da eigentlich alleine hingehen? Aber keine

Angst, ich werde dazu nicht Sie, sondern einige andere Herren bitten.«

Man kann nicht sagen, dass die Mitarbeiter, die Cukr als Repräsentanz der Versicherung bei dem nächtlichen Begräbnis ausersehen hatte, besonders begeistert waren. Sein Stellvertreter Jaromir Vondra, durch die Gnade seiner Partei auf diesen Posten gekommen, kam aus dem Kopfschütteln nicht mehr heraus. »Davon erfährt aber niemand«, meinte er bedenklich, »ich kann mich bei meinen aufgeklärten Parteifreunden ja nicht mehr blicken lassen, wenn die erfahren, was ich da mit aufgeführt habe.«

»Nein, nein, wir behandeln den Fall ja mit äußerster Diskretion, um unserer Gesellschaft nicht zu schaden«, antwortete ihm Cukr.

Auch der Leiter der PR-Abteilung wand sich etwas, aber leider hatte er keine so stichhaltige Entschuldigung wie die beiden Prokuristen, die sich mit einer dringenden mehrtägigen Reise zu einer Vertragsunterzeichnung aus der Schlinge halfen. So blieb die Rolle des dritten Mannes an ihm hängen, insbesondere da Cukr meinte, auch Verstorbene würden im Zweifelsfall in die Zuständigkeit der PR-Abteilung fallen, zumindest solange sie in der Lage wären, mit der Versicherung zu verhandeln.

Glücklicherweise war eine der Sekretärinnen, die den Posteinlauf verteilten, mit Jiři Petrák durch eine besondere Beziehung verbunden, sonst hätte niemand gewusst, wem man den Brief an einen Herrn Samuel ben Isaak in der Tiefgarage ins Postfach legen sollte. So erfuhr Petrák davon und verständigte Cukr, dass der Brief leider nicht, wie erhofft, auf wundersame Weise doch den richtigen Adressaten erreicht hatte, sondern auf dem regulären Postweg wieder im Hause gelandet sei. Glücklicherweise war inzwischen mit einer Bohrmaschine und einer Betonsäge eine saubere Öffnung in die Betonwand geschnitten worden und Cukr ließ es sich nicht nehmen, den Brief am Nachmittag auf dem Weg zu seinem Wagen in diese Öffnung zu schieben. Das musste genügen.

So kam der Montagabend heran. Cukr hatte noch am frühen Nachmittag mit Slánský telefoniert und den Termin nochmals bestätigt. So erwartete er mit einem guten Gefühl die mitternächtliche Stunde. Alle Vorbereitungen waren getroffen. Ein Sack voll guter Gartenerde stand bereit, ebenso eine Schaufel. Pünktlich, kurz nach halb zwölf, traf Slánský ein, bewaffnet mit einem Kerzenleuchter und der Thorarolle, über der er seinen Segen sprechen wollte. Auch Cukrs Stellvertreter und der PR-Abteilungsleiter waren angekommen, wenn auch mit seltsam gedrückten Gesichtern. So war alles gut vorbereitet, als Slánský um Mitternacht die Kerzen anzündete.

Eben wollte er mit einem kurzen Eröffnungsgebet beginnen, da erfüllte lautes Geschrei die Garagenabfahrt und hallte unheimlich und lange in den leeren Hallen der Tiefgarage wider. Noch ehe den Anwesenden klar war, was vorging, erklang es aus allen Richtungen »Ooi«, »Wai«, »Geschrieen«, bis eine laute Stimme dazwischenfuhr: »Ruhe! Wie wollt ihr vorbringen euer Anliegen, wenn man nix kann verstehen.« Cukr erschrak, während sich seine Mitarbeiter angstvoll hinter ihm hielten. Da erklang die Stimme wieder unmittelbar neben ihm: »Rebbe entschuldigen, aber ich muss erst reden mit dem gietigen Herrn Direktor, weil wir sind unser inzwischen 21, die sich eingefunden haben um wieder bedeckt zu werden. Wir sind voll Freide, dass unsere Schmerzen werden gelindert, aber mir scheint, es wird die Erde nicht genug sein, jedem seine drei Schaufeln zu geben.«

Cukr konnte gerade noch einen Fluch unterdrücken, der hier wohl keinen guten Eindruck gemacht hätte. Schon sah er sich in der nächsten Nacht wieder hier unten auf die Verstorbenen warten, da kam ihm Slánský zu Hilfe. »Ich denke, ein zweiter Sack genügt reichlich, denn für diesen Zweck genügen kleine Ritualschaufeln oder auch Schaufelspitzen.«

»Na gut«, antwortete Cukr, »dann kippen wir den ersten Sack vorläufig hier gegen die Wand und füllen ihn nochmal. Bleiben sie erstmals mit Herrn Vejkovský, meinem PR-Manager, hier und halten sie die Toten bei Laune. Ich und mein Stellvertreter sind in einigen Minuten wieder hier.

Begleitet von den Schmerzensschreien der Verstorbenen fuhren Cukr und Vondra mit dem Wagen aus der Garage, um den Sack nochmals mit Erde zu füllen. Ihr Ziel war eine nahegelegene Baustelle, wo frischer Humus in Häufen herumlag. Dort angekommen begann Cukr den Sack zu füllen, den Vondra ihm aufhielt. Eben wollten sie ihn zufrieden aufheben und in den Kofferraum legen, als der Motor des Wagens aufheulte. Vor ihren Augen stieß das gute Stück rückwärts auf die Straße und machte sich davon, nicht ohne dass Cukr erkennen konnte, dass nicht etwa ein Gespenst, sondern ein durchaus sichtbarer Zeitgenosse unbemerkt eingestiegen war und nun das Weite suchte.

Hier konnte Cukr wenigstens nach Herzenslust fluchen. Dann meinte er zu Vondra: »Machen wir den Sack etwas leichter, damit jeder zwei Zipfel zum Anpacken hat. Dann schaffen wir es in einer Viertelstunde zu Fuß.«

»Na dann, auf geht's!«, meinte Vondra. Sie machten sich auf den Weg. Es war still und finster. Nur gelegentlich hörte man irgendwo in der Ferne das Geräusch eines Fahrzeugs. Eines kam näher, hinter ihnen die Straße entlang. Sie achteten nicht darauf, bis es unmittelbar neben ihnen anhielt. »Na, was haben wir denn da zu schleppen«, fragte recht aufgeräumt ein junger Polizeibeamter.

»Einen Sack voll Erde«, antwortete Vondra, »Sie können nachschauen.«

»Na, na, na, na, meine Herren, Sie werden mir doch nicht weismachen, dass man Erde heimlich bei der Nacht durch die Stadt tragen muss. Dafür gibt es schließlich Schubkarren und man kann damit sogar bei Licht fahren. Lassen sie mal sehen.«

Inzwischen war auch sein Kollege ausgestiegen und ihre Lampen leuchteten neugierig in den Sack voll schwarzem Humus.

»Kippen Sie den Sack mal aus!«, meinte der ältere von beiden, »da ist doch bestimmt noch etwas recht interessantes darunter.«

»Nein, nicht hier, wir brauchen die Erde wirklich alle. Wir müssen jetzt in wenigen Minuten einige Leute beerdigen«, sagte Cukr, »darf ich mich übrigens ausweisen, dann sehen Sie, mit wem sie es zu tun haben.« Er zog seinen Ausweis.

»Wie sind Sie denn an diese Brieftasche herangekommen? Wir haben von dem Verlust noch gar nichts gehört«, antwortete der ungläubige Polizist. »Aber wenn Sie wirklich jemanden beerdigen wollen, dann haben Sie sicher nichts dagegen, wenn wir sie zum Tatort begleiten.«

»Wenn Sie den Vorgang nicht weiter an die Öffentlichkeit dringen lassen, könnten Sie uns ja sogar dabei helfen, pünktlich dort zu sein«, meinte Vondra.

Die beiden Polizisten wechselten einen vielsagenden Blick. Der jüngere hob den Sack in den Kofferraum, während der ältere, zur Sicherheit wenigstens, Verstärkung anforderte. Dann ging die Fahrt langsam bis vor die Tiefgarageneinfahrt.

Drunten saß inzwischen Slánský mit seinen fast heruntergebrannten Kerzen und redete den zahlreichen klagenden Unsichtbaren gut zu. Langsam und schüchtern schilderte jeder, welche Knochen man ihm beschädigt hatte, und vor allem, welche Teile unbedeckt geblieben waren. Einer erzählte: »Meine Beine und mein Becken sind weggefahren worden, der Rest blieb hier. Auch meine Frau ist ganz im Aushub fortgeschafft worden, aber sie ist glücklich, denn der ganze Aushub ist wieder mit guter Erde zugedeckt, auch wenn sie kurzfristig sehr gelitten hat. Die Trennung schadet mir nichts, denn erstens ist meine Frau nach dem Tod noch zänkischer geworden, und zweitens kommen unsere Seelen leicht zusammen, egal wo unsere Knochen liegen.«

Draußen erschien mit Martinshorn und Blaulicht die angeforderte Verstärkung. Die Verstorbenen, die schon einen Misserfolg fürchteten, schraken furchtsam zusammen. Einige argwöhnten, der Teufel wolle dazwischenfahren. Cukr klärte Slánský über das Vorgefallene auf und zeigte den inzwischen zu sechst auftretenden Polizeibeamten den Ort des Geschehens. Vor ihren argwöhnischen Augen wurde der Sack ausgekippt. Außer Erde enthielt er lediglich zwei kurze Kabelstücke, die als Abfall von der Baustelle hineingeraten waren. Sie wurden zur Sicherheit von der Staatsgewalt eingezogen. Nun erklärte Slánský den überraschten Polizisten, da sie nun einmal mitgekommen seien, hätten sie bei der nun beginnenden Zeremonie die Öffentlichkeit darzustellen und zu bleiben, sonst wären zweifellos einige strenggläubige unter den Verstorbenen recht ungehalten. Und so begann, wie vorgeschrieben unter der Beteiligung von 10 Männern, immer noch rechtzeitig genug vor eins die Zeremonie mit Gebeten, einem Klagelied und der Verlesung der Liste von 21 Namen, die Slánský inzwischen aufgeschrieben hatte. Als die letzte kleine Schaufelspitze mit Erde in das Loch der Betonwand befördert worden war, begann Samuel ben Isaak einige Dankesworte zu sprechen, doch die Stimme versagte ihm plötzlich. Mitternacht war vorüber.

Jetzt erst dachte Cukr daran, die Anwesenheit der Polizei zu nutzen, um den Diebstahl seines Wagens zur Anzeige zu bringen. Sowohl die Polizei als auch Slánský hielten sich an das vereinbarte Stillschweigen. Nur die Abrechnung der Beerdigungsfeier, die durch die große Zahl der Beteiligten erheblich teurer geworden war, bereitete der Finanzverwaltung der Tschechischen Landesversicherungsanstalt noch eine Weile Kopfzerbrechen. Das jüdische Museum aber konnte sich endlich die dringend benötigte Alarmanlage leisten. Dieser fiel als erster ein dunkles Subjekt zum Opfer, das mit

Cukrs Mercedes vorgefahren war um dort nachts einige silberne Ritualgefäße zu entwenden. Als Cukr seinen Wagen fast unbeschädigt aus den Händen der Polizei in Empfang nahm, lag auf der Hutablage ein kleines Stück Pergament:

Sehr verehrlicher Herr Generaldirektor,
seien Sie vielmaligst bedankt fir Ihre aufrichtige Mühe um unsere Beerdigung. Es hat sich gefüget, dasz wir haben den Dieb in eine Falle tappen lassen. So haben wir uns können ein bissele erkenntlich zeigen. Hinfort bleiben wir wieder zufrieden in unserer Welt und werden Sie nicht mehr inkommodieren in der Ihrigen. Sie gefalt uns gar nicht.
Mit vielmaligen Segenswünschen,
Samuel ben Isaak.

18. DER LETZTE HUSSIT [10]

Schwerfällig wankte Jan Boček nach Hause. Bis halb elf Uhr hatte die Redaktionssitzung gedauert und danach hatte er zusammen mit einigen Kollegen die vom Rauch gebeizten Kehlen noch etwas befeuchtet. Ein Kollege aus Moskau, den er und seine Genossen noch aus der guten alten Zeit kannten, war eingetroffen, angeblich weil ihm dort das Leben als Journalist zu gefährdet erschien. Es gab ein großartiges Wiedersehen, garniert mit einigen Flaschen Wodka, und so hatte das Schicksal seinen Lauf genommen. Man fühlte sich wohl unter alten Genossen und draußen war die Welt feindlich. Überall tauchten, wie aus dem Nichts, wieder diese Deutschen auf, die man sich mit Stalins [25] Hilfe wenigstens einige Jahrzehnte hatte vom Halse halten können. Aber der Kampf war nicht verloren, und noch immer kämpfte ihre Gruppe bei Pravo, der alten, traditionsreichen Zeitung, die nun schon vor über fünf Jahren das »Rot« aus ihrem Namen gestrichen hatte. Und dann hatten sie die alte Treue begossen, wieder und wieder, bis die Stunde des Abschieds nicht mehr aufzuhalten war.

Es war kalt draußen. Aus dem frostklaren Himmel rieselten noch einige Schneeflocken. Eigentlich hätte es jetzt, kurz vor Ostern, Frühling sein sollen, aber der Winter krallte sich fest, hielt den Schnee auf den Dächern und festgetretene Eisfladen auf den Gehwegen. Mit unsicheren Schritten ging Boček wie immer auf seinem Heimweg durch die Altstadt beim Hus-Denkmal vor dem Rathaus vorbei, um ihm seine Reverenz zu erweisen. Er empfand große Hochachtung vor dem Reformator, der nach langen Jahrhunderten lateinischer Liturgien erstmals die tschechische Sprache in den Gottesdienst einführte, und dessen Anhänger die verhassten Deutschen in Böhmen tüchtig dezimiert hatten. Und außerdem hieß er selbst Jan und verdankte diesen Namen seiner Geburt am Todestag des Reformators [9].

Als er nach einem etwas längeren, mühseligen Marsch am Altstädter Ring ankam und seine Augen zu dem hochragenden Denkmal emporhob, erblickte er dort oben auf dem Sockel zu seinem Erstaunen zwei Gestalten. Boček schüttelte den Kopf und fuhr sich kurz über die Augen, denn er war schon auf seinem bisherigen Weg einigen doppelten Laternen begegnet. Aber auch wenn er nun schärfer sah, es blieb dabei, dort droben standen zwei Gestalten. Sie waren aber nicht ganz gleich. Neben Jan Hus, dessen stolz hochgereckte Gestalt ihm immer so imponiert hatte, stand ein kleinerer, leicht vorgebeugter Begleiter. Und dieser begann nun leichtfüßig vom Sockel herabzusteigen und kam auf ihn zu.

Zuerst dachte Jan an einen späten Studentenulk, aber als der Mann dann vor ihm stand, in seiner Mönchskutte, unter der sich kantig die Konturen eines Brustpanzers abzeichneten, und mit einem dunklen, knochigen Gesicht, wurde es Boček unheimlich. Er zog seinen Mantel enger um sich und wandte sich zum Gehen. Aber der Fremde verstellte ihm den Weg.

»Gott zum Gruße, warum so verschlossen?«, sagte er freundlich.

»Wer bist du?«, war Bočeks ängstliche Antwort.

»Davon reden wir später«, sagte der Unbekannte, »aber was tust du hier zur Mitternacht?« Die freundliche Stimme beruhigte Boček vorerst.

»Ich besuche Jan Hus immer, wenn ich durch die Altstadt komme«, sagte er, »ich verehre ihn sehr.«

»Du verehrst ihn?«, fragte der Fremde mit Verwunderung in der Stimme, und wiederholte versonnen, »du verehrst ihn.«

»Ja«, sagte Boček fest und bestimmt, »ich verehre ihn als einen großen Tschechen, einen Anwalt der armen Leute, einen Feind der feisten, ausbeuterischen Kleriker und des deutschen Gesindels, das damals schon unserem Volk die Luft abdrückte!«

Der Unbekannte war wie erschreckt einen Schritt zurückgewichen. »Auch ich verehre ihn«, sagte er, »wie ich ihn immer verehrt habe. Aber nun musst du meine Geschichte hören, sonst wirst du mir keinen Glauben schenken.«

Sie gingen nun zusammen an der Rathausfront entlang, so schnell wie eben Boček mit seinen unsicheren Schritten vorankam, und der Fremde begann seine Erzählung:

»Ich bin damals mit Jan Hus von Prag nach Konstanz geritten, wie mein Meister im guten Glauben an den Geleitbrief des Kaisers.«

»Dieser Schuft!«, brummte Boček dazwischen.

»Und als Hus verurteilt wurde und Hieronymus zu fliehen versuchte, war ich mit auf der Flucht, aber sie haben uns eingeholt. Zum Glück für mich interessierten sie sich nur für Hieronymus, der sich widerstandslos ergab. Auf mich haben sie nicht geachtet. So bin ich allein, mit vielen Zwischenfällen und Aufenthalten heimwärts gezogen nach Prag. Nur der letzte Auftrag, die letzte Botschaft des Meisters an seine Getreuen, und die Hoffnung, meine Frau und meinen kleinen Sohn wiederzusehen, hielten mich aufrecht. Als ich nach vier Jahren endlich nach Böhmen zurückkam, war das Land im Aufruhr. Ich zog mir eine Mönchskutte über den Panzer, um nicht behelligt zu werden. Aber auf der Anhöhe vor Prag nahmen mich einige Reiter gefangen und brachten mich nach Tábor zum Heerführer der Hussiten, zu Žižka. Der wollte mir zuerst nicht glauben, dass ich eine Botschaft von Hus habe. Er fragte lang hin und her, und als er endlich überzeugt war, rief er seine Truppenführer zusammen, um sich mit ihnen die Botschaft anzuhören. Die gefiel ihm aber gar übel, denn Hus hatte seinen Getreuen aufgetragen, dem Land den Frieden zu bewahren, weiterhin an der Kommunion in beiderlei Gestalt festzuhalten, aber alle Verfolgung und Leiden geduldig zu tragen, bis das ganze Volk von seiner Lehre durchdrungen sei. Er herrschte mich an, ich sei wohl doch einer von den Verrätern des Konzils, ein

Abgesandter der Pfaffen. Seine Truppenführer machten sich nicht die Mühe, mich zu binden und abzuführen. Auf der Stelle schlug mir einer die Keule über den Schädel. Dann müssen sie mich über die Mauer geworfen haben. Dort bin ich dann noch einmal zu mir gekommen, als mir einige Bauersleute die Rüstung auszogen. Ich habe sie gebeten, irgendwie meiner Frau in Prag eine Nachricht zu schicken. Aber die guten Leute konnten nicht schreiben und so weiß ich nicht, ob sie je erfahren hat, wie ich zu Tode kam. Sie haben sich sehr bemüht um mich, aber sie haben mich nicht retten können.«

»Wer bist du?«, fragte Boček, nun noch erstaunter. »Von einem meiner Urahnen wird berichtet, dass sein Vater von Konstanz nicht mehr zurückkam, erst Jahre später erfuhr seine Mutter, dass er zu Tode gekommen war.«

»Ja, darum habe ich heute hier auf dich gewartet«, sagte die Gestalt, »auch ich hieß einmal Boček. Heute aber will ich dir von dem großen Jan Hus erzählen.«

Boček war viel zu fasziniert, als dass er sich der Absurdität seiner Lage bewusst werden konnte. Er, der große Atheist und Kommunist, unterhielt sich inzwischen ganz unbefangen mit dem Geist eines seiner Vorfahren. Sie waren allmählich in die Nähe der Bethlehemskapelle gekommen, die sich noch immer im Zustand der fortwährenden Renovierung befand. Der Geist trat durch die leicht angelehnte Tür, geleitete Boček über eine wippende Planke und führte ihn in eine der wenigen Bänke. »Hier hat er gepredigt«, sagte er, »und hier will ich dir erzählen, was für ein Mensch der große Jan Hus gewesen ist:

»Nein, er war kein Feind der Reichen, auch wenn er ein Freund der Armen war. Er war kein Feind der Deutschen, auch wenn er sie in die Schranken wies. Ja, er liebte sein Volk so sehr, dass er denen tschechisch predigte, die kein Latein verstanden. Er war niemandes Feind, er war ein

Mann Gottes, ebenso wie Jan Nepomuk, den sie später heiliggesprochen haben. Du kannst gewiss sein, auch Jan Hus steht droben in der Reihe der Heiligen und Märtyrer, die für ihren Glauben gestorben sind. Er wollte auf Erden keine Gewalt. Die Gewalt seiner Anhänger, schon zu seinen Lebzeiten, hat er immer abgelehnt. Deshalb hat er sich ja auch aus Prag zurückgezogen. Und wie er dann droben war in der Herrlichkeit, hat er mir den Auftrag gegeben, solange auf der Erde noch irgendwo Hussiten Mord und Gewalt planen, hinunterzusteigen und sie auf den rechten Weg zu bringen. Und so zog ich los auf die Erde, um all diesen Räubern und Mördern, die seinen Namen auf ihre Fahnen schrieben, zu sagen, er wolle das nicht. Aber keiner von ihnen wollte mich hören. Meistens hielten sie mich für einen Spion oder einen Pfarrer und jagten mich fort. Der fürchterliche Žižka hielt mich einmal im Suff für die Zofe der Wirtin und wollte mich vergewaltigen. Es war hoffnungslos.«

Bočeks Weltbild kam ins Wanken. »Aber ich habe das alles so in der Schule gelernt«, versuchte er einzuwenden.

»Ja, ich weiß«, sagte der Geist, »so sind die Menschen. Sie verstehen es nicht anders. Aber Jan Hus stritt allein für Jesus Christus, gegen die Verfälschung seines Bildes, die damals die Päpste für ihre eigenen Interessen betrieben, so wie heute die Lehrer die Erinnerung an Jan Hus verfälscht haben. Immer hat er, wie Jesus, gepredigt, den Armen zu geben, aber niemals, den Reichen mit Gewalt etwas zu nehmen.«

Es folgte eine lange Pause, in der Bočeks benebeltes Gehirn versuchte, mit all dem, was er gehört hatte, klarzukommen. Es gelang ihm nicht. Der Wärmevorrat der überheizten Redaktionsstube und des Wodkas war aufgebraucht und er fror jämmerlich, fand aber nicht die Kraft, sich zu erheben. Der Geist ließ ihm Zeit. Schließlich begann er, wieder zu sprechen: »Versuche einmal, ein Gebet zu sprechen, und du wirst ein bisschen von Gottes Größe spüren. Wir beten für Jan Hus und für Hieronymus, aber auch für die, die beide zu Tode brachten und für alle die armen Menschen, denen der Hass die Seele verfinstert.« Und er begann vorzusprechen: »Vater unser …«

Da fühlte sich Boček wieder an der Hand genommen, so wie ihn einst seine Großmutter an der Hand geführt hatte, um mit ihm in die Kirche zu gehen, und er sprach mit, mit der ganzen Inbrunst, so wie er diese Worte zum letzten Mal als Kind mit seiner Großmutter zusammen gesprochen hatte. Auf einmal wurde es hell und heller um ihn. Alle Kälte wich aus seinen Gliedern und eine himmlische Wärme stieg in ihm auf. Ja, er glaubte sogar, die Klänge der Orgel aus seiner fernen Kindheit herüberklingen zu hören.

Als der Vorarbeiter am Dienstag nach Ostern als erster die Baustelle in der Bethlehemskapelle betrat, wunderte er sich schon, dass die Tür offen stand. Drinnen fand er in einer der Bänke den völlig steifgefrorenen Leichnam des Redakteurs Jan Boček mit weit geöffneten Augen und mit dem Ausdruck vollendeter Glückseligkeit im Gesicht. Auch seinen Kollegen blieb es für immer ein Rätsel, wie er dorthin gekommen war.

19. DIE GROSSE FLUT [33]

»Wenn sie uns sieht, springt sie ins Wasser«, sagte Per Janssen zu seinem Kollegen Carsten Carstensen, mit dem er zusammen auf nächtlicher Streife war. Auch der schaute hinüber zu der Frauengestalt, die regungslos auf der Brücke stand und hinunterblickte auf die hochgehende Elbe. »Wenn wir bis auf zwei Meter herankommen, können wir das verhindern«, meinte Carstensen nach einer Weile, »versuchen wir es.« So leise wie möglich versuchten sich beide zu nähern. Das Gurgeln und Rauschen des Hochwassers machte es ihnen leicht. Erst aus der Nähe erkannten sie, dass die Frau dünn wie ein Schatten war und nur ein leichtes, vor Nässe triefendes Kleidchen trug.

»Können wir Ihnen irgendwie helfen?«, sprach sie Janssen an, als die beiden nahe genug herangekommen waren. Sie fuhr herum, machte aber keine Anstalten, in den Fluss zu springen.

»Prosím?«

Beiden war klar, eine Ausländerin, die kein Deutsch verstand.

»Ruski?«, versuchte es Carstensen, aber die Frau schüttelte nur den Kopf. »Nehmen wir sie mit und stecken wir sie erst mal in warme Sachen«, meinte Janssen, »dann sehen wir weiter.« Sie bedeuteten der Frau mitzukommen und sie ging widerstandslos mit. »Die muss schon arg verzweifelt sein, dass sie so einfach mitkommt«, dachte sich Carstensen, als sie ihrer Wachstube zustrebten. Immer wieder wurden in Hamburg Frauen aus Osteuropa aufgegriffen, die irgendwie mit halbseidenen Angeboten angelockt in die Abhängigkeit von Verbrechern gerieten und zu den widerlichsten Diensten gezwungen wurden. Aber fast alle schwiegen und die Polizei hatte nur die Möglichkeit, sie wenigstens zu ihrer

Rettung zu ihren Familien zurückzuschicken. »Was wir aus der wohl rauskriegen?«, dachte er sich, als sie schließlich die warme Stube betraten.

»Glück gehabt«, sagte Hein Mönnicke, der diensthabende Inspektor, »eine unserer beiden Zellen ist noch frei. Schickt sie ins Badezimmer und gebt ihr gleich warme Unterwäsche und hängt ihr die neutrale Kleidung hin.«

Noch immer hatte die Frau kein Wort gesagt. Mönnicke versuchte es mit seinen wenigen Worten in Türkisch und Rumänisch, aber es kam keine Reaktion. Als aber die Tür zum Badezimmer aufging, leuchtet das Gesicht der Frau dankbar auf. Mit dem Ruf »Děkuji mockrát« stürzte sie hinein und verriegelte die Tür hinter sich.

»Was hat sie gesagt?«, fragte Janssen.

»Vielleicht ist sie aus Litauen«, meinte Carstensen, »aber das kriegen wir schon noch raus.« Drinnen hörte man plätscherndes Wasser, dann war es ruhig.

»Also pass gut auf sie auf«, meinte Janssen zu Mönnicke, als sie sich wieder aufmachten, um ihren Streifengang fortzusetzen.

»Und wenn sich da drinnen nicht bald irgendeine Bewegung zeigt, schau lieber nach, es ist jetzt so unheimlich still da drinnen«, meinte Carstensen. Sie traten auf die Straße. Mönnicke aber wartete noch eine Viertelstunde, dann öffnete er den Riegel von außen, denn es war von drinnen nichts mehr zu hören. Der Raum war leer. Die Frau war fort, ebenso das nasse Gewand. Wäsche und Kleidung aber hingen unberührt an ihrem Haken. Mönnicke war völlig verwirrt. Noch nie war jemand auch nur auf die Idee gekommen, aus diesem fensterlosen Raum einen Ausbruch zu versuchen. Und jetzt war ausgerechnet diese scheinbar hilflose Frau fort. Mönnicke stand vor einem Rätsel, vor allem weil nirgends Spuren zu erkennen waren, kein verkratzter Deckel der Deckenlüftung, kein Loch in der Mauer, nichts.

Erst als er das Wasser der Badewanne abließ, es war kalt und tiefgrün vom Badezusatz, traf ihn plötzlich ein Spritzer wie vom Flossenschlag eines Fisches, und als er sich die Tropfen von der Brille gewischt hatte, sah er gerade noch einen winzigen Schwanz im Abfluss verschwinden. Mönnicke rieb sich die Augen. War er wach oder träumte er, hatte es diese Frau überhaupt gegeben? Hätte er sie nicht selbst gesehen, hätte er sie vielleicht für ein Phantasieprodukt seiner jungen Kollegen gehalten. Aber so, was sollte er nun sagen, wenn sie zurückkamen?

Die beiden waren etwas verblüfft, als sie von dem Vorfall hörten. »War es ein Goldfisch?«, fragte Carstensen spontan.

»Nö«, antwortete Mönnicke, »du denkst wohl an die chinesische Mafia. Aber unsere Chinesen hier sind sauber, nicht was die Mafia betrifft, sondern in puncto Weiber. Genau hab ich's nicht gesehen, aber ich tippe eher auf so eine Art Grundel.«

»Jedenfalls haben wir keinen Hinweis auf irgendwas Kriminelles«, meinte Janssen, »und deshalb müssen wir uns den Kopf nicht zu sehr zerbrechen.«

»Aber ein kurzes Protokoll machen wir schon«, beschloss Mönnicke.

»Okay, wir schreiben zwei Sätze zum Aufgriff und du schreibst den Rest«, war Janssens Antwort, »und dann ab in die Akten zum Tagesbericht und Deckel drauf!«

»Ja«, brummte Mönnicke und kratzte sich hinterm Ohr. Es blieb schließlich doch an ihm hängen.

Genau 23 Stunden später, soeben waren vier Opfer einer Prügelei aus einem Nachtlokal angeliefert worden, die der Reihe nach verbunden und verhört werden mussten, klingelte das Telefon. Janssen, der zusammen mit den Verprügelten eingetroffen war, nahm ab. Am anderen Ende meldete sich der Nachtwächter der Zentralkläranlage:

»Hören sie, bei mir will sich offenbar eine gestörte Frau ins Klärbecken stürzen. Schicken Sie uns möglichst gleich eine Streife vorbei.«

»Moment mal«, Janssen versuchte sich zu fassen, »wo ist die denn gerade?«

»Sie sitzt auf dem Rührarm und singt. Sieht ja wunderschön aus, wie sie so im Kreis rumfährt, aber irgendwie doch recht unheimlich«, war die Antwort.

»Aber da kommt man ja kaum ran«, meinte Janssen.

»Doch, doch, wenn man den Arm anhält«, war die Auskunft.

»Und warum denken Sie, dass sie da reinspringen will?« fragte Janssen weiter.

»Na ja, was soll sie denn sonst wollen«, meinte der Nachwächter, »und wenn sie dann drin ist, muss ich die ganze Anlage stoppen und es gibt eine Riesensauerei, bis wir sie rausgefischt haben.«

»Na ja, dann halten Sie mal den Arm an, vielleicht kommt sie da schon allein runter«, meinte Janssen, »wir fahren gleich los.«

»Also Hein, unsere Frau ist wieder da«, sagte Janssen, als er sich verabschiedete, »viel Hoffnung habe ich aber nicht, dass wir sie dort noch finden.«

Janssen fuhr los, zusammen mit Per Hinrichs, einem jungen Kollegen, zunächst mit Blaulicht, dann ohne, um die Frau nicht zu unüberlegten Reaktionen zu veranlassen. Aber sie war nicht mehr da.

»Ja«, erzählte der Nachwächter, »kaum is der Arm gestanden, is sie ganz flink rübergeturnt und davongelaufen, gerade übern Steg und dann innen Ausflusskanal gesprungen. Weg war sie. Aber sie konnte wohl gut schwimmen. Wenigstens sah es so aus.«

»Komisch«, sagte Janssen, »aus diesen Ausländern wird man nie klug.«

»Wat, die kannten sie schon?«, fragte der Nachtwächter verblüfft.

»Ja, die hatten wir gestern schon mal da«, sagte Janssen. »Mönnicke glaubt gar, sie hat sich in einen Fisch verwandelt. Jedenfalls ist sie einfach verschwunden.«

»Nee, so wat, wat es bei Nacht so alles gibt«, meinte der Nachtwächter, »aber tut mir leid, dass ihr umsonst hergefahren seid.«

»Dienst ist Dienst«, war Janssens Antwort. Er verabschiedete sich und fuhr mit etwas weniger Eile zur Wache zurück. Durchaus im Zweifel, was er diesmal ins Protokoll schreiben sollte.

Emil und Ulla Jenschke waren froh, dass sie wieder fahren konnten. 20 Tage war ihr Kahn in Hamburg festgesessen, wo er gerade noch mit einer Ladung Bauholz aus dem Erzgebirge vor der Flut angekommen war. Jetzt ging es erst einmal leer zurück bis Dömitz. Dort wartete ein Ladung Kalisalz für Tschechien, die eigentlich schon in Aussig sein sollte. Und wie die Verluste wieder reingeholt werden konnten, wussten beide noch nicht. Hauptsache, es ging wieder stromauf.

»Emil!« Das klang wie ein Alarmruf. »Emil, es kommt kein Wasser!«, hörte er Ulla von unter Deck rufen.

»Wieso denn das, unser Tank ist doch voll«, antwortete er ruhig.

»Dann sieh mal nach, was los ist«, kam die Antwort von unten.

Tatsächlich, aus dem Hahn tropfte es nur zögernd. Jenschke drehte ganz auf, wieder zu und wieder ganz auf, als plötzlich ein voller Strahl herausschoss, überall seine Spritzer verteilte, um ebenso rasch wieder zu versiegen.

»Da muss was im Tank sein«, sagte Jenschke, kletterte aufs Kabinendach und löste die Schrauben am Deckel. Mit der Lampe leuchtete er auf das Sieb der Abflussöffnung.

Mehr als einen Schatten, der offensichtlich dem Lichtstrahl auswich, sah er nicht, wie er auch versuchte, jeden Winkel auszuleuchten.

»Emil, es läuft wieder!«, erklang es inzwischen von unten.

»Lassen wir es dabei«, dachte Jenschke, schloss den Deckel und stieg wieder vom Dach.

»Was war jetzt?«, fragte ihn seine Frau. »Ich weiß nicht«, gab er zur Antwort, »es sah fast so aus, als sei ein Fisch drin, irgend so ein Schatten, der hin- und herflitzte. Ich hab ihn nie genau gesehen.«

»Ein Fisch? Den muss jemand hineingetan haben.«

»Hm, vielleicht war es diese durchsichtige Frau. Ich hab heut Nacht so eine Gestalt auf dem Vorschiff gesehen, und wie ich hinging, war sie weg«, sagte Jenschke.

»Was du nicht sagst«, verwunderte sich seine Frau, »aber warum soll die da einen Fisch reingetan haben, und vor allem wie?«

»Ich weiß auch nicht«, meinte Jenschke, »aber es ist schon komisch.«

»Auf jeden Fall müssen wir unser Wasser halt abkochen und in Dömitz lassen wir alles ab, holen den Fisch raus und tanken neues. Das wär's dann!«, meinte seine Frau und machte sich ans Kochen.

Es ging langsamer. Tief lag der Kahn im Wasser, mit 800 Tonnen Kalisalz an Bord kein Wunder. Der Wassertank war geleert und frisch gefüllt worden, aber ein Fisch hatte sich nicht gefunden. Das Wasser lief wieder ordentlich, und so waren auch die Jenschkes zufrieden. Tag um Tag quirlte sich der Kahn die Elbe hinauf, die sich schon wieder ihrem Normalpegel näherte. Auf beiden Seiten gab der Fluss breite Streifen braunen, lehmverklisterten Grases auf den Dämmen frei, die bis knapp unter die Krone hinaufreichten. Noch immer war die Strömung kräftiger als sonst, aber es ging vorwärts. Nach Dresden wuchsen zu beiden Seiten die Berge immer höher. Frau Jenschke liebte diese Szenerie besonders, denn sie war im Elbsandsteingebirge aufgewachsen und eine Bootsfahrt auf dem Fluss war schon früher das Schönste für sie gewesen.

Auf dem Fluss kam ihnen plötzlich ein Schwarm Papierblätter entgegen. Grün, mit dicker roter Schrift tanzten sie der Reihe nach den Fluss herunter. Frau Jenschke, die gerade auf dem Vorschiff die Wäsche aufhängte, sah sie zuerst. »Emil!«, rief sie, »da kommen irgendwelche Papiere den Fluss 'runter, schau mal, ob du eines erwischst.«

»Wird doch nur Werbung sein«, meinte der, griff aber doch zu der Stange mit dem Kescher, mit dem es manchmal gelang, über Bord gegangene Gegenstände wieder einzufangen. Schon hatte er ein Blatt. »Is tschechisch«, meinte er, »aber unterschrieben is es mit Vodník, Praha, und das versteh ich, das heißt Wassermann und Prag.«

»Ein hübscher Scherz, den sich da irgendwer ausgedacht hat, ein Flugblatt vom Wassermann«, meinte seine Frau und musterte das Blatt flüchtig. »Das kann uns dort dann wer übersetzen, vielleicht gibt's noch mehr zum Lachen«, antwortete er und legte das Blatt aufs Kabinendach zum Trocknen.

Dann war Halt an der Grenze. Das waren längst keine so furchterregenden Stunden mehr wie zu der Zeit, als diese Grenze noch zwei sozialistische Brudervölker trennte, die einander nicht über den Weg trauten. Niemand stocherte mehr mit langen Sonden in der Salzladung herum, um Spione aufzuspüren. Die Atmosphäre war freundlich und sachlich. Keiner hatte Interesse an irgendwelchen Schikanen, aber Kontrolle musste sein. Also kamen zwei Beamte an Bord. Der ältere nahm sich die Papiere und die Ladung vor, der jüngere marschierte auf dem Schiff herum, blickte hierhin und dorthin und stieg schließlich die schmale Eisenleiter zum Wassertank hinauf, löste die

Verschraubung und klappte den Deckel hoch. Er beugte sich über die Öffnung, die Lampe blitzte auf, und wie aus dem Nichts schlug ihm, mit einem Schwall Wasser etwas Nasses ins Gesicht, dass er beinahe von der Leiter gekippt wäre. Seine Brille aber versank in der Tiefe. So erkannte er nur einen verwaschenen, schmalen Schatten, der fast lautlos auf Deck sprang und eilig über den Steg an Land lief. »Halt, stehenbleiben!«, rief er und wiederholte seinen vergeblichen Befehl sicherheitshalber noch auf tschechisch, »Stůj!«, und nochmals »Stůj!« Sein Kollege rumpelte aus der Kabine. Von dem Schatten aber war weit und breit nichts mehr zu sehen.

Nun ging die Fragerei los. Die Zollbeamten an Land hatten überhaupt nichts beobachtet. Auf dem Steg waren aber eindeutig nasse Abdrücke von nackten Füßen zu sehen. Die Jenschkes versicherten beide, sie hätten niemanden im Tank versteckt und es sei auch völlig unmöglich, dass ein Mensch so schnell durch den engen Stutzen springen könnte. Der jüngere Beamte mit seinem völlig durchnässten Kragen hatte nicht mehr gesehen als einen Schatten, der rasch aus dem Gesichtskreis seiner kurzsichtigen Augen entschwand. So blieb es beim Achselzucken auf allen Seiten. Frau Jenschke erinnerte sich noch an den Fisch, aber weil auch ihr klar war, dass ein Fisch nicht davonlaufen kann, erwähnte sie die Geschichte gar nicht erst. Es dauerte noch eine Viertelstunde bis Emil Jenschke die Brille wieder aus dem Tank gefischt hatte. Die Beamten verabschiedeten sich und die Fahrt ging weiter.

Die Polizisten František Smolař und Zdeněk Šnejdr waren auf dem Heimweg vom Dienst. Sie sprachen wenig, denn es war viel los in der langen Abenddämmerung auf der Durchgangsstraße im Elbetal. Immer wieder erfasste ihr Scheinwerfer abenteuerlich am Straßenrand geparkte Wagen oder sie mussten langsam dahinschleichende

Fahrzeuge überholen, deren Fahrer die Mädchen begutachteten, die in ganzen Gruppen entlang der Straße ihre Dienste anboten. So zog sich die Strecke nach Tetschen in die Länge. Plötzlich, gerade hinter einer Kurve, traf ihr Licht eine Szene, die die beiden Grenzpolizisten elektrisierte. Da hatte ein kräftiger Kerl eine schmächtige Frau gepackt und drum herum stand eine ganze Gruppe von Mädchen, die auf sie einschrien.

Dienst oder nicht Dienst, da muss man eingreifen. Ein Tritt auf die Bremse, die Türen flogen auf und alle Beteiligten blickten völlig überrascht in zwei Dienstpistolen. Die Mädchen spritzten auseinander. Der Kerl ließ sein Opfer los, wollte ebenfalls flüchten, ließ sich aber nach einem Warnschuss widerstandslos festnehmen. Die zarte Frau, nur in einem völlig durchnässten Kleidchen, machte keinen Versuch zu fliehen. Die beiden Polizisten blicken sich an. »Die bringen wir nach Tetschen auf die Wache«, meinte Zdeněk, »die werden sie dann verhören und wieder laufen lassen.«

»In Ordnung«, sagte František, »so ist wenigstens hier nichts Schlimmeres passiert und der feine Herr hier weiß genau, dass er in nächster Zeit nichts mehr anstellen darf.«

»Und was sie mit dieser Frau anfangen, das müssen sich dann unsere Kollegen überlegen«, schloss Zdeněk das Gespräch ab.

Die Kollegen auf der Wache waren nicht besonders erfreut über die späten Gäste. »Heute ein Verhör?«, fragte Václav Vávra. »Nicht mit uns! Die Frau soll sich erst mal in trockenen Sachen ausschlafen, und unser lieber Freund Jindřich Kramař hat uns doch mit einer wenigstens versuchten Körperverletzung genug Grund geliefert, ihn bis morgen früh gastlich zu beherbergen.«

»Okay«, sagte Zdeněk, »wir haben das Unsere getan. Es

ist ohnehin schon fast eine Stunde nach Dienstschluss.«

Es war voll in der Wirtschaft »Zum weißen Schiff«. Es war nicht leicht für die Jenschkes, in dem ganzen Lärm ihren Freund Martín Navrátil zu verstehen, der ihnen das grüne Flugblatt aus der Elbe langsam und zögernd in sein etwas mühsames Deutsch übersetzte. Und dazu musste er manchmal ziemlich laut werden. Was die Jenschkes aber hörten, ließ sie mehr als einmal mit dem Kopf schütteln. Denn da stand: »An alle Rusalky, die während der Flut die Elbe abwärts verschlagen wurden! Es wird in den nächsten Tagen ein junger Hilfs-Wassermann die Elbe hinunterschwimmen. Auf dem Rückweg begleitet er einen Schleppzug. Alle Rusalky, die sich unterwegs in ruhige Nebenflüsse und Altwässer gerettet haben, können auf den Schlepptrossen sitzend bequem den Rückweg antreten. Der Zug verlässt Hamburg am 7. September und wird voraussichtlich am 30. September in Mělník sein. Von dort ist für die Weiterfahrt nach Prag ein Ausflugsdampfer bestellt. Bitte haltet euch bereit, wenn das Schiff vorbeikommt. Wir vermissen in Prag noch Jarmila Horská, Zdenka Vondrová ...«, und es folgte noch eine lange Liste von Namen. Unterzeichnet war das Blatt mit »Ivan Ryba, Vodník, Praha«.

»Jetzt geht mir ein Licht auf«, sagte Frau Jenschke, »das war eine von denen.«

»Was?«, fragte ihr Mann überrascht.

»Na der Fisch natürlich, der dann plötzlich davongelaufen ist, Emil.«

»Ach so, hm«, war seine Antwort.

»Und wenn sie das Blatt gelesen hat, hockt sie jetzt dort in der Schleuse und wartet auf ihren Transport«, dachte sie weiter.

»Was erzählen Sie da für eine Geschichte?«, hörte Emil Jenschke hinter sich plötzlich eine Stimme. Er drehte sich um. Ein junges Gesicht in einer Uniform schaute ihn fragend an.

»Wir haben uns nur so ein Flugblatt übersetzen lassen, das wir aus der Elbe gefischt haben«, erklärte Jenschke, »davon sind mir mindestens 50 oder 100 begegnet.«

»Interessant«, meinte der junge Polizist, »meine Kollegen vom Zoll haben gerade so eine ganz komische Geschichte erzählt, und wir haben mitten unter den Huren an der Straße eine klatschnasse Frau aufgegriffen, die offenbar gerade verprügelt werden sollte. Das muss ich meinen Freunden erzählen. Kann ich das Blatt kurz haben?«

Der Fall schien sich rasch zu klären. Nach einigen Minuten rückten zwei Zollbeamte, zwei Grenzpolizisten, die Jenschkes und ihr Freund am Tisch zusammen. Jenschke gab eine Runde Slivovitz aus, denn wann hat man schon mal eine Rusalka an Bord. Auch der junge Zollbeamte fand die Idee recht romantisch, dass ihm eine Rusalka die Brille heruntergewischt hatte und ließ eine Runde Borovička herumgehen.

Als Zdeněk Šnejdr schließlich die Idee kam »man muss die Wache davon verständigen, wen sie dort haben«, war keiner mehr nüchtern genug um dorthin zu fahren.

»Dann eben morgen«, sagte František Smolař. Und dabei blieb es. Am Morgen aber war auf der Wache nur zu erfahren, dass die Frau auf unerklärliche Weise im Waschraum verschwunden sei.

Die Jenschkes versuchten am nächsten Tag noch einmal, sich an alle die kleinen Einzelheiten zu erinnern, die mit dem seltsamen Gast in Verbindung gebracht werden konnten. Als schließlich die Ladung in Aussig glücklich von Bord war, ging es wieder leer weiter nach Prag, wo die nächste Ladung Langholz, diesmal aus dem Böhmerwald, aufgenommen werden sollte. Zeit, das Schiff sauber zu machen war jetzt nicht, denn die Fahrt ging nun, zuerst die

Elbe, dann die Moldau flussaufwärts, flott um die großen Flussbiegungen.

In Prag aber hieß es warten, bis eine Verladestelle frei war. »Na da kann ich noch mal schnell eine kleine Ladung Wäsche machen«, erklärte Ulla Jenschke ihrem Mann und verschwand in der Kabine. Emil Jenschke aber hörte plötzlich noch einmal die Kabinentür klappen, einen lauten

Schrei und ein kräftiges Plumpsen in der Moldau. Zuerst dachte er, seine Frau sei in die Moldau gefallen, aber die kam sofort mit Schwung aus der Kabine gefahren.

»Emil, hast du das gesehen?«, stieß sie hervor.

»Was?«, fragte er, »gesehen habe ich nichts, aber gehört.«

»Das war wieder sie, ich bin ganz sicher«, stammelte sie ganz aufgeregt, »ich lasse den Kübel ein, und auf einmal ist da wieder ein Fisch drin, und wie ich ihn rausnehmen will, kriege ich plötzlich so einen Stups und sitze auf dem Hintern und der Kübel fällt um, die Türe klappt und der Fisch ist weg.«

Und tatsächlich, von der Tür bis zur Reling lief eine Reihe nasser Fußabdrücke.

»Na, dann ist sie ja glücklich zu Hause«, sagte Jenschke, »und kann ihrem Wassermann viel erzählen«, ergänzte ihn seine Frau.

»Wenn dann alle die anderen kommen, dann werden ihm die Ohren sausen«, war Jenschkes Kommentar.

Als Petr Knobloch, Student im 11. Semester, wie immer nach Mitternacht sein Lieblingslokal »Velryba« (Walfisch) verließ und über die Karlsbrücke nach Hause wankte, glaubte er drunten im Fluss ein heftiges Murmeln zu hören. Mal erschien es ihm wie die Strudel entlang den Brückenpfeilern, mal hell wie die Frösche im Frühsommer, aber das hielt er für eine Sinnestäuschung, denn Frösche im September, und das noch in der Moldau? Er warf einen Stein hinunter, um den Spuk durch ein reales Geräusch zu beenden. Ein mächtiger Wasserschwall drunten war das Ergebnis. »Jetzt holt mich der Walfisch noch ein«, dachte er, »morgen geh ich lieber früher.« Und damit setzte er seinen Weg fort.

Ulla Jenschke erwachte um Mitternacht von fröhlicher Musik, die von draußen kam. Vor ihrem Kabinenfenster sah sie im Licht der Uferlampen undeutliche Gestalten mit lang wallenden Haaren hin und her schwimmen. Sie kamen näher und sie sah, dass sie sich zu einem großen Reigen an den Händen hielten und zum Klang eines Instruments sangen, das irgendwo da draußen im Hafenbecken spielte. »Emil!«, sagte sie, »sieh dir das an.« Aber alle Versuche, ihren Mann zu wecken, blieben vergeblich. Er träumte glücklich von einer Ladung Langholz.

20. DER VERBANNTE KNAPPE

Schwül und verraucht war es in später Stunde in dem kleinen Zimmerchen am Ende des Ganges, das provisorisch in eine Redaktionsstube umgewandelt worden war. Aber die Nachricht musste fertig werden. Früh um fünf sollte der alte Hektograph angeworfen werden, der gut versteckt hinter allerlei Gerümpel in der Besenkammer stand. Gerade 500 Kopien schaffte man mit einer Matrize, bis dahin musste dann die nächste abgetippt sein. Fünfhundert Kopien über den Tod des Demonstranten Martin Šmíd [31], vielleicht schon des allerletzten Märtyrers, der dem Kampf gegen die kommunistische Diktatur zum Opfer gefallen war. Aber was sollte Milan Krejčí schreiben? Was wusste man wirklich über diesen Fall? Auch er kannte nicht mehr als den Bericht einer völlig verstörten Studentin, ihr Freund wäre nach einem Schlag mit dem Gummiknüppel zusammengebrochen, von der Sonderpolizei gepackt und hinter den Linien getreten und zusammengeschlagen und schließlich liegengelassen worden. Ein Krankenwagen sei mit Sirene eingetroffen. Bevor sie aber zu ihm durchdringen konnte, sei er fort gewesen und er wäre weder im Gefängnis noch im Krankenhaus auffindbar.

Das war wenig Greifbares. Eigene Nachforschungen seines Kollegen Rudolf Veverka erbrachten nichts. Der war mit seiner schönen Aufgabe, über den Gesamtverlauf der Demonstration zu berichten, längst fertig und nach Hause gegangen. Ihm hingegen war die Sondermeldung aufgehalst worden und da saß er nun und versuchte die vielen Lücken zwischen den Gerüchten plausibel auszufüllen. Seine Gedanken schweiften ständig ab, glitten in Szenarien, wie es hätte gewesen sein können. Immer wieder rief er sich zur Ordnung und schrieb einige weitere Zeilen, bis sich seine Gedanken erneut verhedderten. Wenn die Geschichte wenigstens schon so weit gewesen wäre, dass er nur mehr die Unmenschlichkeit der Sonderpolizei und die Härte des Regimes anzuprangern hatte. Aber bis zu seinem Tod unter den Stiefeln der Beamten musste die Geschichte des Studenten Martin Šmíd erst einmal glaubhaft dastehen.

Leise ging draußen auf dem Gang die Tür. »Wer zum Teufel kommt da«, dachte Krejčí und schob mit geübter Bewegung die Schreibmaschine in ein Fach unter dem Schreibtisch. Schon hatte er eine zweite vor seinem Platz, in der ein Blatt mit dem Anfang der fünften Folge eines Fortsetzungsromans steckte. Der Besucher konnte kommen. Und er kam, ruhig, aber nicht betont leise, trat er ins Zimmer. Ein junger Mann mit frischen Narben im Gesicht, der einen Fuß etwas nachzog, stellte sich vor. »Guten Abend. Ich bin, beziehungsweise ich war Martin Šmíd«, sagte er.

»Doch nicht sein Geist«, lachte Krejčí, »machen Sie keine Scherze mit einer ernsten Angelegenheit!«

»Nein, nicht sein Geist«, sagte der junge Mann, »du schreibst doch über mich, oder hab ich ...?«

»Du lebst also noch«, fiel ihm Krejčí ins Wort, froh dass die Sondermeldung nun überflüssig war.

»Nein, nicht als Martin Šmíd, den gibt es nicht mehr. Dieses Spiel ist für mich zu Ende«, sagte der junge Mann und straffte sich. Die Narben waren verschwunden, dafür sprosste ein keckes Schnurrbärtchen unter seiner Nase.

Krejčí war verblüfft. »Wer bist du also, und was hat das mit Martin Šmíd zu tun?«, fragte er in der stillen Hoffnung, nun doch noch einige Hintergrund-Informationen zu erhalten.

»Ja«, sagte der junge Mann, hob einen Stapel Papiere von einem Stuhl und setzte sich, »das ist so: Martin Šmíd hat es nie gegeben, er ist gewissermaßen ein Phantom. Aber trotzdem war das ich. Ich habe mich auch freiwillig fangen lassen und mich dabei so blöd benommen, dass sie mich tatsächlich totschlugen. Die Schuldigen haben dann die Sanitäter gerufen, so als ob sie mit der Sache nichts zu tun hätten, aber die Sanitäter fanden niemanden mehr. Allein der Rettungswagen hat schon ziemlichen Eindruck gemacht.«

»Aber das geht doch alles nicht; und schreiben kann ich das erst recht nicht«, meinte Krejčí »immerhin weiß ich jetzt aber, dass Martin Šmíd wirklich tot ist. Kannst du mir auch noch sagen, wer ihn totgeschlagen hat? Das wäre wirklich ein Knüller.«

»Also pass auf, ich muss dir das doch genauer erklären, warum das doch so gewesen ist«, antwortete der junge Mann. »Ich bin weder Martin Šmíd noch der Landsknecht Černypetr, der damals beim Schwedeneinfall [15] das Fallgitter heruntergelassen hat, und auch nicht der gute Abt von Königsaal, der den Kinderkreuzzug aufgehalten hat. Aber ich war es, der die Rollen aller dieser Personen und noch einiger mehr bis zum Ende gespielt hat. Danach wurde ich wieder der herumirrende Knappe, der in der Šárka unter einem Felsdach haust, weil ihn das heilige Ritterheer [3] verbannt hat und ihn nicht in den Blaník hineinlässt. Aber das ist jetzt nicht so wichtig. Ich wollte nur sagen: schreib was du willst, es hätte alles wahr sein können und es kommt schließlich auf den Erfolg für die gute Sache an.«

»Moment, Moment, das ist jetzt wirklich etwas zu viel auf einmal. Woher weiß ich denn, dass du kein Provokateur bist, der mir einen Bären aufbindet, um mich dann großartig als Lügner zu entlarven«, wandte Krejčí ein. »Schließlich arbeitet die Stasi mit allen Tricks. Man kann gar nicht vorsichtig genug sein. Also etwas mehr muss ich schon wissen, bevor ich mich auf solche Angaben verlasse.«

»Na gut«, meinte der junge Mann, »also es war so. Ich war als einfacher Knappe ins Ritterheer des Heiligen Wenzel gekommen. Ich war aus gutem Hause, aufgewachsen auf der Burg Hostýn in Mähren, aber ein wenig heißblütig und fing deshalb oft Streit an. Als ich schließlich auch noch der Gemahlin des Ritters Radomir zu nahe gekommen bin, hat mich das Heer verbannt, bis zu dem großen

Heerzug. – Wenn das Ritterheer des Heiligen Wenzel sich aus dem Berg Blaník aufmacht, um das Vaterland aus seiner höchsten Not zu retten, ja dann können sie auch mich wieder brauchen, dann darf ich fallen im Kampf und bin erlöst. Aber so weit ist es seit über tausend Jahren nie gekommen. Leider hilft es mir gar nichts, wenn eine der Figuren, die ich spiele, zu Tode kommt im Dienst des Vaterlands. Die Ritter lachen nur jedes Mal über meine sinnlose Anstrengung, die die Geschichte vielleicht etwas vorangebracht, aber nie wirklich gewendet hat. Und auch diesmal ist es das Volk selbst, das die Kraft hatte, sich zu befreien. Und mir hat es Spaß gemacht, dabei zu sein.«

Krejčí war fasziniert. Vor sich sah er nun einen Mann mit einem edlen, aber stark abgeschabten Lederwams und einer löchrigen Reithose, mit einem kurzen Dolch am Gürtel und einer Peitsche am Stiefelschaft. »Das also ist das Geheimnis dieses mysteriösen Todesfalls«, entfuhr es ihm. »Aber was soll ich denn daraus nun machen?«, war seine nächste Frage.

»Sehr einfach«, meinte der Knappe, »schreib so, als wäre Martin Šmíd als reale Figur tatsächlich gestorben. Seine Mörder sind der Polizeihauptmann Ota Vávra und der Milizionär Pavel Honza. Denn die Geschichte habe ich ja angezettelt, um das Volk richtig in revolutionäre Stimmung zu bringen.«

»Aber warum tust du so was?«, fragte Krejčí erstaunt.

»Ich mache ein bisschen Geschichte«, antwortete der Knappe, »soviel man allein eben machen kann. Wenn ich schon beim schönen Lagerleben der Ritter im Blaník nicht dabei sein kann, dann hab ich als Ersatz wenigstens für einige Wochen eine echte Freundin gehabt und dazu spucke ich eben den hohen Herren in dieser Welt etwas in die Suppe. Ob es nötig ist, das wissen nur die Ritter. Aber meistens ist es nützlich für mein Vaterland, auf das ich einst geschworen habe, egal wie es heute aussieht.«

Krejčí versank tief in seltsamen Gedanken. Schließlich hob er den Kopf, um weiterzufragen. Aber die Gestalt war verschwunden. Er rieb sich die Augen. Tatsächlich, der Stuhl auf der anderen Seite des Schreibtischs war leer und der Papierstapel, der seinen Platz dort gehabt hatte, lag auf dem Schreibtisch. Rasch griff Krejčí ins Regal, fand dort noch eine halbe Tasse mit kaltem Kaffee und trank sie aus. Dann tauschte er die Schreibmaschinen wieder aus und schrieb seine Meldung zu Ende. Alles war klar. Blutgetränkt erschienen das verbrecherische Regime und seine namentlich genannten Schergen, die allesamt die Zeichen der Zeit nicht sehen wollten, die ihrem Volk sinnlose Opfer abverlangten, bis dieses ihrem Treiben ein Ende machte.

Beim Korrigieren übermannte ihn schließlich der Schlaf. Als um fünf Uhr die zwei Studenten erschienen, die die Maschine anwerfen und den Text immer wieder abtippen sollten, fanden sie Krejčí mit der Stirn auf den Tasten im Tiefschlaf. Die Meldung war fertig und machte ihre Runde durch den Jahrmarkt der Meinungen in der samtenen Revolution[31].

ANMERKUNGEN UND ZEITTAFEL

ca. 620–660   Der fränkische Kaufmann Samo gründet auf dem Boden des zerfallenden Awarenreiches ein westslawisches Reich, das nach seinem Tod zurück ins Dunkel der Geschichte fällt.

845   Vierzehn böhmische Edle (Stammesführer) lassen sich in Regensburg taufen. Das Land bestand aus zahlreichen Stammesgebieten ohne Zentrale.

863   Der großmährische Fürst Rastislav beruft die Slawenapostel Cyrill und Method. Das Großmährische Reich hatte seine Zentren in Mähren und der südwestlichen Slowakei und reichte zeitweise bis Böhmen.

ca. 880   Bořivoj I. – erster namentlich bekannter Fürst aus dem Geschlecht der Přemysliden – wird von Method getauft. Er verwaltet die böhmischen Gebiete des Großmährischen Reiches, er ist mit dessen Herrschern blutsverwandt.

[1] 906   Vernichtung des großmährischen Reichs durch die eindringenden Magyaren. Böhmen wird vollends selbstständig.

[2] 935   Ermordung des Heiligen Wenzel, der Böhmen in ein loses Abhängigkeitsverhältnis zum Ostfränkischen Reich gebracht hatte.

[3]   Der Sage nach residiert seither der Heilige Wenzel mitsamt seinem Ritterheer im Berg Blaník, um von dort wiederzukehren, wenn das Volk in größter Gefahr ist.

973   Gründung des Bistums Prag, die Christianisierung wird allmählich vollendet.

[4] 995   Zentralisierung der böhmischen Herrschaft durch die Vernichtung des ostböhmischen Geschlechts der

	Slavnikiden durch Boleslav II. Der letzte Spross der Slavnikiden war der Heilige Adalbert, zu der Zeit Bischof von Prag, der auf einer Missionsreise zu den Pruzzen als Märtyrer starb.
1039	Raub der Reliquien des Heiligen Adalbert aus Gnesen durch Břetislav.
1042	Endgültige Lehnshoheit des römischen Kaisers über Böhmen.
1085	Vratislav II. erhält erstmals den Königstitel, der einzige Königstitel im »Heiligen Römischen Reich« außer dem des römischen Königs.
1142	Belagerung Prags durch Konrad von Znaim, großer Brand.
1287	Nach zwei Jahrhunderten des Aufbaus und der Expansion scheitert die Großmachtpolitik des böhmischen Königs Přemysl Otakar II. durch seine Niederlage in der Schlacht auf dem Marchfeld, bei der er selbst sein Leben verliert.
1306	Wenzel III., der letzte König aus dem Přemyslidengeschlecht, wird ermordet.
1310	Johann von Luxemburg wird mit dem Königreich Böhmen belehnt und mit der letzten Přemyslidin Elisabeth in Speyer vermählt.
1344	Prag wird Erzbistum.
[5)] 1346	Johanns Sohn Karl wird zum römischen Gegenkönig gegen Ludwig den Bayern gewählt. 1347 wird er nach dem Tod seines Vaters König von Böhmen (Karl I.), 1349 durch eine zweite Wahl endgültig als römischer König bestätigt und 1355 zum Kaiser gekrönt (Karl IV.). Er war einer der bedeutendsten Herrscher des Mittelalters. Seine Herrschaft gilt als das goldene Zeitalter Böhmens.

[6)] 1348 Gründung der Prager Universität als erste Universität des Reiches nördlich der Alpen. Die Studenten aus ganz Nord- und Mitteleuropa werden nach ihrer Herkunft in vier »nationes« eingeteilt. Insbesondere die Söhne reicher flämischer Kaufleute machten durch ihr ausschweifendes Leben großen Eindruck, so dass noch bis ins 20. Jahrhundert trinkfreudige Bummelstudenten als »Flamänder« (tschechisch flamendr) bezeichnet wurden.

1363 Karls Sohn Wenzel wird als Zweijähriger auf Betreiben des Vaters zum König von Böhmen gekrönt.

1376 Noch zu Lebzeiten Karls IV. wird sein Sohn Wenzel IV. durch Bestechung der Kurfürsten auch zum römischen König gewählt und gekrönt.

[7)] Wegen seiner Unbeherrschtheit und Vergnügungssucht wurde er als unwürdig der Kaiserkrone erachtet. Der innere Friede im Land Böhmen entglitt ihm immer mehr.

[8)] 1393 Johannes von Nepomuk, erzbischöflicher Generalvikar, wird im Auftrag Wenzels IV. ermordet. Der Erzbischof Johann von Jenstein flieht nach Salzburg.

1409 Auf Betreiben der Reformatoren Johannes Hus und Hieronymus von Prag erlässt Wenzel IV. das so genannte Kuttenberger Dekret, das der »böhmischen Nation« in der Universität Prag die Majorität sichert. Zahlreiche Studenten und Magister anderer »nationes« ziehen nach Leipzig.

[9)] 1415 Johannes Hus wird auf dem Konzil in Konstanz verurteilt und als Ketzer verbrannt, obwohl ihm freies Geleit zugesichert war.

[10)] 1419 Der Versuch Wenzels IV., die Hussitenbewegung einzudämmen, führt zum »1. Prager Fenstersturz«. Zehn Personen, darunter der Bürgermeister und zwei Ratsherren, werden aus dem Neustädter

Rathaus geworfen und von Hussiten getötet. Wenzel IV. stirbt an Herzschlag. Es folgen 15 Jahre der so genannten Hussitenkriege, die Böhmen wirtschaftlich und politisch isolieren und die Handelswege veröden lassen.

1434 Das Heer der radikalen Hussiten wird in der Schlacht von Lipany vernichtet.

1436 Wenzels Bruder Sigismund, schon seit 1410 römischer König, wird nach seiner Wahl 1420 nun auch vom böhmischen Landtag als König von Böhmen anerkannt.

1457 Sigismunds Enkel Ladislaus Postumus – Sohn von Sigismunds Tochter Elisabeth von Luxemburg und Albrecht II. von Habsburg – stirbt.

1458 Georg von Podiebrad, bisheriger Verwalter Böhmens, wird von den böhmischen Ständen zum König gewählt.

1469 Der König von Ungarn, Matthias Corvinus, setzt sich an die Spitze eines Kreuzzuges gegen den zum Ketzer erklärten Georg von Podiebrad, kann zeitweise Mähren erobern, wird aber dort gefangen genommen. Sein Feldzug scheitert.

1471 Der Jagellone Wladislaw II., der Neffe von Ladislaus Postumus, wird zum König gewählt.

1526 Wladislaws Sohn Ludwig fällt gegen die Türken in der Schlacht von Mohacs. Gewählt wird als Nachfolger der Habsburger Ferdinand I., Schwiegersohn Wladislaws, der damit zugleich Ungarn erbt. Die lang dauernde Herrschaft der Habsburger beginnt.

1547 Ferdinand I. ordnet ohne Befragung des Landtags allgemeine Heerfolge an. Die Stadt Prag widersetzt sich dem Feldzug gegen die deutschen Protestanten. Ferdinand unterwirft Prag und nimmt der Stadt ihre Privilegien und selbstständige Handlungsfähigkeit.

1575	Rudolf II. von Habsburg, ein Enkel von Ferdinand I., wird König von Böhmen. Blütezeit der Künste, der Wissenschaft, aber auch der Alchemie und der Mystik.
1609	Majestätsbrief Rudolfs II. gewährt allgemeine Religionsfreiheit.
1611	Rudolf muss als König von Böhmen zu Gunsten seines Bruders Matthias abdanken und stirbt im Jahr darauf. Matthias wird daraufhin zum Kaiser gekrönt.
1617	Krönung Ferdinands II. zum König von Böhmen, Beginn religiöser Auseinandersetzungen.
[11]) 1618	Mit dem »2. Prager Fenstersturz« (auf der Burg) beginnt der letzte Aufstand der böhmischen Stände gegen die verschärfte Zentralisierung und Rekatholisierung durch Ferdinand II.
1619	Ferdinand wird in Böhmen für abgesetzt erklärt, die böhmischen Stände wählen Friedrich V. von der Pfalz zum böhmischen König. Beginn des Dreißigjährigen Krieges.
[12]) 1620	In der Schlacht auf dem Weißen Berg (vor den Toren Prags) wird das böhmische Heer vernichtend geschlagen. Friedrich V. flieht in die Pfalz, mit ihm zahlreiche Anhänger.
[13]) 1621	27 Standesherren werden hingerichtet (der älteste 86 Jahre). Die Köpfe von 12 Anführern werden am Altstädter Brückenturm aufgesteckt.
[14]) 1627	Vertreibung der Böhmischen Brüder mit ihrem Bischof Comenius.
1638	Pest in Prag.
[15]) 1648	Die Schweden dringen in Böhmen ein und erobern einen Teil Prags, die Kleinseite. Zahlreiche Bürger fallen Massakern und Plünderungen zum Opfer.

[16] 1650		Aufstellung der Mariensäule als Gedenken an die Befreiung Prags 1648 von den Schweden. Im Zuge der Gegenreformation wird Böhmen gewaltsam katholisch gemacht. Zahlreiche Protestanten müssen das Land verlassen.
[17] 1680		Pest in Prag.
[18] 1689		Verheerender Brand in der Altstadt, von französischen Agenten gelegt.
1715		Pest in Prag.
1729		Heiligsprechung des Johannes Nepomuk.
1741		Im ersten Schlesischen Krieg Belagerung und Eroberung Prags durch Franzosen, Bayern und Sachsen und weitere Verbündete. Karl Albrecht von Bayern wird zum böhmischen Gegenkönig gekrönt. 1742–43 Belagerung und Einnahme Prags durch Österreich. Maria Theresia wird zur Königin von Böhmen gekrönt.
1744		Im zweiten Schlesischen Krieg Einnahme durch die Preußen. Bei deren Abzug Massaker durch Ungarn und Dalmatiner. Ein kaiserliches Dekret weist die Juden aus Böhmen aus.
1748		Erlaubnis zur Rückkehr der Juden.
1756		Letzte, vergebliche Belagerung Prags durch die Preußen, große Zerstörungen durch Bombardement.
1790		Leopold II., Bruder von Joseph II., folgt diesem auf dem Thron. Teilweise Aufhebung der Josephinischen Reformen.
1836		Letzte Krönung in Prag: Kaiser Ferdinand I., genannt der Gütige, wird auch König von Böhmen.
[19] 1848		Revolutionsjahr. Slawenkongress der Slawen Österreichs unter Vorsitz von František Palacký, kurzer erfolgloser Prager Aufstand. Zahlreiche Revolutionsführer fliehen aus dem Land.

1866		Im Preußisch-Österreichischen Krieg besetzen die Preußen kampflos Prag. Dort wird der Prager Friede unterzeichnet.

[20] 1882 Teilung der Prager Universität in einen tschechischen und einen deutschen Teil.

1914–1918 Erster Weltkrieg.

[21] 1918 28. 10. Gründung der Tschechoslowakischen Republik, erster Präsident ist T. G. Masaryk.

[22] 1938 28. 9. Münchner Abkommen über die Abtretung der überwiegend deutsch besiedelten Randgebiete Böhmens und Mährens an das Deutsche Reich. Nach der Annahme des Münchner Abkommens durch die tschechoslowakische Regierung geht Präsident E. Beneš freiwillig ins Exil nach London.

[23] 1939 15. 3. Errichtung des Protektorats Böhmen und Mähren unter Abtrennung der formell selbstständigen Slowakei, Einmarsch deutscher Truppen. Nach Studentenunruhen Schließung der tschechischen Universitäten und Hochschulen. Führende Militärs und Politiker, aber auch einfache Mitglieder demokratischer Parteien und verfolgte Juden gehen ins Exil, soweit sie der Verhaftung entgehen können.

[24] 1939–1945 Zweiter Weltkrieg. Unterdrückung und Kollaboration steigern den Hass der Tschechen auf die Deutschen. Die Juden Böhmens werden ins KZ Theresienstadt deportiert, viele von ihnen von dort nach Auschwitz.

[25] 1945 5. 5. Prager Aufstand. Zahlreiche Gewalttaten gegen deutsche Einwohner und Soldaten der deutschen Armee. Am 9. 9. Einmarsch der sowjetischen Armee.

[26] 1945–1947 Verfolgung (u. a. Kennzeichnung durch eine weiße Armbinde) und Vertreibung der deutschen Zivilbevölkerung aus dem Gebiet der wiederhergestellten Tschechoslowakei, auch viele deutschsprachige Juden

		sind davon betroffen. Unter Präsident E. Beneš Regierung mit starker kommunistischer Beteiligung.
27)	1948	Im Februar kommunistischer Umsturz. Bis in die 50er-Jahre brutale »Säuberungen«. Viele demokratische Politiker, Angehörige der Bürgerschaft und Adlige gehen ins Exil. Außenminister Jan Masaryk stürzt (aus eigenem Antrieb oder durch fremde Gewalt) aus dem Fenster seines Arbeitszimmers (auf der Burg) in den Tod (»3. Prager Fenstersturz«).
28)		Die Tschechoslowakei wird Experimentierfeld zur Ausrottung der Religion.
29)	1968	Am Ende einer Periode der Reformen scheitert der Versuch eines »Sozialismus mit menschlichem Antlitz« durch den Einmarsch der Armeen der Sowjetunion, Ungarns, Polens und Bulgariens am 21. 8. Zahlreiche Bürger und Studenten, die sich engagiert hatten, gehen ins westliche Exil.
30)	1969–1989	Im Zuge der so genannten »Normalisierung« erfolgt die Bestrafung der bisherigen Partei- und Staatsführung durch die von den Sowjets installierten, gefügigen Kräfte. Allmählich wächst der Widerstand der intellektuellen »Dissidenten« (Charta 77), die eine Subkultur von Schriftstellern und Wissenschaftlern, mit starker Beteiligung christlich geprägter Kreise entwickeln. Die Parteiherrschaft wird zunehmend durch Korruption zerrüttet.
31)	1989	So genannte »samtene« Revolution. Nach den Reformen Gorbatschows in der Sowjetunion räumt die kommunistische Führung des Staates, nach anfänglichen Repressionsversuchen, unter dem Druck von großen Demonstrationen ihre Positionen. 29. 12. Václav Havel wird Präsident (mit einer Unterbrechung bis 2003.)
32)	1990	Aus dem Bürgerforum, das die Auflehnung gegen die kommunistische Partei getragen hatte, entstehen verschiedene Parteien. Schrittweise Verdrängung der

Dissidenten aus der Politik und Übernahme der Ämter durch gewendete ehemalige Kommunisten, die rechtsfreie Räume, korrupte Behörden und ungeschickte Reformen zur Bereicherung nutzen.

[33)] 1993   1. 1. Teilung des Staates in Tschechische Republik und Slowakische Republik.

[34)] 1996   Bei der Fußball-Europameisterschaft ist die Mannschaft der Tschechischen Republik im Endspiel.

[35)] 2002   Infolge einer ungewöhnlichen Wetterlage werden große Teile der Prager Altstadt, insbesondere auf der Kleinseite, von der Moldau überflutet. Flussabwärts sind große Bereiche entlang der Elbe betroffen.

[36)] 2004   1. 5. Beitritt der Tschechischen Republik zur Europäischen Union. Prag wird Touristenmagnet.